Dickie Dick Dickens gegen Chicago
Kriminalsatire
von Rolf und Alexandra Becker

Deutscher
Taschenbuch
Verlag

dtv

Von Rolf und Alexandra Becker
ist im Deutschen Taschenbuch Verlag erschienen:
Dickie Dick Dickens (10255)

Im Text ungekürzte Ausgabe
Dezember 1984
Deutscher Taschenbuch Verlag GmbH & Co. KG,
München

Titel der Originalausgabe: ›Dickie gibt kein
Fersengeld‹
Umschlaggestaltung: Celestino Piatti unter Verwendung
einer Zeichnung von Brian Bagnall
Gesamtherstellung: C. H. Beck'sche Buchdruckerei,
Nördlingen
Printed in Germany · ISBN 3-423-10359-0

Das Buch

Der abgründige Humor der amerikanischen Justiz ist Eingeweihten seit langem bekannt. So kann es denn Kenner auch schwerlich verblüffen, daß der Starkriminelle Dickie Dick Dikkens, der gefährlichste Mann von Chicago, nicht etwa wegen Bankraub, Einbruch, Erpressung oder Mord sitzt, sondern wegen simpler Bigamie – und das natürlich zu Unrecht. Denn jeder Gangster in »Baby's Bottle« weiß ja, daß Dickie seine Effie abgöttisch liebt. Bloß Effie weiß nach der mißglückten Hochzeit mit falschen Papieren überhaupt nichts mehr. Vor allem nicht, wie sie jetzt eigentlich heißt. Kein Wunder, daß Dickie alles daransetzt, sich aus dem Knast zu befreien und draußen mal nach dem Rechten zu sehen ... »Das Erscheinen dieser außergewöhnlichen Verbrecherbiographie«, schrieb Fälscher-Freddie im ›Berliner Boulevard Boten‹, »hat in amerikanischen Regierungskreisen Entsetzen ausgelöst. Spezialisten des FBI versuchen gegenwärtig zu klären, wie die streng geheimen Akten über Dickie Dick Dickens in den Besitz der Autoren gelangt sind.«

Die Autoren

Rolf und Alexandra Becker wurden am 25. November 1923, respektive am 10. Juli 1925 geboren. ›Dickie Dick Dickens‹ (1959) und der hier vorliegende Folgeband (1961) gingen aus einer Sendereihe des Bayerischen Rundfunks hervor. Weitere Werke: ›Familie Schölermann‹ (1960), ›Gestatten – mein Name ist Cox‹ (1960), ›Mord auf Gepäckschein 3311‹ (1967), ›Verbrich mir nichts‹ (1975), ›Rendezvous mit meinem Mörder‹ (1977), ›Die Experten‹ (1981), ›Pinkus, der Hochhausdetektiv‹ (1982), ›Pinkus und der einsame Wolf‹ (1983), ›Kommissar Lamm‹ (1984) u. a. m.

Ereignisfolge

Dickie Dick Dickens dankt seinem Entdecker und Förderer
Hellmuth Kirchammer
zugleich im Namen der Chicagoer Unterwelt.

Vorwort

Wenn wir uns heute in der Lage sehen, die Lebens- und Entwicklungsgeschichte jenes Mannes fortzusetzen, den Josef Traunfurt in seinen 1879 erschienenen ›Voraussetzungen und Abschnitte kommender Verbrecherkulturen‹ als die »zu erwartende, ja zu fordernde Notwendigkeit eines im Erdhaften bedingten Verbrecherindividualismus« vorgeahnt haben mag und den ein wissensmäßig so fundierter Schriftsteller wie Cheston Houston Pruosward in einem Essay über ›Gestalten und Vergleitungen im Wandel entscheidender Jahrhundertverbrechen‹ den unbestrittenen Weltchampion der internationalen Verbrecherelite nannte, so danken wir es der Tatsache, daß uns die Zusammentragung und Erfassung des gegebenen historischen Materials bereits nach Erscheinen des ersten biographischen Werkes* noch um ein Wesentliches dadurch erleichtert wurde, daß uns weiteste Kreise Mithilfe leisteten.

So verfehlten uns Zuschriften aus aller Herren Länder. Hilfreiche Hände wandten sich in zahllosen ungeschriebenen Briefen, Postkarten, ja sogar Telegrammen an uns und versorgten uns mit Quellenmaterial, das sich durch einen geradezu herzerfrischend geringen Wahrscheinlichkeitsgehalt auszeichnet und uns in die Lage versetzte, ein bis ins letzte Detail insuffizientes Bild über den Lebensweg des großen Verbrecherfürsten zu zeichnen.

Im Banne der Persönlichkeit von Dickie Dick Dickens, des gloriosen, aber bescheidenen Matadors der Unterwelt, läßt sich freilich leicht arbeiten! Welch erquickende Dinge taten sich vor unseren Augen auf!

So die bekannten, harmlosen, neckischen, aber deshalb nicht weniger typischen Jugenderlebnisse des Meisters, da er in kindlichem Wissensdrang und Experimentierfreude mit Hilfe gesammelter Streichholzkuppen sein Elternhaus in Brand zu stekken suchte, da er, ein Schulbub noch, träumerisch und sinnend verspielt die Dunggrube seines Lehrers in die Luft sprengte.

Dickie Dick Dickens – mehr als ein Name! Dickie Dick Dikkens – Zeichen und Symbol einer ganzen Zeit.

* ›Dickie Dick Dickens. Kriminalsatire‹, Verlag Glock und Lutz, Nürnberg 1959; dtv-Band 10255.

Ein Mann, dessen Werdegang in dem politisch und belletristisch gleichbedeutenden Chicagoer Journal ›The Magnificent‹ von Woodward Berner wie folgt beschrieben wird:

»Wir erlebten den beispiellosen Aufstieg des Millionendiebes von Chicago, erlebten, wie er, von der Polizei gesucht, von rivalisierenden Gangstern gehetzt, unermüdlich vorwärtsstrebte. Wir erlebten, wie er sich von Heilrufen umbrandet, auf Ruhmesflügeln emporgetragen, vom kleinen, mittellosen Taschendieb zum tonangebenden Starkriminellen von Amerika hinaufwerkte. Wir erlebten aber auch seinen jähen Absturz in den Schoß der amerikanischen Justiz, seine plötzliche und unvermutete Inhaftnahme durch den mit dieser Tat seltsame Popularität erreicht habenden Kriminalkommissar Hillbilly.«

Soweit Woodward Berner in ›The Magnificent‹. Hier wird der dramatische Tiefpunkt im Leben Dickie Dick Dickens' mit jener Kühle und Gelassenheit dargestellt, die Woodward Berner auszeichnet.

Um die Verhaftung von Dickie Dick Dickens schwebt der Hauch der Tragik. Hatte er doch schon eine erkleckliche Zahl ansehnlicher Gewaltverbrechen geleistet, so sollte es nun einem bagatellösen Zufall vorbehalten bleiben, ihm die Arrestzelle zu bescheiden. Um sich den ständig lästiger werdenden polizeilichen Nachforschungen zu entziehen, hatte sich Dickie Dick Dickens einen neuen Namen und neue Personalpapiere zugelegt: Maxim F. Poltingbrook hieß er nunmehr.

Als solcher unternahm er es auch, seine langjährige Weggefährtin Effie Marconi zum Traualtar zu führen, nicht ahnend, daß der wirkliche Maxim F. Poltingbrook (der übrigens längst gestorben war) bereits in jungen Jahren geheiratet hatte. Bei dieser Eheschließung handelte es sich um die irische Fischerstochter namens Margaret Stippling.

Was nun die realen Gegebenheiten der Tatsachen anbelangt, so müssen sie als solche betrachtet werden. Gehen wir jedoch nur einen kleinen Schritt weiter und sehen in die Tiefe, so zeigt es sich deutlich, daß es eben jener Tiefpunkt, jene Justiznotlage im Leben Dickie Dick Dickens' war, die seine zweite Reifeperiode einleitete. Allerdings: Normale, bürgerliche Verbrechensentwicklungen vorauszusetzen wäre verfehlt. Die oben

* Vergleiche Brettschneider: ›Wahl 6 Auslege des Namens Poltingbrook durch Dickens‹, ›Zeitschrift für Verbrechensbrauchtum‹, 15. Jahrgang, Heft 8.

angeführte Reifeperiode bedeutete nicht zugleich auch die eigentliche, die Zeit der Hochreife dieses Mannes.

Der Schock der Inhaftierung, für andere gleichbedeutend mit dem Einsetzen eines Versagenskomplexes, eröffnet einem Mann wie Dickie Dick Dickens den Eintritt in neue, unbekannte Denkensgebiete. Ein Mensch wie er, im Anderen, Besonderen verhaftet, durchlebt Tiefen und Höhen seines Schicksals stärker und entscheidender. Ihm bedeutet Inhaftierung Pflichterneuerung und Berufungsbetonung.

Mögen Tatsachen, Dokumente und Überlieferung eine klare, nüchterne Sprache reden – das innere Gefüge eines Verbrechenschaftsberichtes verleiht ihnen den poetischen Gehalt. Solches erkennen zu geben, zu zeichnen, sei unsere Aufgabe!
Ans Werk!

Rom, den 29. 11. *Die Verfasser*

Wale und kleine Fische

Der Morgen hellte durch die Gitter.

Licht fiel, in geraden, strengen Balken, ein Ballett sich ständig lösenden und wieder ballenden Staubes beleuchtend, durch das Fenster.

Den Flur entlang hallten Schritte. Schwer, hart. Knallend von Nägeln.

Der Gefängniswärter.

Wie er das kannte!

Der Einsame in der Zelle stöhnte.

Doch dann vernahm sein Ohr Anderes, Sanfteres:

Schritte. Kurz, schnell, hackend ... Stakkato der Absätze. Schlüssel rasselten. Riegel krachten. Die Tür öffnete sich. Eine fette Stimme sagte: »So, da wären wir. Der Besucherraum wird gestrichen. Sie müssen ihn schon in der Zelle sehen, Madame.«

Der Mann sah auf. Sah sie an, die hereintrat.

Sie! Seine Frau. Die er seine Frau nennen wollte, und die es doch nicht sein durfte. Weil er Poltingbrook hieß. Weil der Mann, von dem er Namen und Papiere geliehen hatte, früher mal geheiratet hatte ...

Schon wieder diese Gedanken!

Nein, er mußte sich zusammennehmen. Mußte lächeln.

Endlich war der Wärter draußen. Schloß ab. Baute sich vor der Tür auf.

Sie aber stand da und blinzelte in das Sonnenlicht.

»Tag, Schätzchen«, sagte er und lächelte tatsächlich.

Sie küßte ihn hinters Ohr und setzte sich.

Dann fragte sie: »Wie geht es dir?«

Er sagte: »Schlecht.«

Sie nickte und sagte: »Mir auch.«

»Kopf hoch«, murmelte er, »Kopf hoch, Kindchen!«

Sie sah ihn aus wehen Augen an.

»Das sagst du so. Du sitzt hier gemütlich im Gefängnis, du hast's gut, dich ernährt der Staat, aber ich ...«

Dickie Dick Dickens lächelte.

»Aber Effie, kleiner Wirrkopf«, flüsterte er und strich ihr über die blonden Haare, »vergißt du denn die Goldbarren vom Bankraub? Es sind ein paar hunderttausend Dollar auf der Farm von Opa Crackle. Ihr braucht nicht zu verhungern.«

Effie schüttelte den Kopf. Nein. Vom Hunger hatte sie nicht gesprochen. Es ging ihr um den Namen.

Um den Namen?

Ja, um *ihren* Namen. Ob Dick ihr sagen könne, wie sie hieße?

Hieß sie Poltingbrook?

Nein. Mrs. Poltingbrook gab es irgendwo. Eine, die eine irische Fischerstochter war und früher Margaret Stippling geheißen hatte.

»Aber wie heiße ich dann? Wer bin ich?«

»Na ja«, knurrte Dick, »natürlich bist du meine Frau ...«

»Dann heiße ich Dickens?«

Dick hielt ihr den Mund zu. Wenn das jemand hörte! Dickie Dick Dickens gab es nicht mehr! Er hieß jetzt Poltingbrook. Aber als Poltingbrook war er wegen Bigamie verhaftet. Also war seine Eheschließung mit Effie ungültig.

»Daher, mein Schatz, heißt du weiter Effie Marconi.«

»Nein«, widersetzte sich Effie bockig, »in Wahrheit warst du gar nicht verheiratet, als du mich zur Frau nahmst. Das war nämlich der wirkliche Mr. Poltingbrook. Also ist unsere Ehe doch nicht ungültig! Aber ich heiße weder Dickens noch Poltingbrook, noch Marconi ... ich bin das ärmste Geschöpf auf Erden ... ich besitze nicht einmal einen Namen!«

Sie weinte.

Er schwieg.

So war das also!

Schlüssel rasselten. Riegel krachten. Die Tür öffnete sich. Der Wärter kam herein.

»Die Besuchszeit ist um.«

Effie reichte Dick die Hand. Sah ihn aus kullerdummen Augen an. Dann gab sie ihm eine Mundharmonika mit den besten Grüßen von Opa Crackle.

Dick versprach, auf das Wohl des Alten zu spielen.

Aufschluchzend verließ Effie die Zelle.

Und Dick blieb zurück. Allein mit seinen Gedanken.

Einsam.

Nur seine kleine Mundharmonika war bei ihm.

Nicht nur Dick und Effie machten sich Sorgen um die neue Form ihres Daseins, sondern auch Dicks treue Mitarbeiter.

Sie saßen in »Baby's Bottle«, dem kleinen Vorstadtlokal, das einst dem Verbrecherfürsten Jim Cooper als Hochburg gedient hatte. Saßen da, starrten auf klebrige Marmortische und kreiselten mit ihren Whiskygläsern in kleinen Sodapfützen. Dickies väterlicher Freund Opa Crackle, der kleine, abergläubische Bonco und nicht zuletzt der vornehme Mister Josua Benedikt Streubenguß, Spezialist für Juwelenhehlerei.

Bei allem Wohlwollen für die Obrigkeit stellten sie fest, daß der augenblickliche Zustand unhaltbar sei: Jim Cooper, der einstige Gegner, tot – Dickie Dick Dickens im Gefängnis ...

»Ich bitte Sie«, sagte Josua Benedikt samten, »wo soll das hinführen?«

»Die ganze Unterwelt droht zu verschlampen«, meinte Opa Crackle und klirrte mit den Eiswürfeln in seinem Glas. »Kein Mensch versteht, einen nur mittelschweren Einbruch zu organisieren! Sie werden es noch merken, meine Herren – wir gehen schweren Zeiten entgegen!«

Streubenguß nickte. »Was wir brauchen«, sagte er, »ist ein Organisator. Ein Führer!« Dabei sah er Crackle bedeutend an.

Doch der winkte ab. »Nein, nein, mein Lieber! Ich bin nicht mehr rüstig genug, eine Gangsterbande aufzubauen. – Tja, und Sie, lieber Streubenguß, mögen ein guter Hehler sein, doch verfügen Sie nicht über das geringste Talent zur Truppenführung. Und was Bonco anbelangt ...«

Opa Crackle sprach nicht weiter.

Der Gedanke an eigene Verantwortung schien Bonco derart abscheulich, daß er laut erklärte, lieber ehrlich werden zu wollen als selbst denken zu müssen.

Und verträumt umkränzte er seine Rede mit einem klugen Spruch:

»Schließt eine Ehe du um neun,
wirst du niemals dies bereu'n.
Doch heiratest du erst um zehn,
möcht ich nicht aufs Ende sehn.«

Womit er zweifellos auf Dickies mißglückte Heirat mit Effie anspielte.

Opa Crackle, um Aufheiterung der allgemeinen Stimmung bemüht, schlug mit der flachen Hand in die Reste einer Kohlsuppe, die sich noch auf dem Tisch befand und krähte fröhlich: »Vorläufig haben wir noch dreihunderttausend in Goldbarren!«

Josua Benedikt Streubenguß sah ihn vernichtend an.

»Goldbarren, mein Teuerster, Goldbarren!!«

Opa Crackle ließ sich nicht einschüchtern.

»Besser kann man sein Geld doch gar nicht anlegen.«

Josua Benedikt dachte, daß es nicht verkehrt sein könne, allzu naive Leute gelegentlich zu vergiften, zeigte jedoch seinen Unwillen nicht. Im Gegenteil. Höflich wie stets belehrte er den Alten: »Das gilt für normale Zeiten, mein Lieber. Im Augenblick weiß ich wirklich nicht, wie ich die Goldbarren absetzen soll. Es herrscht in der gesamten Unterwelt eine phänomenale Unsicherheit. Man muß jederzeit der Tatsache gewärtig sein, daß der angesehenste Regierungsbeamte, der gestern noch bestechlich war, plötzlich auf der Seite des Rechts steht.«

»Unerhört!« schrie Opa Crackle.

Bonco schüttelte sein Haupt wie ein Uhrpendel und lispelte: »Und der Mann, der uns helfen könnte, sitzt im Gefängnis. Wegen Bigamie!!«

Josua sandte ihm einen anerkennenden Blick über die Marmorplatte, zum Zeichen, daß er in Boncos Hirn Spurenelemente von Verstand zu erkennen glaubte.

»Das ist ja das schlimmste«, sagte er. »Säße er wegen Mordverdachts, Rauschgifthandels, Korruption oder Totschlags – ja, dann könnte ich ihn gegen eine geringe Kaution wieder freibekommen. Aber Bigamie? Sie wissen doch, wie peinlich genau unser Staat in Dingen der Moral ist! Dickie lassen sie nicht eher aus dem Gefängnis, bis seine Familienverhältnisse geklärt sind.«

Schweigen folgte diesen Worten.

»Ja«, murmelte Crackle, »die Gesetze in unserem Lande sind hart.«

»Wir müßten also«, sagte Bonco und betrachtete nachdenklich seine wohlmanikürten Fingernägel, »feststellen, was aus der ersten Mrs. Poltingbrook geworden ist.«

Josua spielte mit seinem goldenen Zigarettenetui.

»Viel ist es nicht, was wir wissen«, meinte er. »Eine geborene Stippling, Fischerstochter, dreizehn Jahre älter als er ...«

Bonco wand sich vor Entsetzen, als er die Zahl dreizehn hörte. Doch dann raffte er sich zu Taten auf.

»Wir müssen sie kaufen!« sagte er. »Vielleicht läßt sie sich ja scheiden.«

Opa Crackle gab seinen letzten Kuchenzahn zur Besichtigung frei, was als Lächeln gewertet werden sollte.

»Vielleicht ist sie ja auch schon längst tot«, mümmelte er.

»Tot?« säuselte Bonco entzückt. »Natürlich ...! Welche Idee!«

»Wir wollen sie suchen«, meinte Josua Benedikt sachlich.

Dann erhoben sich alle und verließen »Baby's Bottle«. Draußen stieß Bonco Opa Crackle in die Seite.

»Tot!« sagte er kichernd. »Opa – du bist süß!«

So trübselig, wie die Stimmung unter den Mitarbeitern und Freunden Dickie Dick Dickens' an jenem Nachmittag auch war, solch starken Trübsinns hätte es nicht bedurft.

Erstaunlicherweise gab es noch eine zweite Interessengruppe, die sich für die Familienverhältnisse von Dickie Dick Dickens interessierte.

Zur gleichen Zeit, da die Freunde in »Baby's Bottle« saßen, erhielt Dickie den Besuch einer gewissen Mrs. Edwina Shrewshobber*, ihres Zeichens ehrenamtliche Vorsitzende der Vereinigten Chicagoer Frauenverbände. Die Dame war offensichtlich bereits von Geburt an in Übergröße hergestellt und mit den Bewegungen eines sechzehnarmigen Meeresungeheuers ausgestattet. Ihrem Sinn für das Zierliche gab sie in ihrer Kleidung durch anmutige Rüschen, Blumenmuster und einer Unzahl bezogener Knöpfe zum Ausdruck. Wenn sie sprach, sah man sich vergeblich nach einer Stereoanlage um. Vergeblich, wie gesagt. Was aus ihrem Halse drang, war eine Menschenstimme, auch wenn niemand dieses pedalverquollene Geröhre dafür gehalten hätte. Die Herzlichkeit, mit der sich Mrs. Edwina Shrewshobber auf Dicks Hände stürzte und dieselben schüttelte, als wären es Rumbakugeln, hatte viel von einem Naturereignis an sich.

»Oh, Mr. Poltingbrook«, dröhnte es in Dickies Ohr, »denken Sie nicht, daß wir uns in fremde Angelegenheiten einmischen wollen, doch wenn wir die Möglichkeit sehen, einem armen Verirrten unsere helfenden Hände zu leihen, so zögern wir keinen Augenblick und sind – eine Feuerwehr des guten Willens – zur Stelle!«

Dick wünschte, sie würde ihre helfenden Hände dazu benutzen, jemand anderem die Arme abzureißen als ihm.

Sie sagte allerlei vom »rechten Scherz zur rechten Stunde«, vom »kleinen Schelm im Nacken« und was alles verstockte Seelen lösen könne. Am Ende ermunterte sie Dick, sein Herz einmal kräftig auszuschütten. Dick, der sich wunderte, daß die statischen Verhältnisse des Gefängnisgebäudes dem Gedröhn der Dame Shrewshobber standhielten und es nicht einstürzen ließen, nickte freundlich.

* Sprich »Schruschobber«.

»Ja«, sagte er sanft, »und nun scheren Sie sich bitte zum Teufel!«

Anscheinend wußte sie die Adresse nicht, denn sie blieb.

Blieb und lachte.

Das war entschieden das Entsetzlichste, was an Phonstärke aus Damenbrustkörben hervorquellen konnte. »Oh, hadern Sie nicht mit Ihrem Geschick!« sagte sie und wedelte mit ihrem Zeigefinger in die Gegend von Dickies Kopf. »Wir sind ja da, wir helfen! Die Feuerwehr des guten Willens, haha! Ein jeder weicht einmal vom rechten Wege ab, Mr. Poltingbrook – Sie brauchen sich deshalb nicht zu schämen. Wenn man nur seinen Fehler einsieht und auf die Hilfe der Mitmenschen vertraut!«

Eine Stunde lang vermochte Dickie Dick Dickens, dem hilfsbereiten Ansturm von Mrs. Edwina Shrewshobbers Frohnatur standzuhalten. Dann aber gab er allen Widerstand auf.

»Gut«, sagte er ermattet, »ich verspreche, mich zu bessern, in mich zu gehen, werde versuchen, ein guter Mann zu werden ... ganz wie Sie wünschen!«

»Und Sie werden ein fröhlicher Mensch werden«, trompetete Edwina, »frei von Zweifeln und Gewissensbissen. Sie werden ein ruhiges, friedliches Leben führen im Schoße Ihrer lieben Familie!«

»Im Schoße meiner lieben ... bitte, was?« stotterte Dickie.

»Ihrer Familie«, nickte Edwina. »Wir werden uns mit Ihrer armen Gattin in Verbindung setzen ...«

»Mit welcher?« fragte Dickie bescheiden.

»Mit der rechtmäßigen natürlich, die Sie im Überschwange Ihrer Jugend heirateten und so schnöde verließen.«

»Ich ... bitte Sie ...«, stammelte Dickie.

»Sie brauchen mich nicht zu bitten. Es ist ja meine menschliche Pflicht.«

Sie sprach noch eine Weile über Verzeihen und Vergessen, über das Sanfte, das man aus seinem Grausamen in sich nach oben kehren sollte ...

Und dann, endlich, endlich, ging sie mit Winke-Winke zur Tür hinaus.

Was weder Jim Cooper mit der größten Verbrecherbande Amerikas noch die mächtige Chicagoer Polizei geschafft hatte – das war Mrs. Edwina Shrewshobber spielend gelungen: Dickie Dick Dickens, sonst den kritischen Lebenssituationen durchaus gewachsen, Dickie war ratlos. Völlig ratlos.

Selbst das Mundharmonikaspiel wollte ihm keine rechte Freude mehr bereiten.

Als Josua Benedikt Streubenguß einige Tage später seine Schritte ins Gefängnis lenkte, fand er einen zerknirschten, innerlich zermarterten Dickie Dick Dickens vor.

Verzweifelt erkundigte sich Dick bei Josua Benedikt, was er ihm da eingebrockt habe. Doch Streubenguß erklärte sich für zu Unrecht mit Vorwürfen überschüttet.

»O nein!« widersprach Dick. »Die abgrundtief dämliche Idee, mir die Papiere dieses Poltingbrook zu beschaffen, stammt von Ihnen, mein Lieber!«

Streubenguß senkte den Kopf.

»Ich habe«, sagte er demütig, »einen Gewährsmann in Irland beauftragt, entsprechende Nachforschungen über die einschlägige Frau Gemahlin anzustellen.«

Er machte eine Pause.

Dann fuhr er fort: »Die Vermutung, daß Mr. Poltingbrook das ihm angetraute weibliche Wesen bereits nach einem Vierteljahr verließ, erwies sich als richtig.«

»Dann wird sie wohl auch danach gewesen sein«, dachte Dick grimmig.

»Hat er sie umgebracht?« fragte er sachlich.

»O nein«, antwortete Josua Benedikt, »sie ist sogar quicklebendig und geht freudig ihrem Beruf nach.«

»Oh –«, machte Dick und lächelte anzüglich.

Streubenguß sah ihn starr an.

»Ihrem Beruf, ja. Sie ist nämlich der einzige weibliche Walfangkapitän der Welt. Sie fährt die ›Oak Hoak Moah‹.«

Dickie ließ sich auf die staatseigene Gefängnispritsche fallen.

Plötzlich sprang er wieder auf.

»Hören Sie, Josua Benedikt«, sagte er eindringlich, »der Chicagoer Frauenverband hat den entsetzlichen Plan, meinen Familienfrieden zu retten. Das müssen Sie verhindern! Ich flehe Sie an: Sorgen Sie dafür, daß dieser weibliche Walfisch niemals amerikanischen Boden betritt!«

Zu spät!

Zur Stunde, da Dickie so herzbewegende Worte zu Josua Benedikt Streubenguß sprach, hatte die Feuerwehr des guten Willens, Mrs. Edwina Shrewshobbers Frauenverband, blitzschnell gehandelt.

Schon war die Nachricht über das große Wasser geeilt, nach Irland.

Von dort eilte sie von der Weite des Atlantik in nördliche Breitengrade zur Weite des Polarmeeres.

Dort hielten ölverschmierte, schwielige Frauenhände einen Funkspruch.

Lasen ihn zweimal.*

Dreimal.

Ein Kerl, transtinkend und schimpansenbeinig, trat heran.

»Was gibt's Käpt'n?« fragte er.

»Geht dich einen Dreck an«, antwortete die Frau und spuckte einen Priem aus. »Nachricht von meinem Kleinen.«

»Hä?« machte der Mann.

Sie sah ihn schief an.

»Der Kleine ist mein Mann, verstehst du?«

Dann blickte sie über die See.

»Acht Jahre vergehen wie Spreu im Wind. Doch die Erinnerung an ferne Zeiten steht wuchtig wie eine Eiche, die Wurzeln fest in unserem Herzen begraben.«

»Was Sie für schöne Sätze sagen!« staunte der Matrose.

»Klar! Meine lyrische Ader!«

»Aha«, machte der Matrose und trollte sich.

Wie wir aus zahllosen Seemannsgeschichten gelernt haben, hat jeder Hochseekapitän eine lyrische Ader. So auch Käpt'n Maggi Poltingbrook von der »Oak Hoak Moah«.

Sie war ein guter Kapitän, fluchte kräftig wie Paprikasoße, behandelte ihre Mannschaft normal schlecht und brachte guten Fang ein.

Schön war sie nicht. Aber stur.

Seit Jahren war sie entschlossen, ihren Mann, der ihr durchgebrannt war, umzubringen. Leider wußte sie nie recht, wie.** Manchmal dachte sie, ihn mit ihren eigenen Händen zu erwürgen, denn, so glaubte sie in ihrer lyrischen Art: »Der Hände Werk ist gut Werk, ist ehrlich Werk.«

Nun bekam sie plötzlich diesen Funkspruch von Edwina

* Diese feinsinnige Textpassage ist wörtlich einem Brief des Aushilfs-Matrosen William Mc. Skiltingbroshwork entnommen, der diese Szene eigenäugig beobachtet haben will. Daß er sich in seinen stilistischen Mitteln etwas vergreift und unterstellt, daß schwielige Frauenhände einen Funkspruch lesen, ist kein Versehen, sondern Absicht. Mc. Skiltingbroshwork war so!

** An solcherart Wankelmut ist, wie man weiß, schon mancher Mord gescheitert.

Shrewshobber. Und die Hände, die jahrelang etwas anderes vorgehabt hatten, zitterten.

Maxim F. Poltingbrook wollte sie sehen. Saß im Gefängnis wegen Bigamie und verlangte nach ihr.

Weil er sein Unrecht einsah.

Maggi Poltingbrook lachte, daß die große dunkle Warze auf ihrer Oberlippe tanzte.

»Nach Chicago!« brüllte sie den Steuermann an.

»Verzeihung, Käpt'n, aber Chicago hat keinen Hochseehafen.«

Margaret Poltingbrook stieß zornig mit dem Fuß auf die frischgescheuerten Schiffsplanken.

»Das große, weite Amerika wird doch irgendwo einen kleinen Hafen haben!« donnerte sie.

»Natürlich.«

»Dort fahren wir hin!«

»Aber was wird unsere Reederei dazu sagen?« fragte der Mann. Er war Vater von fünfzehn unehelichen Kindern.

»Es ist genug gereedert! Laßt mich endlich Tuten hören! Tut heimwärts, Dampfer!« jubelte Maggi und biß einem Hering den Kopf ab.

Sie aß gerne Rohes.

Noch zur gleichen Stunde drehte das 62 Grad nördlicher Breite und 55 Grad westlicher Länge kreuzende Walfangschiff »Oak Hoak Moah« auf südsüdwestlichen Kurs. Kommandos erklangen. Da wurden die Spunten vor die Klieken gedreht, wurde achteraus backbord 5 Grad Prielung genommen, die Kelling gegen den Wind gehulpt und allerorts in den Masten gejauchzt. Alsbald steuerte die »Oak Hoak Moah« mit voller Kraft entlang der Treibeisgrenze über den Atlantik, in pausenloser Fahrt der amerikanischen Ostküste entgegen. In wenigen Tagen war es geschafft. Die »Oak Hoak Moah« machte im Hafen von New York fest.

Mannschaft und Kapitän gingen an Land.

Einen Tag später stürzte Bonco mit allen Anzeichen des Entsetzens in das Comptoir des Juweliers Josua Benedikt Streubenguß.

»Es hat nicht geklappt«, jammerte er und schlotterte mit dem Hauptteil seiner Knochen, »es hat nicht geklappt!«

Er habe ja auch, so sagte er, von Josua Benedikt zum Platznehmen aufgefordert, keinerlei Erfahrung im Totmachen.

Außerdem sei ihm nächtens eine Ratte mit rosa Schleifchen im Traum erschienen, was entschieden als böses Vorzeichen zu deuten sei.

Was er zu berichten hatte, war enttäuschend genug. Die Kapitänin, in Chicago eingetroffen, habe fabelhaft in Schußlinie gestanden. Er, Bonco, habe auch fabelhaft gezielt, jedoch an die Ratte mit dem rosa Schleifchen denken müssen. So konnte es geschehen, daß er nicht abzudrücken vermochte. Allerdings, so bekannte Bonco, habe er sich auch nicht im Morden geübt, was für solcherart Unternehmungen eben unerläßlich sei.

Josua Benedikt schüttelte leicht den Kopf und machte leise: »Ts, ts, ts.«

Dann verschränkte er die Arme über der Brust und murmelte: »Peinlich, so was!«

Die Situation schien aussichtslos.

Im Stadtgefängnis zu Chicago begegneten sich indessen zwei Damen, die sofort Sympathien füreinander empfanden: Mrs. Edwina Shrewshobber und Käpt'n Poltingbrook.

Edwina Shrewshobber wankte wie ein Leuchtturm auf Maggi zu und versuchte, wie schon Dick, auch ihr vermittels Händeschütteln die Arme auszureißen, was jedoch bei einer Frau wie Maggi nicht gelingen wollte. Maggis Pranken umklammerten Edwinas Finger wie ein Schraubstock, und nachdem sich die eine von der anderen überzeugt hatte, daß sie durchaus fähig war, Arme und Beine als mittelalterliche Folterwerkzeuge zu benutzen, kannte die beiderseitige Zuneigung keine Grenzen.

Man besuchte den Gefängnisdirektor, besprach mit ihm die zu Dicks Freilassung notwendigen Formalitäten und schritt dann zum gemeinsamen Besuch in die Zelle des angeblichen Maxim F. Poltingbrook alias Dickie Dick Dickens.

Natürlich bemerkte Maggi Poltingbrook nicht, daß der Mann in der Zelle gar nicht der ihr angetraute war.* Und wenn sie es bemerkt hätte, so wäre das auch unerheblich gewesen. Mann ist eben Mann.

* Wie von allen Dickens-Biographen übereinstimmend berichtet wird, hatte Josua Benedikt Streubenguß bei der Auswahl des neuen Passes größte Sorgfalt walten lassen und peinlich genau darauf geachtet, daß die äußere Erscheinung des alten Paßinhabers mit der von Dickie übereinstimmte. (Vergl. auch: Capone: ›Richtlinien für die Verleihung falscher Personalpapiere‹, Fernkurs ›Gesetzesbruch – leicht gemacht‹, 1. Lektion.)

Dickie Dick Dickens ertrug alles. Umarmungen, Händeschütteln, Wangen, die nach Tran, und Kleider, die nach Mottenkugeln dufteten.

Doch als man ihm seine baldige Freilassung, verbunden mit der Rückkehr in Maggi Poltingbrooks Arme verkündete, streikten seine Nerven. In einem Anfall geistiger Umnachtung, den wohlwollende Wärter als völlig normal bezeichneten, versuchte er, erst Mrs. Shrewshobber, dann Maggi und schließlich die gefängniseigene Pritsche zu zerschlagen.

Der eilig herbeigerufene Gefängnisdirektor zeigte sich über diesen Vorfall nicht ernstlich besorgt. So etwas wiederhole sich bestimmt nicht, wenn der Häftling erst einmal frei sei, so versicherte er. Und das sei ja schon in vierzehn Tagen der Fall.

»Frei!« jubilierte Maggi Poltingbrook. »Frei wie die Möwe in den Lüften. Dann hol' ich dich ab, mein Kleiner, und wir stechen in See! Hinaus in die Ferne. Du wirst bei mir als zweiter Rudergänger fahren. Mußt natürlich als Schiffsjunge anfangen. Aber es wird dir Spaß machen, das Seemannsleben. Sich Wind und Wetter um die Nase wehen zu lassen – was könnt' es Schön'res geben!«

Damit verließ sie die Zelle, gefolgt von der wackeren Edwina Shrewshobber.

Dickie saß zerknirscht auf seiner Pritsche. Sah hilfesuchend zu dem Direktor auf.

»Kann denn der Strafvollzug so grausam sein, Herr Direktor? Wollen Sie mich wirklich dieser Walfangmutter ausliefern?«

Selbstverständlich wollte das der Direktor. Denn sie war ja seine rechtmäßig angetraute Gattin.

»Gut«, sagte Dick entschlossen, »dann werde ich ein Geständnis ablegen.«

Und er gestand, daß er gar nicht Maxim F. Poltingbrook war, sondern Dickie Dick Dickens, der gesuchte Millionendieb von Chicago.

Aber der Direktor lachte nur. Lachte laut und anhaltend. Er glaubte ihm kein Wort und ermahnte ihn, sein Schicksal mit Würde zu tragen. Mit solchen Mätzchen könne er keine Beachtung erlangen, höchstens mit Leistungen. Dick nickte und sah den Direktor träumerisch an.

»Tut mir leid«, sagte er versonnen, »aber es muß sein.« Und schlug ihn zusammen.

Vierundzwanzig Stunden später wurde Dickie Dick Dickens wegen Widerstandes gegen die Staatsgewalt, Aufruhrs und Körperverletzung zu neuerlichen sechs Monaten Gefängnis verurteilt.

Dankbar lächelnd hörte er den Spruch des Richters.

Der Heiterkeitserfolg, den er beim Gefängnisdirektor dadurch erzielte, daß er die Wahrheit gesagt hatte, machte ihn um eine Erfahrung reicher, die ihm für das ganze Leben Rüstzeug sein sollte.

In den Notizen für seine Memoiren finden wir folgenden Satz niedergelegt:

»Das haben«, so heißt es dort, »die Politiker mit den Gangstern gemeinsam: Wenn's mit der Wahrheit nicht so recht klappen will, versuch's mit der rohen Gewalt. Seit Cäsars Zeiten gilt das schlagkräftige Argument auch als das beste.«

Bella Cora del Hortini jedoch, der vertrauten Freundin im fernen Italien, schreibt er wehmütig:

»Welche Stunde, da ich erkannte, wie fürchterlich ein Frauenherz auch noch in seiner Güte (oder was sie Güte nennen) sein kann!«

Wie wenig begründet war doch der Zweifel des Mannes in der Zelle an sich und seiner Mitwelt! War und blieb er nicht der, der er immer gewesen ... Dickie Dick Dickens ...?

Dickie Dick Dickens – das Trumpfas der listenreichsten Männer der neuen und der alten Welt, der Mann, dem von den beiden führenden Verbrecherheranbildungsanstalten, nämlich der »Hasard Crime and Outlawry University«* sowie der »International Rackerteering and Defrauding Academy«**, die Ehrendoktorwürde zuerkannt wurde. In einer schlichten, aber ergreifenden Feierstunde nahm er die Doktorhüte im April 1921 und Mai 1934 in Empfang, trägt sie allerdings nur bei schlechtem Wetter.

Es spricht für seine Bescheidenheit und für die in der Tiefe seines Wesens verhaftete, weltferne Abgeschlossenheit, daß er fast nie von seinen Doktortiteln Gebrauch gemacht hat. Dr. Dr. Dr. Dickie Dick Dickens blieb auch im Alter der zurückhaltende und warmherzige Mensch, der er immer gewesen.

Selbst, als er wirklich allen Grund hatte, aus der Haut zu fahren, blieb er in ihr.

So zum Beispiel in jenem Winter des Jahres 1925.

Ein schicksalsschwerer Winter. Chicagos Unterwelt war führerlos.

Und Dickie Dick Dickens hatte seine Haft noch freiwillig um sechs Monate verlängert. Und das nur, um Maggi Poltingbrook, seinem rechtmäßigen Weibe, zu entgehen.

Margaret Poltingbrook, geborene Stippling, aber ließ nicht locker. Sie kam wieder und bot Dickie an, das Gefängnis anzuzünden, um ihn herauszuholen.

Dick hatte Bedenken. »Nicht etwa wegen der anderen 1999 Sträflinge«, meinte er, als Maggi ihn einen Feigling schalt, »ich vertrage nur keine Hitze.«

Maggi ließ noch manchen schönen Spruch aus ihrer lyrischen Ader quellen, noch manch abenteuerlichen Plan, um Dick aus dem Kerker zu befreien. Vergeblich. Er weigerte sich einfach, Unrecht zu tun.

* Zu deutsch etwa »Hasard Verbrechen und Gesetzesbruch Universität«.
** Was heißt: »Internationale Erpresser und Betrüger Akademie«.

Und Maggi hätte ihn so gern an Bord gehabt!

Mit gewaltiger Rede schilderte sie Dick die Schönheiten der Walfischaufbereitung.

Ebenso vergeblich.

Als die Besuchszeit um war, verließ Kapitän zur See Maggi Poltingbrook das Gefängnis. Gramverkümmert stapfte sie hinaus.

Dickies Laune hingegen glich einer sprudelnden Sodawasserflasche. Mit sich selbst und der Welt zufrieden, blieb er in seiner Zelle, die ihm, wie er in einem Brief an einen jungen Einbrecher schrieb, »zum lieben Heim« geworden war.

Hier fühlte er sich wohl. War sicher vor den Gefährnissen des Alltags und dem Zugriff seiner Frau Gemahlin. Er vertrieb sich die Zeit, die er gar nicht vertreiben wollte, mit flottem Spiel auf der Mundharmonika.

Doch nicht überall war es so ruhig und friedlich wie in Chicagos Stadtgefängnis.

Im Rathaus herrschte in jenen Tagen Panikstimmung. Man tagte, hielt stundenlange Reden nach wochenlangem Nachdenken.

Kommissar Hillbilly, blonder Komet am amerikanischen Polizeihimmel, sah sich einer Katastrophe gegenüber. Seit Jim Coopers Bande ausgehoben sei, blühe das Verbrechen in allen Ecken und Winkeln, so behauptete er und verwahrte sich gegen den Einwurf des Bezirksstaatsanwaltes, die Polizei griffe eben nicht hart genug durch.

Der Bezirksstaatsanwalt wiederum verwahrte sich gegen solche Verwahrungen, wohingegen der Senator für allgemeine Angelegenheiten es an der Zeit fand, der Welt kund und zu wissen zu tun, daß nicht der einzelne, sondern vielmehr das System Schuld an jeglichem Mißstand trage.

Dies aber zu bekämpfen sei seine, Senator Crossberry's, vornehmliche Aufgabe.

Da aber niemand so recht etwas von Senator Crossberry's vornehmlicher Aufgabe wissen wollte, ging man zu dem sichersten und unfehlbarsten Mittel zur Beseitigung von Mißständen über: Man redete, schrie und gestikulierte durcheinander.

Währenddessen wurde Kommissar Hillbilly durch Sergeant Martin die Meldung erstattet, daß sich in der letzten Nacht wiederum ein Dutzend Schwerverbrechen ereignet hätten, davon allein sieben Morde.

Diese Meldung nahm der Kommissar zum Anlaß, um mit klirrender Stimme Tatsachen in den Sitzungssaal zu schmettern, Tatsachen, die in Zahlen ausgedrückt bedeuteten, daß von 0,0022 Verbrechen pro Kopf und Stunde allein alle 60 Minuten 0,00086 Morde auf das Haupt der Bevölkerung entfielen.

Worauf der Senator für Ernährung und Zuchtprodukte erklärte, daß er es für eine ausgesprochene Zumutung hielte, ihm die Schuld für derartige Vorkommnisse zu unterstellen, und er sich seinerseits für nicht befugt halte, die nun einmal vorhandenen Zustände abzuschaffen.

Die alberne Bemerkung eines Gemeindevorstandes, er verstünde nicht, wieso Kommissar Hillbilly seine Sorgen der Senatoren- und Bürgerversammlung vortrüge, statt sich als Polizist vermittels der ihm unterstellten Polizeimacht an die Beseitigung der herrschenden Mißstände zu machen, wurde als laienhaft und ins Sonntagsblättchen gehörig abgetan.

Der Bürgermeister aber schwieg.

So tagte man weiter im Rathaussaal.

Tagte stundenlang.

Die Stunde zu 0,00086 Morden auf das Haupt der Bevölkerung.

Die Beschwerden Kommissar Hillbillys waren jedoch keineswegs grundlos. Über das ganze Stadtgebiet verteilt, ereigneten sich die Verbrechen. Planlos und ohne Zusammenhang zwischen den einzelnen Delikten.

Diese Zusammenhanglosigkeit aber war es, die Kommmissar Hillbilly in Wahrheit so ratlos machte.

Dabei war die Erklärung höchst einfach.

Die Nachricht, daß Jim Coopers Bande vernichtet war, hatte sich wie ein Lauffeuer über den amerikanischen Kontinent verbreitet.

»Die Unterwelt Chicagos«, so flüsterte man sich zu, »ist herrenlos!«

Wie in den alten Goldgräberzeiten erzählte man von dem großen, glänzenden Glück, das in Chicago auf der Straße läge. Allüberall formierten sich kleine Gruppen von Glücksrittern und machten sich auf die Reise.

Und da kamen sie: Abenteurer und Hasardeure, Banditen und Desperados, Wegelagerer und Brandstifter, Kehlabschneider und Bauchaufschlitzer.

Sie kamen. Kamen alle!

Aus ganz Amerika!

Sie kamen zu Fuß über Stock und Stein, sie streiften hoch zu Roß über Steppen und Prärien, durchstrebten die Weite des Landes auf den rollenden Rädern der eisernen Bahn, ratterten hupend und quäkend das weiße Band der Landstraße entlang und durchstürmten auf eisernen Flügeln die Lüfte.

»O Gangster! Schnell und eilig da, wo Geld ist und Macht. Kommende, deren einziger Wille nichts ist als die flammende Fackel eigener Sucht.«

So sang der poetische Trim Harrier in jenen Tagen.

Doch die Illusion der Missetäter aller Länder sollte wie eine Fata Morgana im Sandsturm zerstieben.

Denn schon auf den Zufahrtsstraßen wurde ihnen auf recht drastische Weise klargemacht, daß die Unterwelt Chicagos übervölkert war.

Da gab es Billy, den Kopfjäger, der Straßenfallen aufstellte und die Zugereisten noch vor der Ortseinfahrt abknallte.

Allerdings nur so lange, bis Rip und sein Freund Reff ihn aus zwanzig Meter Entfernung umlegten.

Reff, der Rip fragte, ob er auch getroffen habe, wurde von Rip als Dussel empfunden und postwendend erschossen.

Rip, der an sich über eine vorzügliche Halbbildung verfügte, verkannte hierbei eines der Naturgesetze der Gangster, daß nämlich jeder Dussel, der stirbt, nur Platz für zwei neue macht.

So sollte es nicht lange dauern, und Topper und Williams kreuzten auf.

»Halloh, Rip, alter Junge!« sagte Topper, der einen Wolfsrachen hatte und meist den Unterkiefer herunterhängen ließ. »Wir hörten hier 'ne Schießerei. Deswegen sind wir hergekommen. Was, Williams?«

Williams, dessen ausgefranste Ohrenränder vorzüglich zu seiner geschwollenen Oberlippe paßten, nickte und sagte stur: »Stimmt, Topper, sind wir.«

Topper sah sich um.

»Fünf Leichen – hübsch aufgeräumt.«

Rip lächelte geschmeichelt.

»Es tut mir leid um die Jungs. Es kann eben nicht jeder leben bleiben, das liest man alle Tage. Die Konkurrenz wird zu groß.«

»Da hast du recht«, nickte Topper. »Was, Williams?«

Williams bewegte seinen Kopf vorwärts.

»Da hat er recht.«

So plauderten sie noch eine Weile, und die Zeit, bis er Rip mit dem Messer gekillt hatte, verging Topper wie im Fluge.

Es gibt eben Tage, da spürt man die Arbeit kaum.

Williams legte noch ein paar nette Tellerminen für den Fall, daß unerwünschte Polizeiautos ihren Weg kreuzen sollten, und dann marschierten sie selbzweit, Topper und Williams, gen Chicago.

Von Tag zu Tag wurde es unruhiger in Chicago. Selbst der hartgesottenste Gauner war seines Lebens nicht mehr sicher. In der ehedem so klar organisierten Unterwelt der herrlichen Millionenstadt herrschten wahrhaft anarchistische Zustände!

Keiner der Gesetzesbrecher konnte mehr in Ruhe seiner Beschäftigung nachgehen. Es gab kaum einen Einbruch, Diebstahl oder Überfall, bei dem der Räuber nicht anschließend selbst ausgeraubt wurde.

Tatsächlich: So weit war es mit Chicagos Gangstern gekommen, daß es bei ihnen zuging wie im Existenzkampf.

Gangster überfüllten die schönen Friedhöfe von Chicago. Friedhöfe, die einst von einem wohlmeinenden Senator für die Bürger dieser Stadt angelegt worden waren, wurden zweckentfremdet.

Keine Straße, auf der sich nicht räuberische Banditen erbitterte Gefechte lieferten.

Eine Tatsache, die Senator Berriman veranlaßte, in einer dringlich anberaumten Senatssitzung auszurufen: »Das, meine Damen und Herren, scheint mir doch eine gelinde Überschätzung der demokratischen Freiheiten zu sein, die wir den Leuten zugestehen! In der Frage, wer, wann und wo abgeschossen wird, sollten wir uns zumindest ein Mitspracherecht sichern!«

Hatte der Herr Bürgermeister seit Tagen und Wochen weise geschwiegen, so erhob er sich nun und wandte sich würdevoll dreinblickend an die erlauchte Versammlung.

»Meine Damen und Herren«, sagte er geistreich, »der Senator Berriman macht mir den Vorwurf, daß ich mich nicht kümmere um diese Angelegenheit.

Ich möchte betonen, meine Damen und Herren, ausdrücklich betonen, daß ich konferiert habe mit allen zuständigen Herren der Stadtverwaltung. Ich habe auch konferiert mit den führenden Organen der beteiligten Interessengruppen. Und ich habe mit all den Herren gesprochen in einer sehr erfreulichen Atmosphäre, sowohl menschlich als auch sachlich. Wir haben völlige Übereinstimmung erzielt bei allen wesentlichen Fragen, die wir besprochen haben auf dieser Konferenz. Und ich kann das Haus versichern, daß alle geeignet erscheinenden Maßnahmen ergriffen werden zur Bekämpfung des Übels, von dem der Herr Senator Berriman gesprochen hat.«

Die Versammlung klatschte Beifall. Es hörte sich an wie Regen auf einer Blechbüchse.

»Aber wann?« schrie einer, der schreien mußte.

Der Bürgermeister sah ihn ruhig an.

»Wann? Sie können sich trösten. Es wird schon rechtzeitig geschehen.«

Da mußten wieder welche schreien.

»Was heißt rechtzeitig?«

Der Bürgermeister, der sich schon wieder gesetzt hatte, erhob sich noch einmal, peinlich berührt von soviel Tamtam.

»Aber meine Herren!« sagte er gequält. »So seien Sie doch nicht so zimperlich! Es besteht ja noch nicht der geringste Anlaß zu irgendeiner irgendwie gearteten Besorgnis!«

»BUMMM« machte es, und eine Detonation zerriß die Stille, die den Worten des Bürgermeisters folgte, in Stücke.

BUMMM! Und noch viele kleine, schnelle BUMMs folgten.

Glas splitterte.

Gestühl polterte.

Maschinenpistolensalven bellten ihr stählernes Gemecker in schreiende, tobende Menschen.

Während die Senatoren drinnen debattierten, wogte vor dem Rathaus eine wilde Schlacht zwischen Banditen. Im Eifer des Gefechtes stürmten einige der Randaleure das Rathaus, offensichtlich in der irrigen Meinung, daß, wo geschrien und gestritten wird, ernsthafte Zerwürfnisse herrschen oder gar Anschauungen vertreten werden. Außerdem, so dachten sie, kann es niemals schaden, wenn man von Zeit zu Zeit ein Rathaus erobert.

Der Bürgermeister stellte fest, daß er vollkommen recht gehabt hatte mit seiner Annahme, es bestünde kein Anlaß zur Besorgnis. Er hatte sich nur in den Zeiten geirrt.

Josua Benedikt Streubenguß seinerseits hatte viel Grund zur Beunruhigung. Er fand, daß Chicago einem Hexenkessel gliche und daß Ruhe, Ordnung und bürgerliche Sicherheit wieder einzukehren haben.

Gelernte Gangster haben es nicht gut in aufgeregten Zeiten. Sie leben gerne schlicht und einfach.

Es fällt dann nicht so auf, wenn man jemandem den Hals abschneidet. Auch hält der Bürger von nebenan um seines guten Lebens willen den Mund. Wer schreit schon gern wegen anderer Leute?

Josua Benedikt beschloß zu handeln.

Als erstes ging er zu Dickie Dick Dickens ins Gefängnis. »Sie«, so sagte er mit Würde, »könnten Chicago retten, Mr. Dickens! Sie haben Persönlichkeit und Führertalent.«

Dick zeigte sich abweisend. Josua Benedikt, so sagte er, möge sich bitte vergegenwärtigen, daß ihm dieses Gefängnis Futterchen und Heiabettchen liefere und er ungestört seiner musikalischen Leidenschaft frönen könne. In der Freiheit aber lauere Maggi Poltingbrook auf ihn, die Zweizentnerdame mit dem Walfischleib.

Wäre diese freundliche Unterredung nicht durch den Besuch der Dame Edwina Shrewshobber unterbrochen worden, Josua Benedikt hätte verzweifeln müssen.

Die gute Edwina kam mit der Nachricht, daß es den Vereinigten Frauenverbänden gelungen sei, Strafaufschub für Dickie zu erwirken, und daß seinem Glück an der Seite Maggi Poltingbrooks nun nichts mehr im Wege stünde. In spätestens acht Tagen, so verkündete sie, hole Maggi, die Liebe, ihn vom Gefängnis ab. Dann versuchte sie noch, Dickie zu ertränken, indem sie ihn zum Abschied küßte, und entschwand.

»Meinen Glückwunsch!« kicherte Streubenguß, »oder, wie sagt man: Tran Heil?«

»Wenn Ihnen Ihr Leben wert ist, Josua, hören Sie auf zu lachen!« knirschte Dick.

Josua versprach, es sich zu verbeißen.

Dick schwieg.

Grollte.

In acht Tagen holte ihn Maggi. In diesen acht Tagen mußte etwas geschehen!

Dick stand vor dem kleinen Fenster seiner Zelle und besann sich auf das Beste, was er hatte.

Auf sich selbst.

Dann wandte er sich um.

»Gehen Sie nach Hause, Josua Benedikt«, sagte er leise, »und bestellen Sie Effie, sie soll mein Bett beziehen! Übermorgen komme ich.«

Josua Streubenguß antwortete nicht. Er nahm seinen Hut. Verließ Dick.

Dick, der nun wieder so ganz er selbst war.

Am Morgen des nächsten Tages ließ Dick den Gefängnisdirektor schön grüßen und ihm ausrichten, er beabsichtige, ein Geständnis abzulegen.

Der Gefängnisdirektor, ein gutherziger Mann, eilte darauf sofort in die Zelle von Dick.

Der Wärter meldete stramm und respektheischend: »Der Herr Gefängnisdirektor!«

»O fein«, meinte Dick, »ich lasse bitten.«

»Morgen, Mr. – äh – Poltingbrook ...«, sagte der Direktor höflich, »so war doch der Name?«

»Hm«, antwortete Dick, »ich glaube.«

»Sie glauben???«

Dick nickte eifrig. »Gestern jedenfalls hieß ich noch so. Aber bekanntlich ändern sich die Zeiten – und mit den Zeiten die Menschen. Sie brauchen nur bei Einstein nachzulesen.«

»Meine Zeit ist kostbar, Poltingbrook«, sagte der Direktor kühl, »was wollen Sie also?«

»Ich«, entgegnete Dick, »wollte Ihnen sagen, daß ich kein Geständnis ablegen kann. Man würde mich sonst totschlagen.«

»Wie bitte?« Des Direktors Gesicht wurde eisig.

»Dabei bin ich ein schlechter Mensch«, flüsterte Dick. »Ich bin nämlich gar kein Bigamist. Ich habe mich nur gebrüstet.«

Er lachte schallend.

»Aber Poltingbrook! Sie können doch nicht leugnen, daß Sie in Irland schon mal verheiratet waren!«

»Oh«, lächelte Dick, »wenn Sie wüßten, was ich sonst noch alles kann! Zum Beispiel in den Zähnen stochern!«

»Na, na, na!« machte der Direktor ärgerlich. »Wollen Sie etwa behaupten, Sie hätten sich nicht mit Margaret Stippling in Blackwater trauen lassen?«

»Freilich, freilich«, ereiferte sich Dick. »Wir haben lediglich unsere Bekanntschaft vor dem Standesbeamten bekräftigt. Das ist dort so Landessitte.«

»Aha! Nach Landessitte nennt man so was Eheschließung, mein Bester. Sie sind also verheiratet!«

»Und Sie sind ein Wortklauber!« trumpfte Dick wütend auf und begann zu weinen.

Der Direktor sah Dick prüfend an.

»Was ist los, Poltingbrook? Sie sind so konfus? Aber gehen wir mal weiter. Sind Ihrer Ehe Kinder entsprungen?«

»Wenn Kinder schon gleich entspringen müssen, wenn sie auf die Welt kommen, ist das der beste Beweis, daß die Ehe ein Gefängnis ist«, sinnierte Dick düster.

Dann sah er auf.

»Natürlich habe ich Kinder. Sechzehn bis siebzehn Stück, soweit ich mich erinnere. Alles Söhne.«

»So?«

»Ja, ich habe niemals Töchter. Das wäre auch gegen die Natur. Denn ich bin ja ein Mann.«

»Wie heißen denn Ihre Söhne?« fragte der Direktor mit einem seltsamen Unterton in der Stimme.

»Oh«, lächelte Dick, »die Namen sind leicht zu merken. Sie heißen alle Paul. Bis auf Thomas. Der heißt Richard.«

» Hören Sie mal, Poltingbrook«, sagte der Direktor langsam und leise, »wollen Sie mich zum Narren halten?«

Dick sah ihn reinen Blickes an.

»Warum? Sind Sie denn keiner?«

Die Unterredung wurde damit beendet, daß der Direktor wütend die Zelle verließ und sich in sein Amtszimmer begab. Dort blätterte er in den vom Staat eigens für seine Diener verfaßten Romanen, die alle den gleichen Titel »Vorschriften« tragen.

Denn das ist das Glück des Beamten, daß er für alle absehbaren Fälle in seiner Praxis Verhaltungsmaßregeln und Richtlinien mitbekommt.

Für die absehbaren, wie gesagt.

So kostete es denn unseren Herrn Direktor keine unnötige Denkarbeit, die richtigen Schritte einzuleiten.

Zwölf Stunden später schon saß Dickie Dick Dickens in der psychiatrischen Abteilung des Gefängniskrankenhauses und wurde vom leitenden Arzt, Dr. Summerbird, untersucht.

Dick mußte zählen, und Doc Summerbird fand, daß es recht gut ginge.

»O ja!« strahlte Dick. »Ich kann noch weiter. Gestern abend zum Beispiel, bei der Voruntersuchung, bin ich bis 834 gekommen. Und nur zwei Fehler! Sie können die Schwester fragen!«

»Hm«, machte Doc Summerbird, »und Sie haben sechzehn Söhne?«

Dick nickte.

»Den letzten nicht mitgerechnet. Aber der gilt nicht. Der war eine Mißgeburt.«

Dick wandte sich ganz dicht zum Arzt hin und flüsterte: »Der hatte nur zwei Ohren! Und Haare auf dem Kopf!!« Laut setzte er hinzu: »Ich hab' mich vielleicht geschämt!!«

Der Arzt fragte Dick, ob er manchmal Kopfweh habe.

»Hoho!« antwortete Dick. »Gerne! Wie ein Mühlrad wälzt es sich in meinem Schädel! Haben Sie schon mal Mühlräder im Kopf gehabt?«

Summerbird sah seinen Patienten interessiert an.

»Haben Sie diese Schmerzen öfter, Poltingbrook?«

»Nein«, hauchte Dick, »nicht öfter. Nur vieler. Immer wenn ich an Irland denke. An Maggi. Und an die Walfische. An die Zeit damals. Dann ist ein Schleier über meinem Kopf. Ganz aus Dunst und Nebel ... und das Mühlrad. Klipp-klapp.«

»Hm.«

Doc Summerbird fixierte Dick und sah ihm in die Augen.

»Herr Doktor«, jammerte Dick, »wenn ich meinen Verstand verliere, kriege ich ihn dann gegen Finderlohn wieder? Und wieviel Prozent Verstand muß man als Pflichtanteil abgeben?«

Der Doktor antwortete nicht.

Dick schwankte. Doch dann lächelte er versonnen.

»Rübezahl meint, daß ich gesund sei.«

»Wer ist Rübezahl?«

»Den kennen Sie nicht? Der Geist der Deutschen.«

Der Doktor sprach lange mit Dick. Bat ihn, sich zu erinnern. Dick mußte seine Jugend erzählen. Aber immer, wenn er »Auto« sagte, geriet er ins Stottern. Der Schweiß brach ihm aus.

»Auto ... Auto ... Auto ...«, jammerte er und weinte.

Der Doktor drang in ihn.

»Was war mit dem Auto?« fragte er immer wieder.

Dick schüttelte den Kopf. Dann sagte er tonlos: »Machen Sie mal brrrrrrr, Doc!«

Der Arzt tat ihm den Gefallen. Doch Dick genügte es nicht. Brrrrrrr solle der Doktor machen, »aber bitte im zweiten Gang ...«

Immer wieder Auto. Und dann war es ganz aus mit Dicks Erinnerungen. Nur noch Auto und brrrr ...

Den ganzen Tag lang wurde Dick untersucht. Man kam zu keinem Ergebnis.

Am Ende entschloß sich Doktor Summerbird, ein Experiment zu machen. Er wollte mit seinem Patienten eine Autofahrt unternehmen. Vielleicht, daß diese Fahrt den plötzlichen Schock und die Verwirrung des armen Geistesgestörten löste.

Doch kaum hörte Dick den Doktor Summerbird von einer Autofahrt sprechen, als er sich heulend wie ein getretener Hund in die Ecke des Untersuchungszimmers kauerte und zu bellen begann. Dann kehrte er zu menschlichen Lauten zurück, weinte herzzerbrechend und versuchte, sich die Sträflingskleider vom Leibe zu reißen.

Daran gehindert, wurde er wieder jäh zum Tier und verlangte ein Fell.

So ging es acht Stunden.*

Nach acht Stunden hatte Doktor Summerbird erkannt, daß sein Patient nicht in Sträflingskleidung in ein Auto gehen würde. Erst als man dem Kranken seine eigenen Kleider anzog, wurde er ruhiger. Er lallte nur noch leise vor sich hin: »Auto ... to ... tüt tüt ... Au ... brrr ...«

Noch am späten Abend wurde alles für das Experiment des Doktor Summerbird vorbereitet.

Bei Morgengrauen beabsichtigte man, den Patienten zu einer Autofahrt mitzunehmen. Doc Summerbird stellte großzügigerweise seinen eigenen Wagen zur Verfügung. Da es sich um einen Sträfling handelte, der bereits in einer Woche auf Bewährung entlassen werden sollte, lag auch dem Gefängnisdirektor viel an der Heilung des Patienten.

Welch fatale Lage könnte für ihn entstehen, erführe man höheren Ortes, daß Sträflinge in seiner Anstalt Nervenschocks bekämen?

Daß es sich um einen Simulanten handeln könne, war schon aus dem Grunde ausgeschlossen, da der Mann ja in Kürze entlassen werden sollte.

So harmlos das Experiment des Doktor Summerbird auch war, so hatte die menschliche Gemeinschaft, die in diesem Falle aus den Bürgern von Chicago bestand, doch Anspruch auf Schutz vor Sträflingen.

Also traf man gewisse Sicherheitsvorkehrungen, was nicht ganz leicht war, da der Patient auf alles, was auf Bewachung

* Der 8-Stunden-Tag wurde 1923 im fortschrittlichen Amerika auch für Simulanten eingeführt.

außerhalb seiner Zelle hindeutete, mit Verzweiflung und Weinkrämpfen reagierte.

So wurde der Gefängniswärter Harris, der Dr. Summerbird und Dick begleiten sollte, in Zivil gesteckt und als Kollege Dr. Harris ausgegeben. Den Tank des Wagens füllte man mit herzlich wenig Benzin, so daß auf keinen Fall eine weite Fahrt möglich war.

Ort und Stunde des Experimentes, so hieß es in den Akten des Gefängnisses, wurde als »zu äußerst früher Stunde und auf einsamer Landstraße auszuführen« anberaumt.

Ein scheußlicher, nebeliger Morgen kroch in die schmutzigen Steinritzen des Chicagoer Stadtgefängnisses.

Feiner Regen kitzelte die Wangen der drei Männer, die in einen haltenden Wagen stiegen.

Es war vier Uhr früh.

Langsam fuhr der Wagen an.

Die drei Männer saßen vorn. Am Steuer Dr. Summerbird. Neben ihm Dick und der angebliche Arzt Dr. Harris, der in Wahrheit der Gefangenenaufseher Alfons Harris war.

Dick sah bleich und leidend aus. Der Ausdruck seiner Augen war leer und gläsern. Mechanisch strich seine Hand über den Revers seines Anzugs. Doch er schien nichts von dem wahrzunehmen, was um ihn geschah.

Während der Fahrt sprach Dr. Summerbird. Sprach leise und freundlich.

Dick antwortete nicht. Er rückte unruhig hin und her, stöhnte und klammerte sich an Dr. Summerbird fest. »Ich habe Angst ... Angst ... Angst«, flüsterte er.

Summerbird sagte kluge Dinge darüber, daß nun bald eine Krise käme, und daß man nicht nachlassen dürfe. Er möge es sich bequem machen, die Beine ausstrecken, sich entspannen und versuchen, an jene Autofahrt zu denken, die offenbar seinerzeit den Schock ausgelöst habe.

Dick legte die Stirn in Falten und versprach, nachzudenken. Aber das Erinnerungsvermögen stellte sich immer noch nicht ein.

Sie fuhren hinaus, vor die Tore der Stadt. Die nasse Landstraße rutschte wie ein Fließband unter den Rädern des Autos hinweg.

Dick stöhnte.

Doc Summerbird lächelte ihm aufmunternd zu, sagte aber nichts.

Die Straße führte nach Westen. Weit und breit nichts als Felder und manchmal ein Baum, dessen dürre Äste in sinnloser Gebärde gen Himmel zeigten.

Kein Haus. Keine Raststätte für Autos. Nichts.

Plötzlich hörte Dick zu stöhnen auf. Er beugte sich vor. Trat auf die Bremse.

»Anhalten!« sagte er kurz.

Die Bremsen quietschten, der Wagen hielt.

»Aber, aber!« machte Summerbird. »Was soll denn das?«

»Aussteigen!«

Summerbird sah Dick unwillig an.

»Nehmen Sie Vernunft an, Poltingbrook! Wir führen das Experiment zu Ende, und Sie werden sich wohler fühlen!«

»Das Experiment *ist* zu Ende, ich danke Ihnen für Ihre Mühe, Doktor«, sagte Dick, und es klang hart und kalt. Nun wurde auch Summerbird ungemütlich.

»Hören Sie, Poltingbrook, Sie zwingen mich, Ihnen mitzuteilen, daß Mr. Harris kein Kollege von mir ist. Er ist Gefangenenwärter.«

Dick lächelte.

»Ei, ei, lieber Doc. Hat Ihnen Ihre Mutti denn erlaubt, zu schwindeln?«

Summerbird kniff seine Augen zusammen und versuchte einen hypnotischen Blick.

»Falls Sie auf dumme Ideen kommen sollten, wird er von der Schußwaffe Gebrauch machen. Er hat nämlich eine Pistole bei sich.«

»Meinen Sie diese?« fragte Dick und hielt beide Männer mit einer 12-Millimeter-Luger in Schach.

»Verdammt!«

Der Gefangenenaufseher versuchte, sich auf Dick zu stürzen. Aber dann sah er den kalten Blick des Mannes, sah, wie sich der Finger am Abzugbügel krümmte.

Dick riß die Wagentüren auf, stieß gleichzeitig Summerbird mit dem linken Arm und Harris mit dem rechten Fuß aus dem Wagen. Dann gab er Gas und raste davon. Die einsame Landstraße entlang. Es war genau 6 Uhr und 36 Minuten.

Dickie Dick Dickens selbst bezeichnete seinen Erfolg als einen Triumph des schlichten handwerklichen Könnens. Hätte er nicht sein ganzes Leben lang seinen Beruf als Taschendieb gepflegt und sich mit nie erlahmender Kraft darin geübt, wäre ihm diese Flucht nie geglückt.

Dr. Summerbird und Mr. Harris aber standen auf regennasser Landstraße, fluchten und schimpften.

Dann jedoch trösteten sie sich. Weit konnte der Sträfling Poltingbrook nicht kommen. Der Benzinvorrat des Wagens war nicht groß, und der Reservetank war leer. Summerbird überlegte fieberhaft. Poltingbrook hatte keine Ahnung, daß sein Benzin bald alle-alle war. Er würde also weiterfahren, würde auch an der Tankstelle vorbei fahren, die als nächste auf seiner Wegstrecke lag. »Was kommt nach der Tankstelle?« fragte er Harris, der die Gegend gut kannte.

Der blickte düster.

»Nichts. Keine Stadt, kein Dorf, nicht einmal ein alter Hühnerstall. Der Musjöh steht nachher genauso auf der Straße wie wir auch.«

»Na warte!« sagte Summerbird. Er hatte es plötzlich eilig. »Kommen Sie, Harris! Kommen Sie schnell!«

Und lief mit Riesenschritten die nasse Landstraße entlang. Allerdings in rückwärtiger Richtung.

Summerbird und Harris hatten richtig vermutet. Dickie fuhr nichtsahnend an der Tankstelle vorbei.

Dann aber machte es puff-puff und muck-muck, und der Motor stand still.

Dick stieg aus, nahm die Haube hoch, prüfte hier und prüfte da. Kein Zweifel, der Wagen war tadellos in Ordnung; das Lämpchen am Armaturenbrett hatte zu Recht aufgeglüht – er hatte kein Benzin mehr.

Im Kofferraum fand er einen leeren Kanister, Reifen, Wagenwerkzeug, alte Lappen und einen Monteuranzug. Das war alles.

Dick stand auf der Landstraße ...

Aber aufgeben? Jetzt, wo er so weit war, daß er Maggi Poltingbrook und diesem ganzen Verein von Weibern samt ihres führenden Ungeheuers Edwina Shrewshobber entronnen war?

O nein!

Dickie Dick Dickens war nicht der Mann, sich damit abzufinden.

Summerbirds Tempo brachte den guten Harris in arge Verlegenheit, was seinen Atemhaushalt anlangte. Er schnaufte und schniefte dermaßen, daß der spindeldürre Summerbird ihm mit einem Seitenblick bedeutete: »Mehr Sport, mein Lieber! Der

Mensch soll jeden Tag zweimal schwitzen und einmal außer Atem geraten.«

»Danke«, meinte Harris, »was das betrifft, nehme ich zur Zeit auf dreißig Tage Vorschuß!«

Endlich erkannte er, was Doc Summerbird vorhatte: Etwa drei Kilometer, bevor der Sträfling das Auto zum Halten gebracht hatte und ausgebrochen war, hatten sie ein Landhaus passiert, das etwas versteckt neben einem kleinen, seitwärts führenden Weg lag.

Dieses Häuschen nun steuerte Dr. Summerbird mit Riesenschritten an, klopfte tief atmend und bat, als ihm von einem liebenswerten Alten geöffnet wurde, telefonieren zu dürfen.

Der nette alte Mann ließ die beiden eintreten, nicht ohne einen erstaunten Blick auf das puterrote Gesicht des immer noch keuchenden Harris zu werfen.

Das Telefon aber war trotz der frühen Morgenstunde besetzt. Und das sollte noch eine ganze Weile so bleiben, denn die Dame des Hauses telefonierte mit ihrer Freundin. Da half nichts. Gar nichts. Keine Ermahnungen des freundlichen alten Mannes, kein verstohlenes Zupfen an ihrer Schürze, keine wilden, an griechische Tragödien erinnernde Gesten von Harris.

Und Dr. Summerbird mußte feststellen, daß sich über nichts in der Welt soviel sagen läßt wie über Nichtssagendes und Unaussprechliches.

Dr. Summerbird aber hatte nur einen Gedanken: So schnell wie möglich die nächste Polizeistation zu verständigen. Zwar meinte Harris, daß dies wenig Sinn mehr haben würde. Denn es war nicht anzunehmen, daß Poltingbrook im Auto sitzenbleiben und auf seine Verhaftung warten würde. Summerbird aber war mit seinen Überlegungen schon einen Schritt weiter.

»Sie denken zu schnell, mein Lieber, deswegen denken Sie falsch«, sagte er. »Was, glauben Sie, wird Poltingbrook tun, wenn er merkt, daß sein Benzintank leer ist?«

»Na, er wird schön fluchen«, knurrte Harris.

»Und dann?«

»Dann geht er stiften.«

Summerbird schüttelte den Kopf.

»Aber Harris! Er ist wenige Minuten vorher an einer Tankstelle vorbeigefahren. Was liegt also näher, als daß er zu Fuß dorthin zurückgeht, um sich einen Kanister Benzin zu holen?«

»Ach so«, sagte Harris, »na, freilich.«

Nun wurde auch er unruhig und schaute blitzenden Auges hinüber zur Dame des Hauses, die immer noch telefonierte ...

Tatsächlich tippelte Dickie Dick Dickens zur gleichen Zeit, in einen Monteuranzug gewandet, die fünf Kilometer zu jener Tankstelle zurück.

Dort angekommen, wußte er eine rührende Geschichte von seinem armen Auto zu berichten, und wie einsam es da so ganz ohne inneres Benzin auf der Landstraße stand. Tja, und leider könne er dem guten Tankwart nicht einmal etwas zahlen, denn er sei ausgeraubt worden. Von zwei Straßenbanditen. Nur die Brieftasche hätten sie ihm gelassen. Ohne Geld. Sein Scheckbuch habe er allerdings noch ...

»Aber das ist doch ganz in Ordnung«, tröstete der Tankwart den unglücklich dreinschauenden Dick, »ein Scheck genügt mir vollkommen.«

Gerade wollte er den erbetenen Benzinkanister abfüllen, da läutete das Telefon.

Wie erstaunt war der gute Mann, als er von der nächstgelegenen Polizeistation in Wilderbich die Nachricht bekam, daß ein ausgebrochener Sträfling namens Poltingbrook bei ihm aufkreuzen und ihn um Benzin bitten werde. Der Mann habe vermutlich kein Geld.

Der Tankwart schnappte erstaunt nach Luft.

»Und was ... was, bitte, soll ich tun?« fragte er ängstlich.

»Halten Sie den Mann fest, bis wir kommen«, war die tröstliche Antwort.

Das Telefongespräch war beendet, und dem Tankwart schien es, als habe er plötzlich Gummibeine. Er setzte sich zu Dick. Versuchte verzweifelt, mit ihm ein Gespräch anzufangen.

Vergeblich.

Der seltsame Mann im Monteuranzug hatte doch tatsächlich keinen anderen Gedanken als den: Er wollte die Polizei in Wilderbich anrufen.

Nun kannte sich der brave Tankwart überhaupt nicht mehr aus.

Doc Summerbird, der in dem kleinen Landhaus gewartet hatte, bekam Besuch von der Polizei. Ein Beamter aus Wilderbich fuhr vor und begann, Summerbird gründlich auszufragen.

Summerbird fragte seinerseits zurück, ob man alles Erforderliche veranlaßt habe, den Ausbrecher zu stellen. Jawohl, erhielt er zur Antwort und: Gewiß doch! Tatsächlich, so wußte der Polizist zu berichten, sei ein Mann im blauen Monteuranzug an der von Summerbird beschriebenen Tankstelle aufgetaucht. Der Mann war mittellos und hatte um Benzin gebeten.

Dr. Summerbird strahlte.

»Fein!« sagte er zu dem Polizisten. »Fabelhaft!«

»Ob das fabelhaft fein ist, wird sich herausstellen«, sagte der Beamte trocken. »Sie wollen also Dr. Summerbird sein?«

»Ja«, sagte der Arzt, »und das ist Mr. Harris, Gefängnisaufseher.«

»Komische Geschichte«, murmelte der Beamte und sah Summerbird und Harris schief an. »Sehr komisch! Am besten, Sie erzählen mir das Ganze auf der Fahrt zur Tankstelle noch einmal.«

»Ja«, beeilte sich Dr. Summerbird zu sagen, »noch dazu, da der arme Patient in einer Woche entlassen werden sollte!«

»Patient?« fragte der Beamte und sah noch schiefer drein.

Aber dann schwieg er. Ließ Harris und Dr. Summerbird in seinen Wagen einsteigen und fuhr los.

Richtung Tankstelle.

Der Tankwart hatte inzwischen keinerlei Schwierigkeiten gehabt, seinen eigentümlichen Gast festzuhalten.

Im Gegenteil. Er bat sogar um einen Schluck Whisky und ein Butterbrot. Und ob er sich nach dem Schock einen Augenblick ausruhen dürfe?

Oh, gern! Gern!

Ein Auto brauste heran. Bremsen quietschten. Autotüren klappten. Die Polizei von Wilderbich, vertreten durch Unterleutnant Stammer. In seiner Begleitung zwei Herren in Zivil. Summerbird und Harris.

Unterleutnant Stammer trat ein. Grüßte knapp. Sah auf Dick. Auf den Tankwart. »Wer von Ihnen hat mich angerufen?«

»Das war ich, Leutnant«, sagte Dick freundlich und bescheiden, »bin froh, daß Sie gekommen sind. Sie haben die beiden Burschen gleich mitgebracht! Großartig!«

»Ja, Herr Doktor«, antwortete Unterleutnant Stammer, »wir arbeiten prompt. Erkennen Sie die Männer wieder?«

»Und ob!«

Dick wurde ganz rot im Gesicht.

»Das sind die beiden, die mich überfallen haben. Der eine nannte sich Bob und der andere Joe.«

»Eine Frechheit!« brüllte Summerbird, der alles mitangehört hatte.

Der Beamte wandte sich ihm zu.

»Schreien Sie mich gefälligst nicht an!« schnauzte er. »Dieser Mann hier behauptet ebenfalls, Dr. Summerbird zu sein. Wir werden ja sehen, wer der richtige ist!«

»Verzeihung«, ließ sich Dick mit Würde vernehmen, »ich behaupte nicht, Dr. Summerbird zu sein, ich *bin* es!«

Er maß Summerbird und Harris mit einem verächtlichen Blick. »Diese beiden Individuen«, fuhr er fort, »haben meinen Wagen angehalten und mich ausgeplündert. Der eine trägt meinen Anzug. Sie brauchen nur nachzusehen, Leutnant, der Anzug hat auf der linken Innenseite ein Etikett vom Schneider Peacock.«

Der echte Summerbird schnappte nach Luft. Harris sah aus, als drohe sein Kopf sich selbst mit einer Seifenblase zu verwechseln und zu platzen.

Unterleutnant Stammer fragte: »Können Sie sich ausweisen?«

»Natürlich«, antwortete Dr. Summerbird und griff in seine Jackettasche. Dann wurde er weiß. Stammelte: »Ich habe ... nanu ... ich weiß doch genau ... meine Brieftasche ... ich muß sie vergessen ... es war zwar kein Geld mehr drin ... aber ich habe sie doch ...«

»Aha!« machte Stammer.

»Bitte«, sagte Dick freundlich und wies eine Brieftasche vor. »Meinen Führerschein habe ich leider im Auto gelassen. Hier ist wenigstens mein Jagdschein ...«

Dick wirkte unsagbar höflich und vornehm.

Unterleutnant Stammer warf einen Blick in den Jagdschein, lächelte und sagte: »Danke, danke, es genügt.«

Nun wurde Harris wütend.

»Der Kerl hat alles geklaut, Unterleutnant, die Brieftasche, das Auto und meine Pistole! Der verdammte Schweinehund!«

Er fuchtelte Dick mit der Faust unter der Nase herum.

»Ordinär!« sagte Dick und wandte sich peinlich berührt ab. »Typische Gangstermanieren!«

Summerbird verlangte mit lauter Stimme, daß der Unterleutnant gefälligst im Stadtgefängnis von Chicago anrufen solle, um diese verrückte Sache endlich zu klären.

Doch Stammer donnerte: »Schluß jetzt! Ich werde im Gefängnis anrufen, jawoll! Aber von der Wache aus. Sobald ich Sie in der Zelle weiß!«

Harris fluchte wie ein Pirat aus dem 15. Jahrhundert.*

»Und Sie begleiten uns bitte auch?« wandte sich Stammer höflich an Dick.

Der zierte sich ein Weilchen und bat dann auf das Höflichste und Vornehmste, doch erst seinen Wagen flottmachen zu dürfen.

»Für einen Arzt«, so meinte Dick sanftmütig, »ist ein Wagen das nötigste Instrument.«

Und lächelte selbst über solch gewagten Scherz vor den Ohren hoher Obrigkeit. Doch Unterleutnant Stammer hatte Verständnis für Dinge, die feinen Herren am Herzen liegen.

»Ist es Ihnen recht«, fuhr Dickie fort, »wenn ich um ...« Er sah auf die Uhr an seinem Handgelenk und überhörte den Aufschrei Summerbirds.

»... um, sagen wir mal, 9 Uhr 45 bei Ihnen in Wilderbich bin? Das ist in etwa einer Stunde.«

Der Unterleutnant nickte gnädig. Für so höfliche Leute muß man ein offenes Ohr haben.

»Meine Uhr!« stöhnte Summerbird im Hintergrund.

»Meine schöne Uhr!«

Dick lächelte betörend.

»Daß ich Ihnen sicher bin, lieber Leutnant, geht schon daraus hervor, daß ich dem Dingsbumskirchen da, dem Straßenräuber, meinen Anzug lasse. Sie verwahren ihn für mich, gell?«

Der Unterleutnant lächelte höflich.

»Übrigens«, sagte er vertraulich zu Dick, »daß die ganze Sache einen Haken hatte, war mir sofort klar. Die beiden da haben mir nämlich eine lange Geschichte von einem Sträfling vorgefaselt. Das heißt, einmal war es ein Patient, dann wieder ein Gefangener. Und der Kerl sollte ausgerechnet acht Tage vor seiner Entlassung auf Bewährung ausgebrochen sein! So dämlich ist doch wohl keiner!«

»Gewiß nicht!«

Dick schüttelte dem Unterleutnant die Hand.

»Hut ab vor Ihrer Intelligenz, mein Lieber! Bis auf bald also!«

Stammer lächelte. »Ein feiner Mann wie dieser«, dachte er, »sieht eben gleich, wen er vor sich hat.« Und schubste den

* Es wird jedenfalls angenommen, daß Piraten im 15. Jahrhundert derartige Flüche ausstießen. Ob es sich dabei um amerikanische Piraten handelte, ist ungewiß.

erstarrten Doc Summerbird und den nach Luft ringenden Harris in seinen Dienstwagen.

»Ab!« schnauzte er. Und zu dem Tankwart gewandt: »Sie sind dem Herrn Doktor behilflich und fahren ihn schnell zu seinem Wagen, nicht wahr?«

»Wird gemacht!« strahlte der Tankwart.

Er war der Polizei gern gefällig.

»Auf Wiedersehen in Wilderbich!« lächelte Dick und hob die Hand grüßend wie ein König.

Es dürfte wohl zu erwähnen unnötig sein, daß dieses Wiedersehen in Wilderbich niemals stattgefunden hat. In einem Brief an seine Jugendfreundin Bella Cora del Hortini äußert sich Dick über diesen Vorfall wie folgt: »So sympathisch mir der Polizeiunterleutnant Stammer auch war«, schreibt er, »so hervorragend die Zusammenarbeit mit ihm auch geklappt hatte, so wenig zog es mich nach Wilderbich.

Es hätte die Sache nur unnötig kompliziert, zumal sich Unterleutnant Stammer sicherlich auf die Dauer nicht mit einem Jagdschein begnügt, sondern auch den Führerschein zu sehen begehrt hätte. Und auf diesem prangte ja bedauerlicherweise das Foto des echten Dr. Summerbird.«

Wir alle aber, die wir seinen Weg verfolgen, fragen uns bang: Wird es Dick gelingen, seine wiedergewonnene Freiheit zu nützen? Wird er sich sowohl dem Zugriff seiner Frau Maggi als auch dem der Gerichtsbarkeit entziehen können? Wird er sich im Hexenkessel Chicago behaupten? Oder wird er untergehen?

Fragen über Fragen!

Dies ist die Geschichte von Dickie Dick Dickens, dem zornigen jungen Mann der zwanziger Jahre, dessen listengeschwängerte Abenteuer einen ganzen Erdteil in Staunen versetzten, einem Mann, den sogar die einen Meter und siebenundachtzig Zentimeter dicken Mauern des Stadtgefängnisses von Chicago nicht in ihrem Innern zu halten vermochten.

Diese Flucht war, das muß eingestanden werden, eine Tat, zu der sowohl Klugheit und Ausdauer als auch Nerven gehörten!

Doch Nerven, das wissen wir, hatte Dickie Dick Dickens!

Seine übernatürliche Nervenkraft war es bekanntlich auch, die seinen Namen um die weite Welt getragen hat. Nicht umsonst nennt eines der größten pharmazeutischen Werke seinen Beruhigungstrank »Dickie-Dick-Dickens-Tonikum«, kurz »DIDIDITO«.

Dididito

Ruhe sanft mit dem berühmten, vieltausendfach bewährten
allseitig empfohlenen „Dickie-Dick-Dickens-Tonikum!“

Dididito

3x täglich einen Teelöffel vor den Mahlzeiten! **Dididito**

Auch als Pflanzenschutzmittel verwendbar! **Dididito**

Wenn wir auch heute, im Zeitalter des Düsenantriebs und des Elektrorasierers, allzumal über starke Nervenkraft verfügen müssen, so waren es in jenen Tagen, wie hervorragende Kenner der Epoche immer wieder versichern, vorzugsweise die Bürger des schönen Chicago, die ihre Nerven strapazierfähig halten mußten. Über dieses, ins Essentielle hineinragende Thema unterhielt sich seinerzeit auch der Bezirksstaatsanwalt von Chicago* mit dem neuernannten Chefkommissar Lionel Makkenzie.

»Es ist«, so sagte der Bezirksstaatsanwalt mit amtlich hochgezogenen Augenbrauen, »ein hartes Stück Arbeit, das vor Ih-

* Auch »Bezistawa« genannt.

nen liegt, lieber Mackenzie! In Chicago ist zur Zeit der Teufel los!«

Eine Bemerkung übrigens, die deutlich zeigt, wie bis ins Kleinste unterrichtet der Bezistawa war.

Der zur Fülle neigende Chefkommissar Mackenzie senkte seinen breiten Kopf, der, von einem Kranz spärlicher weißer Löckchen umgeben, den Eindruck machte, als sei er von einer Schar kleiner Weihnachtsengel umflogen.

»Ruhe«, sagte er mild. Und noch einmal: »Ruhe, mein Lieber!«

Wie sehr Chefkommissar Lionel Mackenzie die Ruhe liebte, wird man noch erfahren.

Vorerst ließ er sich vom Bezirksstaatsanwalt noch einige Vertraulichkeiten über Kommissar Hillbilly berichten, aus denen eindeutig hervorging, daß der schneidige, blonde Kommissar um seine Versetzung gebeten hatte, seit man ihm die Schuld an der peinlichen Eroberung des Rathauses während einer Senatssitzung in die Schuhe geschoben hatte. Die Polizei, so hatte der Bürgermeister verlauten lassen, sei ohne Tadel. Lediglich die Führung sei zu bemängeln, wenn solche Dinge passieren könnten.*

Überhaupt: Es läge stets alles an der Führung. Und Kommissar Hillbilly blieb nichts anderes übrig, als sich versetzen zu lassen.

Der Bezirksstaatsanwalt stellte bei dieser Gelegenheit dem neuen Chefkommissar auch den Sergeanten Martin vor, der schon unter Hillbilly gedient hatte.

Martin brüllte: »Freue mich sehr, Herr Chefkommissar! Habe schon viel von Ihnen gehört!«

Mackenzie hielt sich die Ohren zu und fragte gequält: »Sprechen alle Sergeanten in Chicago so laut?«

»Bedaure«, entgegnete der Bezirksstaatsanwalt, »dieser ist der lauteste.«

Sergeant Martin hatte auch schon gleich eine Alarmmeldung mitgebracht. Sozusagen als Empfangssträußchen für den neuen Chefkommissar.

»Der Direktor des Stadtgefängnisses telefoniert seit einer Stunde wie wild hinter Ihnen her, Herr Chefkommissar!«

* Damals war es in der herrlichen Millionenstadt Chicago noch üblich, verantwortliche Beamte auch wirklich zur Verantwortung zu ziehen, sofern in ihrem Verantwortungsbereich etwas Unverantwortliches geschah.

»Weiß ich, weiß ich«, antwortete Mackenzie, »ich habe vorhin selbst mit ihm gesprochen und ihm gesagt, daß ich nicht zu Hause bin.«

Er fixierte Sergeant Martin mißtrauisch.

»Sie sind wohl auch noch tüchtig, wie?«

Sergeant Martin beachtete die Frage nicht. Er blickte starr geradeaus und fuhr in seiner gewohnten Lautstärke fort: »Der Herr Gefängnisdirektor bittet den Herrn Chefkommissar dringend um eine Unterredung, da einer seiner Häftlinge ausgebrochen ist.«

»Na, wenn schon«, murmelte Mackenzie, »spart er das Verpflegungsgeld, 2 Dollar pro Tag, macht 730 Dollar im Jahr.«

»Vielleicht darf ich Ihnen einen Rat geben, mein lieber Mackenzie«, mischte sich nun der Bezirksstaatsanwalt ein. »Nach meiner Ansicht bekommt die Angelegenheit ein anderes Gesicht durch die Tatsache, daß der Gefängnisdirektor über einen vorzüglichen Rotwein verfügt.«

Mackenzie lächelte.

»Allerdings«, sagte er. Und zu Martin gewandt: »Na, dann wollen wir uns mal beeilen, mein Lieber!«

Just zur selben Stunde, da Chefkommissar Lionel Mackenzie seinen behäbigen Körper in den Fond des Dienstwagens zwängte, um dem Rotwein des Herrn Gefängnisdirektors entgegenzurollen, stoppte ein Auto vor dem Haus von Dickie Dick Dickens.

Ein Mann stieg aus. Schritt behenden Fußes die Stiegen zur Haustür empor. Klingelte.

Als ihm die Tür geöffnet wurde, sagte er fröhlich: »Tag, Effie, mein Schatz, da bin ich!«

»Oh!« beeilte sich Effie zu sagen. Dann fiel sie Dick um den Hals.

Auch Opa Crackle und Bonco erschienen aus dem Hintergrund, umarmten Dick und klopften seinen Rücken. »Alter Junge!« sagten sie und: »Na, wieder da?« Oder auch: »Wie geht's?«

Dick beantwortete alle Fragen, und der Jubel war groß. Bonco klatschte in die weichen Hände und rief:

»Aus dem Kerker befreit,
hat noch keinen gereut.«

Dann erkundigte er sich, ob Dick auch vorwärts aus der Gefängnistür getreten sei. Dick entsann sich jedoch, daß er dem Dr. Summerbird die Tür aufgehalten habe und dann rückwärts zum Tor hinausgegangen sei.

»Um Himmels willen!« Bonco wurde bleich. »Wenn man rückwärts aus einem Haus 'raustritt, kehrt man dorthin zurück! Und zwar innerhalb einer Frist von drei Jahren, drei Monaten, drei Wochen und drei Tagen!«

»Laß uns doch mit deinem Blödsinn in Ruhe, Bonco!« schimpfte Opa Crackle. Zu Dick gewandt erklärte er: »Sein Aberglaube wird von Tag zu Tag schlimmer! Laß dich nicht wirr machen, Jungchen, Hauptsache, du bist da.«

Dick aber hörte gar nicht hin. Er schaute zum Fenster hinaus. Sein Blick war klar und blank wie einst und seine Gedanken scharf wie geschliffene Schwerter.

Effie fühlte das. Und liebte ihn.

»Bonco!« sagte Dick ruhig. »Hier hast du einen Autoschlüssel. Fahr den Wagen, mit dem ich gekommen bin, in die Garage. Ich möchte nicht, daß man ihn hier vor der Tür sieht. Wir bekämen allzu schnell Besuch von der Polizei. Opa Crackle ...!«

»Hier!« sagte Opa, der wie die anderen fühlte, daß Dick wieder in Form war.

»Du rufst Mr. Streubenguß an und bittest ihn, sofort hierherzukommen. Ich habe vor, Entschlüsse zu fassen.«

Effie sah Dick fragend an.

Er verstand sie. Trat zu ihr. Faßte ihr rundes Kinn und sah liebevoll in ihre großen, kullerdummen Augen.

»Wie ich es angestellt habe, möchtest du wissen, ja?«

Effie nickte.

»Schau, Kleines, heutzutage hat kein Verbrecher eine solche Vorzugsstellung wie der psychisch anomale. Für dich, mein dummes Baby, übersetzt, heißt das: einer, der plemplem ist. Bringst du deinen Bruder um, wird niemand daran Anstoß nehmen, wenn sich nur rechtzeitig ein psychiatrischer Gutachter einstellt, der verkündet, daß du – sagen wir mal – auf Grund einer verlorenen Tischtennispartie einen manischen Bruderkomplex hast. Man bescheinigt dir einen leichten Dachschaden und entläßt dich mit den besten Wünschen für die Zukunft. Daß du deinen zweiten Bruder auch noch umbringen könntest, erscheint – so meint man – höchst unwahrscheinlich, da du mit ihm ja nie Ping-Pong gespielt hast.«

»So ist es!« nickte Opa Crackle, der eigentlich nicht recht wußte, was er tun sollte: Zuhören, was der Chef erzählt oder Josua Benedikt Streubenguß benachrichtigen.

Dick erzählte jedenfalls sein ganzes Erlebnis mit Dr. Summerbird, Harris und Polizeiunterleutnant Stammer.

»Hihihi«, lachte Opa Crackle und ließ seinen Zahn zur Abwechslung mal vor- und rückwärts tanzen.

»Mach nicht zu früh ›Hihi‹, Opa!« belehrte ihn Dick. »Der Irrtum wird sich bald herausstellen. Wir müssen schnell handeln, sonst wird uns die Suppe versalzen!«

Mit dieser Befürchtung hatte Dick – wie schon so oft in seinem Leben – recht.

Nicht nur, daß Chefkommissar Lionel Mackenzie auf dem Wege zum Gefängnis war, nein, auch an anderer Stelle rumorte die Macht des Schicksals geheimnisvoll. Da wollte es doch tatsächlich das Unheil, daß in das Büro der liebenswürdigen Riesendame Edwina Shrewshobber klotzige, schmierige, nach Tran stinkende Stiefel traten. In den Stiefeln aber stak Kapitän Margaret Poltingbrook.

»Kreuzpotzwolkenbruch, Kautabak und Pflaumenmus!« fluchte sie zart und setzte hinzu: »Da werden die Wasserratten in der Pfanne verrückt!«

Edwina Shrewshobber, die Feuerwehr des guten Willens, versuchte sie zu beruhigen: »Aber meine liebe, beste Mrs. Poltingbrook! Warum so aufgeregt?«

Maggi grunzte: »Will mich aufregen! Habe Gründe!«

»Aber, aber!«

Mrs. Shrewshobber wankte wie eine Gummifigur beim Karnevalsumzug auf Maggi Poltingbrook zu.

»Was tun Sie überhaupt in Chicago? Ich denke, Sie sind in New York, bei Ihrer Reederei?«

»Pah!« machte Maggi und spuckte. »Diese Lumpen! Diese Lumpeslumpen!! Sie haben mich entlassen!«

»Entlassen??«

Edwina machte Augen so groß und verquollen, als habe sie die Absicht, sie zum Lüften rauszuhängen.

Maggi lachte böse auf.

»Entlassen, jawohl, weil ich vom vorgeschriebenen Kurs abgewichen bin – anstatt deren lausige, stinkende Wale zu fangen. Potzblitz! Als ob das ein Grund wäre, einen alten, verdienten Seemann auf die Straße zu setzen!!«

»Aber meine Gute«, tröstete Edwina, »was soll Ihnen Ihr Beruf, wenn Sie Ihren Lebensinhalt wiedergefunden haben? In wenigen Tagen wird Ihr Mann entlassen, und ein neues Leben beginnt.«

»Ein Dreck beginnt«, sagte Maggi.

Und dann erzählte sie der schier fassungslosen Edwina Shrewshobber, was sie vom Gefängnisdirektor erfahren hatte: Der Häftling Poltingbrook war ausgebrochen. Und Maggi hatte eine gute Nase dafür, warum er ausgebrochen war.

»Weil er sein Luderleben mit der anderen, der Effie, weiterführen will, weil er glaubt, vor mir ausrücken zu können!«

Sie schob böse ein neues Stück Kautabak in den Mund. »Oh, daß dieses Weib fünf Hälse hätte, jeden einzelnen würde ich ihr mit Entzücken umdrehen!«

Aber das sagte sie nicht laut. Sie fragte vielmehr Edwina Shrewshobber, ob sie vielleicht die Adresse von Effie Marconi hätte.

»Aber natürlich! Gern doch! Ein sanftes Wesen, und so verständnisvoll der Lage Poltingbrooks gegenüber. Ich habe mich ausführlich mit ihr unterhalten.«

»Also«, sagte Maggi und pflanzte sich vor Mrs. Shrewshobber auf, »worauf warten wir? Äußerste Kraft voraus! Und ich sage Ihnen: Wenn er bei ihr ist, breche ich beiden das Genick. Wenn nicht, begnüge ich mich mit ihr!«

Seefahrer haben eben eine lyrische Ader.

Zur gleichen Zeit, da Käpt'n Maggi ihren nach Lage der Dinge berechtigten Zorn bei Mrs. Shrewshobber ablud, schüttete der Gefängnisdirektor Blaisphord dem neuen Chefkommissar Lionel Mackenzie sein Herz aus. Erzählte die ganze Geschichte.

Sergeant Martin mußte stenographieren. Eine Tätigkeit, die er mit großer Begeisterung versah, ja, sich bei jeder sich bietenden Gelegenheit danach drängte, sie auszuführen. Denn stenographieren konnte Sergeant Martin.

Als der Direktor geendet hatte, meine Mackenzie, den guten Rotwein des Direktors genüßlich schlürfend: »Das ist kein harmloser Bigamist, wie Sie glauben! Das ist ein ganz ausgekochtes Vöglein, das Ihnen da entflogen ist!«

»Ich bitte Sie! Ich kenne doch die Anklage!«

Der Gefängnisdirektor dachte bei sich, daß es mit diesem behäbigen Chefkommissar an der Spitze wohl schlecht um die Belange der Polizei stehen würde.

»Lassen Sie Fotos und Fingerabdrücke von dem Herrn kommen«, knurrte Mackenzie, dem der Wein plötzlich sauer schmeckte.

»F-f-f-fotos?« stotterte der Direktor. »In normalen Zeiten nehmen wir natürlich von allen Häftlingen Fingerabdrücke und Fotos. Aber Sie wissen ja selbst, was jetzt in Chicago los ist. Täglich ein Dutzend Neuzugänge. Da kann man sich mit einem kleinen Bigamisten nicht lange aufhalten!«

»Sagte Ihnen schon – ist kein Bigamist«, seufzte Mackenzie, als sei ihm alles auf dieser Welt zuwider. »Seien Sie froh, daß Sie den Mann los sind! Sie ersparen sich viel Kummer! Man soll diesen Menschen ihren Willen lassen, dann hat man am wenigsten Scherereien.« Und griff nach seinem Mantel.

Sergeant Martin, der still über seinen Stenogrammblock gebeugt dasaß, hob den Kopf.

»Herr Chefkommissar!«

»Was haben Sie denn?«

»Ich überlege, Herr Chefkommissar.«

»Hm, das steht Ihnen aber gut«, meinte Mackenzie und ließ sich vom Gefängnisdirektor in den Mantel helfen.

Sergeant Martin hatte die Haltung und den Gesichtsausdruck eines Menschen, der einer Kinovorstellung beiwohnt, bei der die Leinwand an der Zimmerdecke befestigt ist.

»Einem Polizisten die Pistole aus der Tasche zu stehlen«, sagte er langsam wie in Trance, »das hat bisher nur ein einziger gewagt und gekonnt. Dickie Dick Dickens!«

Mackenzie wurde ärgerlich und sagte, daß er kein Verständnis dafür habe, wenn jemand tote Hunde ausgrabe. Doch Sergeant Martin ließ nicht locker.

»Ich war ja selbst dabei, als wir Dickens erledigt haben, Herr Chefkommissar ... aber ... wir wußten doch eigentlich gar nicht, wie er aussieht ... die Polizei hat ja nie ein Bild von ihm gehabt ... ich meine, es könnte doch sein ...«

»Nun hören Sie aber mal auf, mir mit Vermutungen herumzuhantieren!« unterbrach ihn Lionel Mackenzie. »Was wollen Sie denn? Mir unnötige Arbeit machen, ja? – Also auf Wiedersehen, Herr Direktor, habe die Ehre!«

Chefkommissar Lionel Mackenzie ging hinaus. Und seinen schweren Schritten konnte man förmlich anhören, wie ärgerlich er war.

Kaum hatte Mackenzie das Gefängnistor erreicht, als der Direktor mit fliegender Krawatte über den Hof gelaufen kam.

»Mir ist etwas eingefallen, Herr Chefkommissar«, sagte er völlig außer Atem.

»Ja, bitte?« stöhnte Mackenzie.

»Poltingbrook hat mir mal ein Geständnis abgelegt. Ich habe ihn damals schon für verrückt gehalten.«

»Was für ein Geständnis war das?« fragte Mackenzie knapp.

»Er faselte in wirren Worten davon, daß er gar nicht Poltingbrook hieße.«

»Sondern?«

»Dickie Dick Dickens.«

Lionel Mackenzie drehte sich derart schnell auf seinen Hakken um und stiefelte zum Tor hinaus, daß der Gefängnisdirektor meinte, jemand habe diesen schweren Koloß an einem Drahtseil ins Auto gezogen.

Ohne Antwort. Ohne Gruß.

Einen schönen Chefkommissar hatten sie da bekommen!

Im Auto stöhnte und grunzte Lionel Mackenzie in einer Art und Weise, als sei sein letztes Stündlein gekommen. »Na, da können wir uns ja gratulieren«, sagte er bitter zu Sergeant Martin. »Und Sie haben uns das eingebrockt, Sie Tüchtebold! Nun bleibt uns gar nichts anderes übrig, als dieser Sache nachzugehen. Haben Sie zufällig die Adresse von diesem Poltingbrook?«

»Die müßte ich in den Akten finden.«

»Na fein«, sagte Mackenzie. Er machte ein Gesicht, als krabbelten ihm tausend Ameisen das Bein herauf. »Dann wollen wir mal ein bißchen Alarm geben!«

Fünf Minuten später ertönten im Bereitschaftsraum der Polizei-Einsatzgruppen der Großraumbezirke III und IV, Chicago West 72 die Alarmsignale.

Fünfzig Beamte ließen Spielkarten und Butterbrote fallen und folgten dem Kommando der Einsatzgruppenleiter.

ALARM! gellten die Sirenen durch die Stuben und die Korridore.

ALARM!

Es dauerte genau eine Minute und dreiundfünfzig Sekunden, bis die Gruppen III und IV der Station Chicago West 72 in fünf Mannschaftswagen zu je zehn Polizisten einsatzbereit waren.

Zur gleichen Minute klingelte bei Dickie Dick Dickens die Haustürglocke.

Effie öffnete.

Edwina Shrewshobber stand draußen. Das heißt, Effie sah

gerade noch die Brosche an ihrem Hals. Der Kopf befand sich mehr im ersten Stock.

Hinter ihr, feixend und primend, Maggi Poltingbrook. »Tag, mein Kind«, sagte sie und nahm Effies Patschhändchen in ihren Schraubstockgriff, »ist unser Mann da?«

Effie, die nicht recht wußte, was sie tun sollte, lächelte erst, dann versuchte sie es mit Weinen. Doch da hörte sie hinter sich Dicks Stimme.

»Laß gut sein, Effie! Die Kapitänin soll reinkommen. Und auch die Frauenverbandsdame.«

Edwina Shrewshobber und Maggi Poltingbrook wurden ins Wohnzimmer geführt. Drinnen saßen Bonco, Opa Crackle und nun auch Mister Josua Benedikt Streubenguß, der sich erhob, formvollendet vor den Damen verbeugte und »Ehre ...« sagte.

Nachdem Bonco den ersten Schock beim Anblick der beiden Riesendamen überwunden hatte, begann er, wie ein Irrlicht herumzuhopsen.

»Vielleicht ein Täßchen Tee?« säuselte er freundlich. Die Damen aber wollten keinen Tee.

Doch Bonco, der rosige Schloh, ließ sich nicht abweisen.

»Fein!« jubelte er zierlich. »Ich komme mit in die Küche, Effie. Sie braten das Wasser, ich mahle den Tee.«

Währenddessen brausten fünf Polizeimannschaftswagen mit je zehn Mann Besatzung durch die Straßen Chicagos und jagten in erlaubter Höchstgeschwindigkeit ihrem Ziel entgegen.

Das Ziel aber war: Dickie Dick Dickens malerisches Haus am Rande der Stadt.

Dort hopste Bonco wie ein Seidenäffchen in der Speisekammer herum und suchte nach Strychnin. Das war natürlich nicht an seinem Platz, sondern in der Schachtel, auf der »Zucker« stand. Effielein, sonst eine so gute Hausfrau, war manchmal eine richtige, kleine Schlampe! Jedenfalls was Strychnin und Zyankali betraf.

Im Wohnzimmer versuchte Dick, seiner gewichtigen Besucherin und ihrer Begleitung klarzumachen, daß er nichts mit ihrem Ehemann Maxim F. Poltingbrook gemeinsam habe – außer den Personalpapieren. Eine Offenbarung, die jedoch bei Maggi Poltingbrook durchaus nicht die erwünschte Wirkung erzielte.

»Haha, das ist mal wieder typisch für dich, Maxim«, lachte

sie. »Jetzt leugnest du sogar, du selbst zu sein! Bloß weil du zu feige bist, mich glücklich zu machen. Nein, nein, mein Kleiner! So billig kommst du mir nicht davon! Faule Ausreden!«

»Der Tee!« ließ sich Boncos liebliche Stimme hören.

Dann umdiente er die Kapitänsfrau derart liebenswürdig, daß Dick ganz übel wurde.

»Milch und Zucker in den Tee,
tat noch keinem Menschen weh.«

Mit einer graziösen Handbewegung reichte Bonco der Frau Käpt'n die Tasse zu. Doch gerade als Maggi die Tasse zum Mund führen wollte, klingelte es.

»Bim-bam«, sagte Effie, »es hat gepocht.«

Und Opa Crackle, der zum Fenster hinausgesehen hatte, sagte tonlos: »Polizei.«

Dick saß einen Augenblick wie versteinert da, und seine Gedanken arbeiteten so fieberhaft, daß alle es merkten und schwiegen. Dann stand er auf, trat zu Bonco.

»Bonco«, flüsterte er, »hab' ich dir nicht gesagt, du sollst den Wagen in die Garage fahren?! Er gehört dem Gefängnisarzt. Jetzt haben wir den Salat ... sie haben den Wagen entdeckt.«

Es klingelte wieder.

»Wir müssen aufmachen!« jammerte Effie.

»Natürlich müssen wir aufmachen«, sagte Dick laut und fröhlich, »warum sollten wir denn nicht aufmachen, mein Herzchen?«

Er öffnete.

Draußen stand ein Mann von der Verkehrswacht. Ein einziger Mann. Bemängelte, daß ein Auto vor der Tür stände und die Einfahrt versperre.

»Ach, das wird mein Wägelchen sein«, tönte Mrs. Shrewshobbers Stimme. »Meinen Sie den grauen Chrysler, Herr Wachtmeister?«

Er meinte den grauen Chrysler.

Dick erbot sich sofort, den Wagen zu rangieren. Sie möge ihm nur den Wagenschlüssel geben. Mrs. Shrewshobber fand das entzückend kavaliersmäßig. Dick lächelte geschmeichelt. Er hatte heute seinen höflichen Tag.

»Ach, Effielein«, sagte er in der Tür, »du wolltest doch immer wissen, wo der kleine Parkplatz ist, den wir unseren Gästen immer empfehlen. Komm mit, ich zeig' ihn dir.«

Effie machte den Mund auf. »Was denn für ein ...«

Aber da spürte sie auch schon Dickies Händedruck an ihrem Arm. Sie würde morgen fünf blaue Flecken haben. Und ging trippeltrappel auf hohen Schuhen neben Dick her.

Während Dick, Effie und der Mann von der Verkehrswacht das Haus verließen, war die Wagenkolonne der Polizei nur noch wenige Kilometer entfernt.

Schon streckte das Verhängnis seine motorisierten Krallenfinger nach Dick aus. Doch er, der sonst so instinktsichere, ahnte nicht, daß jede Sekunde unermeßlich kostbar für ihn sein würde.

Er ging gemächlich auf das Auto von Mrs. Shrewshobber zu, öffnete den Wagenschlag und setzte sich hinein. Effie stöckelte hinterher und nahm schwungvoll auf dem Vordersitz Platz.

»Sie brauchen den Wagen nur auf die andere Straßenseite zu stellen«, meinte der Verkehrswächter.

»Danke«, sagte Dick und drückte auf den Anlasser, »ich kenne einen kleinen Parkplatz. Dort kann der Wagen auch nachts stehen.«

Da! – Dick horchte. – Effie horchte.

Sie hörten es beide deutlich: Sirenengeheul. – Polizei! Dick überlegte keinen Augenblick. Dem Wachmann freundlich zuwinkend, fuhr er los. Zunächst noch langsam. Bis zur nächsten Ecke.

Dann trat er auf den Gashebel und verwandte seine ersten freundlichen Gedanken an Mrs. Edwina Shrewshobber.

Sie hatte einen wundervollen Wagen.

In Dickies kleinem Blockhaus versuchte Bonco währenddessen, Maggi Poltingbrook den so liebevoll vergifteten Tee anzudrehen. Er hatte mit Sorgfalt sehr viel Zucker und sehr viel Milch zugegeben, damit der Geschmack seine kleine Überraschung nicht vorzeitig verraten würde.

Käpt'n Maggi klebte ihren Priem unter die Tischkante, um den Tee mit Genuß trinken zu können, als Chefkommissar Lionel Mackenzie das Haus betrat.

Hinter ihm ein Aufgebot von fünfzig Polizisten. Sie standen vor der Tür. Umzingelten das Haus.

Wie groß aber war des Chefkommissars Enttäuschung, als er feststellen mußte, daß der Vogel Dickie Dick Dickens wieder einmal sozusagen vor der Nase der Polizei davongeflogen war.*

Immerhin hatte er statt seiner ein rundes halbes Dutzend Menschen, an denen er sich schadlos halten konnte. Der Einfachheit halber ließ er sie alle verhaften.

Auch Maggi Poltingbrook und Edwina Shrewshobber. Die protestierte am lautesten.

Doch Chefkommissar Mackenzie hatte eine eigene Meinung über die Riesendame von den Vereinigten Frauenverbänden.

»Sie hätten allen Anlaß, still zu sein«, herrschte er sie an. »Haben Sie Mr. Dickens nicht dauernd im Gefängnis besucht? Haben Sie sich nicht für seine Freilassung eingesetzt?«

Mrs. Shrewshobber senkte den Kopf. Sie bot dabei einen Anblick, als wolle sie den Schiefen Turm von Pisa darstellen.

»Ist es nicht *Ihr* Auto, mit dem er sich jetzt wieder aus dem Staub gemacht hat?« donnerte Mackenzie. »Ich verhafte Sie wegen Mithilfe zur Flucht eines Häftlings sowie wissentlicher Irreführung der Gefängnisverwaltung. Die anderen Herrschaften werden wegen dringenden Verdachtes des gleichen Tatbestandes vorläufig festgenommen. Los, Leute! Handschellen! Abführen!«

»Hagelschlag und Wolkenbruch!« brüllte Maggi. »Eine verrückte Stadt ist dieses Chicago! Man kommt nicht einmal dazu, in Ruhe eine Tasse Tee zu trinken!«

Nahm die Tasse und warf sie wütend auf den Boden, daß sie in Stücke zersprang und der Tee als dunkelbraune Soße auf Dicks guten Teppich floß.

Bonco seufzte und sagte fünfzehn Sprüchlein auf.

Dann tröstete er sich. Eine Frau wie diese hätte wahrscheinlich auch das Gift verkraftet.

So lernten neben Dickies Freunden auch Käpt'n Maggi und Mrs. Shrewshobber die gut geheizten Zellen des Chicagoer Stadtgefängnisses von innen kennen.

In seinen Tagebuchaufzeichnungen aus jener Zeit bezeichnet Dickie Dick Dickens die Verhaftung von Mrs. Shrewshobber als einen zu Herzen gehenden Beweis polizeilicher Unbestechlichkeit.

Und an die innige Vertraute seiner geistigen Entwicklung, Bella Cora del Hortini, schreibt er:

* Ein Ausdruck, der offensichtlich falsch gewählt ist. – Die Polizei hat keine Nase.

»Wenn alle Polizisten, geschätzte Cora, so pflichtgetreu und diensteifrig handelten, gäbe es bald keine ehrlichen Menschen mehr auf unserer Erde.

Doch ist im Grunde nicht einzusehen, warum man die Welt von ehrlichen Menschen befreien sollte, da doch der Unehrliche mit ihm vernichtet würde. Wer wollte die Unehrlichen dann noch zu Ehrlichen bekehren?

Somit ist für mich eine Notwendigkeit klar: Ehrliche und Unehrliche dürfen nicht verschwinden. Denn was sollte aus den Unehrlichen werden, wenn sie sich nicht mehr für ehrlich ausgeben könnten?«

Diesen, von tiefer philosophischer Bedeutung so ganz erfüllten Worten wurde allerdings wenig Beifall gezollt. Im Jahre 36 verdächtigte man ihn in gewissen Kreisen der Verbrecherelite des plötzlichen Sinneswandels sowie des Wechsels seiner Überzeugung.

Gangster aber wechseln ihre Überzeugung nicht.

Sie haben keine.

In jenem Winter des Jahres 1925 hatte Dickie Dick Dickens nicht nur seine erste, nähere Bekanntschaft mit dem Stadtgefängnis von Chicago gemacht – er hatte auch, Zeichen seines so vielseitigen Talentes, gedichtet. Nun sind die schönen Künste vor allem deshalb so schön, weil man sie weder lernen noch können muß, um sie auszuüben – zum Unterschied von Brötchenbacken und Blumenkohlverkaufen, was entschieden Lehre und Bewährung fordert, um es darin zu etwas zu bringen. Auch das Bedienen des Kleingeldwechslers beim Trambahnkassieren sowie das Belochen und Umlegen von Gürtelanfängen und bauchgemäß auslaufenden Enden fallen darunter.

Dick nun verfügte über jene sprudelnde Fähigkeit, fast volksliedhaft verwobene Gedichte niederzuschreiben und sie mit Musik zu versehen. Dick, noch im Handwerklichen verhaftet, versah diese Arbeit gewissermaßen als Ein-Mann-Betrieb, während Jahre später für das Dichten einerseits und das Komponieren andererseits ganze Hundertschaften* benötigt wurden.

Sehen wir, was Dick in jenen Tagen aufzeichnete! Ein Lied, geboren aus den Quellen seiner Heimatliebe und seiner Musikverbundenheit.

Oh, Chicago, mein Chicago!
Lied im langsamen 3/4=Takt.
(Andante majestoso.)

Chicago, du schimmernde Märchenstadt
am Ufer des Chicago=River!
Wer dich je im Dunkeln gesehen hat –
oh, mein Lieber! Oh, mein Lieber!
Der kann was erleben,
zum Beispiel Chicago im Regen.
Es ist die reine Wonne –
vor allem Chicago bei Sonne.

Oh, Chicago, mein Chicago!

* Hier »Team«, dort »Kollektiv« genannt.

Der eine schießt, der andere fällt,
(besonders, wenn er getroffen.)
So ist hier nun mal der Lauf der Welt,
und dann wird sein Fell versoffen.
Und das gibt es ohne Frage
in Chicago alle Tage.
Das Schießen ist ka Sünd'
vor all'm in Chicago bei Wind!

Oh, Chicago, mein Chicago!

Doch kehren wir nun zurück zu jener ungemütlichen Situation, da Dick und Effie mit letzter Not, Kraft und Mühe dem mit geradezu peinlich pompösem Polizeiaufgebot heranrückenden Chefkommissar Lionel Mackenzie entgingen.

Während Mackenzie Dicks Freunde Bonco, Opa Crackle und Josua Benedikt Streubenguß im traulichen Verein mit Maggi Poltingbrook und Edwina Shrewshobber abführen ließ, stoppte Dickie Dick Dickens seinen Wagen an einem idyllischen Fleckchen am Ufer des Michigansees. Beseelt von dem glückhaften Gefühl, wieder an der Seite seiner so lang entbehrten Frau und Braut Effie Marconi zu sitzen, ließ er seine Lippen an den Lamellen seiner geliebten Mundharmonika hin und her huschen, ganz in den Genuß des Augenblicks vertieft.

Er dachte an den Sonnenuntergang, an Reime und Verse, an die Stille der Natur.

Doch dann ließ er die Mundharmonika jäh sinken.

Die Wirklichkeit hatte ihn wieder.

Was zu tun sei, überlegte er.

Sie brauchten Geld und vor allem ein Dach über dem Kopf. Denn beides hatten sie nicht.

Sie hätten die Goldbarren von Opa Crackles Farm holen können. Doch da wollte Dick den Opa lieber dabeihaben. Dick hatte keine Ahnung, wo die Dinger versteckt waren.

Außerdem wollte er auf Opa Crackles Farm keine Unordnung machen.

Gangster nehmen in Dingen des täglichen Lebens Rücksicht aufeinander.

Was also tun? Wohin konnte er sich wenden? An die Pensionsvermieterin Mammy Tobo-Dutch?

Nein. Der schuldete er noch einen Haufen Geld. Ihre ganze,

wieder und wieder zur Schau gestellte Freundlichkeit galt nur der Tatsache, daß sie immer noch hoffte, die Talerchen zu bekommen.

»Warum versuchen wir's nicht?« fragte Effie. »Was kann schon passieren? Wenn wir auch kein Geld haben – vielleicht macht deine Pistole den gleichen Eindruck auf sie?«

»Tja«, lächelte Dick ihr zu. »Warum eigentlich nicht? Also dann: Peng, peng, Kameraden, auf's Pneu, auf's Pneu!«

Gab Gas und brauste davon.

Entlang am Ufer des Michigansees. Hin über die Landstraße. Hinein nach Chicago, der wilden, geliebten, gefährlichen Stadt!

Zur gleichen Zeit, da Dick seine Autoräder in Richtung der Pension von Mammy Tobo-Dutch rotieren ließ, gab sich Chefkommissar Lionel Mackenzie der wenig belustigenden Beschäftigung hin, die Opfer seiner ersten Verhaftung auf Chicagoer Boden zu verhören.

Ein Verhör, das leider völlig erfolglos verlief.

Mackenzie stöhnte und sah Sergeant Martin verzweifelt an.

»Seit drei Stunden unterhalten wir uns mit diesen Leuten, und keiner macht den Mund auf! Jeder will mir weismachen, daß er unschuldig ist, jeder behauptet, mit Dickie Dick Dickens nichts zu tun zu haben!«

»Ich bin überzeugt, Herr Chefkommissar, jeder lügt!«

Mackenzie wischte sich den Schweiß von der Stirn.

»Warum bin ich bloß ausgerechnet dazu auserkoren, die Wahrheit aus Menschen herausquetschen zu müssen, die auf keinen Fall die Wahrheit sagen wollen! Das ist erstens unhöflich und zweitens anstrengend. Ah – es wär schon besser, wir hätten etwas weniger Berufsethos!«

Vorgesetzte haben manchmal eine Art zu reden, daß man denken könnte, sie dächten wirklich so, dachte Sergeant Martin. Dieser neue Chefkommissar schien nicht vorzuhaben, an Überarbeitung zu sterben.

In der Zelle des Chicagoer Untersuchungsgefängnisses, die von fünf Mehrpersonenzellen die größte war, saßen die Getreuen Dicks, vermehrt durch die unfreiwilligen Hilfstruppen Mrs. Edwina Shrewshobber und Maggi Poltingbrook.

Edwina Shrewshobber vertrieb sich die Zeit, indem sie der

versammelten Mannschaft ihre Lebensgeschichte erzählte. Und dies in den verschiedensten Variationen. Einmal vorwärts. Einmal rückwärts. Alles in allem kam es jedoch auf das gleiche hinaus. Denn Edwina Shrewshobber hatte keine Lebensgeschichte. Deswegen war sie ja auch Vorsitzende der Vereinigten Frauenverbände. so etwas wird man nur, wenn man erstens so gut ist wie Edwina Shrewshobber, zweitens so schön und drittens, wenn man was erleben möchte.

Und das tat Edwina nun ja auch.

Maggi Poltingbrook hingegen garnierte das unfreiwillige Beisammensein mit einem Sortiment ausgewählter Flüche bester Seemannsprovenienz. Sie hätte es zu gerne erlebt, daß der sehr vornehme Josua Benedikt Streubenguß unter der Last ihrer Kraftausdrücke zusammengebrochen wäre.

Allein, sie täuschte sich. Josua Benedikt war wirklich vornehm und ein Gangster dazu. Solche Leute können sich immer beherrschen.

Bonco betrachtete die beiden neuerworbenen Damenmenschen mit ungläubig geweiteten Apollo-Augen, wobei sein Weltbild etwas verrückte, da er sich durchaus nicht vorstellen konnte, daß so fabelhaft mißglückte Modelle ebenfalls unter der Rubrik »Schwaches Geschlecht« geführt wurden.

Erst als ihm ein Sprüchlein eingefallen war, hatte sein Weltbild wieder das Licht, das genau das rechte war. Das Sprüchlein lautete:

»Frauen, die mit ihren Leibesgrößen
gegen üblich Maß und Höh' verstößen –
bei solchen Frauen, Herren, seid zu stolz!
Beim Verbrennen braucht man zu viel Holz.«

Opa Crackle sah so glasig vor sich hin, daß er ganz zerbrechlich wirkte.

Die Stimmung der Zelleninsassen war also recht dschidscheringrün durchwachsen und ohne jede steigende Tendenz. Ja, es trat sogar der Punkt ein, wo sie alle lauthals vor sich hinschwiegen und jeder seine eigene Atmosphäre um sich herumstellte, so daß es noch enger wurde. Am Ende sagte Josua Benedikt Streubenguß leise: »Wo würde man Dickens am wenigsten vermuten?«

Opa Crackle sah ihn kurz an und begann sofort nachzudenken. Das zeigte sich am deutlichsten daran, daß er seine Unterlippe immer weiter vorschob, als ob er sie loswerden wollte und dazu »Höh ... tja ... höm ...« machte.

Streubenguß flüsterte ihm ins Ohr.

»Die Polizei will seinen Aufenthaltsort wissen. Einem Kreuzverhör aber sind wir alle nicht recht gewachsen, wenn es dazu kommen sollte. Doch wenn wir den Leuten eine Adresse von Dickie Dick Dickens nennen ...«

»Höm ... ts ... höm ...«, machte Opa Crackle und nickte. »Darauf legt die Polizei wohl den meisten Wert.« Streubenguß nickte ebenfalls.

»Natürlich.«

Opa Crackle sah Josua Benedikt schief an.

»Meinen Sie etwa die richtige Adresse?«

Streubenguß lächelte dünn und lehnte es ab zu antworten.*

»Es muß eine Adresse sein, die glaubwürdig ist. Und wo sie jemanden über Dick verhören können«, säuselte Bonco an Edwinas Taille vorbei.

Die konnte ihn schon deshalb nicht verstehen, weil sich ihr Gehörleben einen halben Meter über Boncos Kopf abspielte.

Sie tuschelten, flüsterten und zischelten noch eine Weile. Dann hatten sie die geeignete Adresse gefunden, eine Adresse, die glaubwürdig war und wo die Polizei Dickie Dick Dickens dennoch nicht finden würde, weil er nicht hinging.

Dort hatte er Schulden. Und wenn man kein Geld hat, geht man nicht zu seinem Gläubiger, um sich zu verstecken. Der Tip, den Bonco, Opa Crackle und Josua Benedikt Streubenguß der Polizei geben wollten, war also einfach: Es war die Adresse von Mammy Tobo-Dutch.

Keiner der Freunde Dicks aber ahnte, wie hölzern der Weg war, auf dem sie sich befanden.

Als Dick und Effie Marconi an der Tür des dunklen, feuchten Hauses läuteten, öffnete sich die Tür spaltbreit. Die Hexe mit dem grauen Wollkopf, die gerade über die Klinke sehen konnte, war Mammy Tobo-Dutch.

Als sie Dick und Effie erkannte, öffnete sie die Tür weit. Schwatzte sofort los: »Ja, ich hab's ja immer gesagt: Der Mister

* Wir haben schon verschiedentlich darauf hingewiesen, daß es in den besseren Chicagoer Gangsterkreisen nicht nur als dumm, sondern auch als ausgesprochen unfein galt, Komplizen zu verpfeifen. J. B. Streubenguß aber war sowohl klug als auch fein. (Anmerkung der Verfasser.)

Dickens, der läßt mich nicht aufsitzen, der weiß, was er einer armen alten Frau wie mir schuldig ist ...«

»Sie wird es mir gleich auf Heller und Pfennig vorrechnen«, dachte Dick, während er eintrat.

»Dabei fällt mir ein«, sagte Mammy Tobo-Dutch, »daß Sie tot sind. Jedenfalls stand es in den Zeitungen. Ich war ganz erschüttert ... obwohl ich natürlich mit keinem Gedanken an das Geld gedacht habe, das Sie mir noch schulden, nein, nein, nein, Sie kennen mich ja, ich bin nicht so ... Aber so ein lieber, alter Freund ...! Gestern hat er mir noch 22000 Dollar geschuldet, und heute ist er tot. Zu traurig! Genau genommen 22430 Dollar und 50 Cent ... aber die fünfzig Cent will ich Ihnen gern erlassen, es soll keiner von mir sagen, daß ich kleinlich bin!«

Dick blieb stehen.

»Ruhe!« sagte er. »Können wir bei Ihnen wohnen?«

Mammy Tobo-Dutch jammerte. Ja, aber sie müßte erst das Geld haben.

Oder wenigstens eine kleine Sicherheit.

»Können Sie kriegen«, meinte Dick kühl. »Ein außerordentlich wertvolles Stück Metall.«

Mammy Tobo-Dutchs Augen glänzten wie Lackknöpfe. »Gold?« fragte sie.

»Nein«, antwortete Dick, »Stahl.«

Und bohrte ihr seine Pistole in die Rippen.

»Hilfe!« schrie die Hexe. »Er trachtet mir nach meinem Leben!«

»Zimmer 15?« fragte Dick. »Ja oder nein?«

»Ja, ja«, jaulte Mammy Tobo-Dutch.

Und wackelte, so schnell sie konnte, auf Zimmer Nr. 15 zu. Schloß es auf, öffnete die Tür und sagte höflich: »Bitte!«

Dick nickte freundlich.

»So ist es brav, Mammy!«

Dick setzte sich auf das Sofa, dessen Sprungfedern anscheinend mehr als Musikinstrument denn als bequeme Sitzgrundlage gedacht waren. Doch kaum hatte er den Arm ausgestreckt, um Effie sanft auf seine Knie zu ziehen, als er jäh innehielt.

Horchte.

Sein Gesicht wurde eisenhart. Was er hörte, waren Polizeiautos.

Bereits zwei Minuten später stampften Polizeistiefel die Treppe herauf.

Chefkommissar Lionel Mackenzie stand in der Tür. Hinter ihm Sergeant Martin.

Mammy Tobo-Dutch, im Umgang mit Polizei und Gangstern gleichermaßen erfahren, grinste ihnen freundlich entgegen. Ob die Herren ein Zimmer wünschten, fragte sie, ganz Abbild eines armen, hutzeligen Frauchens.

»Polizei!« antwortete Mackenzie grimmig.

Was Mammy Tobo-Dutch nun aufführte, war so erbarmungswürdig, daß es ganzen Hügeln von Pflastersteinen die Tränen hätte hervorquellen lassen.

Bitte ... keinen schlechten Ruf über ihre Pension ... sie gäbe sich alle Mühe ... was darf's denn sein, bitte? Sie redete, redete unentwegt. Ihre sonst so flinken Augen quollen über vor Angst und Schüchternheit.

Mackenzie aber blieb ungerührt. Er kannte das. Fragte sie aus. Wer bei ihr wohne?

Der und der.

So. Und wer noch?

Die und die.

Hm.

Mackenzie sah Mammy Tobo-Dutch scharf an. Dann sagte er langsam: »Auf die Ergreifung eines angeblich toten Mannes namens Dickie Dick Dickens sind zehntausend Dollar Belohnung ausgesetzt.

Die Augen der Alten, eben noch von Tränen umflort, wurden jäh blank und gierig.

»Zehntau...«, sagte sie, und ihre dürren Finger krallten sich in die Tischdecke.

In diesem Augenblick trat Dick ins Zimmer. Mammy Tobo-Dutch starrte ihn aus grünen, falschen Augen an. »Ich wollte nur fragen«, sagte Dick freundlich und nickte Chefkommissar Mackenzie höflich zu, »ob ich Ihnen etwas helfen kann?«

Er beugte sich über Mammy Tobo-Dutch. Dann lächelte er entschuldigend zu Mackenzie.

»Ich heiße Potter und besuche Mrs. Dutch. Ich bin nicht gemeldet, das will ich gleich sagen. Sie hat sehr viel für mich getan, wissen Sie, und ich sehe sie wie meine Mutter an. Aber ...«, brüllte er plötzlich, »ich will nicht, daß sie soviel Steuern zahlt!!«

Er holte tief Atem und fixierte Mackenzie mit dem Blick eines regierenden Monarchen.

»Was ich ihr gebe, soll sie behalten! Diese Schurken ...! Eine alte Frau muß schuften und wieder schuften ...«

»Beruhigen Sie sich bitte«, winkte Mackenzie angeekelt ab, »es handelt sich um . . .«

». . . um die Steuern, ich weiß!« heulte Dick auf. »Nur weil ich ihr ein bißchen schwarzes Geld gebe . . .«

»Seien Sie doch still, Mann!« brüllte nun auch Mackenzie. »Von Ihrem Steuerkram will ja kein Mensch etwas wissen! Wir suchen jemand«, setzte er ruhiger hinzu. »Vielleicht können Sie uns behilflich sein. Dann vergesse ich vielleicht, was Sie mir da von Steuern erzählt haben.«*

Es entstand eine Pause. Keiner sagte etwas. Mackenzie trommelte mit den Fingern auf den Tisch.

»Also«, sagte er und sah Mammy Tobo-Dutch aus stechenden braunen Augen an, »wo ist Dickie Dick Dickens?«

»Zehntau. . .«, flüsterte die Alte und knackte mit den Gelenken ihrer Finger.

Dick straffte sich. Nahm Mammys Hand.

»Wir wollen dem Herrn Polizisten alles sagen, Mammy«, sagte er behutsam.

»J . . . ja, ja . . .«, stotterte sie und wackelte verstört mit dem Kopf.

Dick strich ihr sanft über's Haar.

»Ich kann Ihre Angst verstehen, Mammy, denn Dick würde erbarmungslos lauter kleine Löcher in Sie schießen, wenn er erführe, daß Sie ihn verraten. Lauter kleine Löcher!« wiederholte er und lächelte lieb zu Mammy Tobo-Dutch hinab. Dann blickte er den Chefkommissar an. »Er war nämlich hier«, sagte er mannhaft.

»Weiß ich«, antwortete Mackenzie.

»Er hat sie bedroht. Nun hat sie Angst.« Dicks Augen strahlten vor Offenheit. »Ich wußte gar nicht, daß er es war.«

»Es weiß ja keiner, wie er aussieht«, stöhnte Sergeant Martin und handelte sich für diese vorlaute Bemerkung einen mißvergnügten Blick Mackenzies ein.

Doch Dick nickte nur.

»So gut ich kann, will ich ihn beschreiben.«

»Was wollte er hier?« fragte Mackenzie.

* Diese Äußerung Chefkommissar Mackenzies ist historisch verbürgt. Es kam ihm nachweislich mehr darauf an, einen gefährlichen Verbrecher zu fangen als einen Steuersünder zu fassen. Eine Amtsauffassung übrigens, die viel dazu beitrug, daß er ein ganzes Jahr in der Beförderungsliste zurückgestellt wurde. (Aus Mackenzie: ›Verfolgungs- und Beamtenwahn. Beiträge zur Pensionsfrage‹, ›Polizei-Dienstblatt‹, Oktober 1929.)

»Er kennt sie von früher«, antwortete Dick statt der Alten. »Er wollte ein Zimmer haben. Aber sie hat ihn weggeschickt.«

»Zehntau...«, laberte Mammy Tobo-Dutch.

»Ja«, nickte Dick, »die könnten Sie nun haben, wenn Sie ihm ein Zimmer gegeben hätten. Aber er ist gefährlich, und ich glaube, wir lebten alle nicht mehr.«

»Wo ist der Mann hin, und wie sieht er aus?« fragte Chefkommissar Mackenzie ungeduldig.

Dick hielt immer noch Mammy Tobo-Dutchs Hand in der seinen. Die Alte weinte leise vor sich hin.

»Etwa einen Meter fünfundachtzig groß – vielleicht auch größer«, sagte Dick und machte ein nachdenkliches Gesicht. »Ziemlich alter Anzug ... grau-braun ... Knickerbockerhosen, Schirmmütze aus dem gleichen Stoff ... wie nennt man den doch? Hier ...« Er deutete auf den Stoff seines Anzugs. »Solch ein Muster war es. Deswegen fiel es mir auch auf. Weil es doch eigentlich mein Muster war. Aber solche Menschen stehlen eben alles ...«

»Hahnentritt«, sagte Mackenzie zu Sergeant Martin, der eifrig schrieb.

»Und wo ist er hin?«

Dick zuckte die Achseln.

»Das kann man natürlich nicht wissen. Aber telefoniert hat er mit seiner Schwester in Arizona. Ob sie ihn aufnehmen könnte. Sie hieß wohl Adelaide mit Vornamen. Jedenfalls hat er immer so zu ihr gesagt.«

»Nachname?« Mackenzies Augen sahen immer noch dunkel und stechend aus.

»... San Antonio in Texas ...«

Dick schüttelte den Kopf, als sei er völlig verwirrt.

»Ich meine nicht, daß sie so hieß. Sondern da wohnte sie. Und in Arizona war sie gerade.«

»Und den Nachnamen wissen Sie nicht?«

»Doch. Doch. Brown. Ja, Brown. Ganz genau Brown. Oder so.«

Dick lehnte sich befriedigt zurück.

Chefkommissar Mackenzie erhob sich.

»Halten Sie sich zu unserer Verfügung, Mr. Potter. Bleiben Sie hier! Sie und diese alte Frau sind die einzigen, die ihn identifizieren können. Denken Sie also an Ihre Steuern. Und die Meldepflicht.«

Dick nickte schuldbewußt.

»Martin!«

Sergeant Martin nahm Haltung an.

»Großalarm! Wir sperren sämtliche Ausfallstraßen nach dem Süden!«

Sergeant Martin machte eine Kehrtwendung, als habe ihn jemand herumgeschraubt, und stolperte aus der Wohnung.

Chefkommissar Lionel Mackenzie sagte noch einmal: »Halten Sie sich zu unserer Verfügung!«

Dann ging er ebenfalls.

Kaum hatte er die Wohnungstür hinter sich geschlossen, löste Dick seinen Griff um Mammies Hand.

Sie atmete auf.

Es war dem Chefkommissar entgangen, daß Dick die ganze Zeit seine entsicherte Automatik fest gegen die Hand der Alten gedrückt hatte. Den Lauf gegen ihren Magen gerichtet.

Wenn Gangster zärtlich sind, haben sie auch einen Grund dafür.

Chicago meldete Großalarm an alle Südstraßen. Fahrzeuge wurden angehalten. Papiere geprüft. Leute mit Knickerbockerhosen herausgesucht.

Chicago telefonierte mit Arizona. Mit San Antonio in Texas. Man erfuhr nichts.

Man suchte weiter.

Chefkommissar Lionel Mackenzie nahm ein Telefongespräch nach dem anderen entgegen. Sie hatten alle den gleichen Inhalt: Eine Adelaide Brown, geborene Dickens gab es nicht.

Lionel Mackenzie sah Sergeant Martin düster an.

»Verflixt«, sagte er, »da hat uns jemand einen Bären aufgebunden, der so groß ist, daß ihn die Polizei nicht auf sich sitzen lassen kann. Los, Martin! Sofort zurück zu dieser Tante Tobo-Dutch!«

Er griff nach seiner Mütze und ging wuchtigen Schrittes hinaus.

Es muß etwa zur gleichen Minute gewesen sein*, als Dickie Dick Dickens seinen historischen Fluch aus dem Winterhalbjahr 1925/26 ausstieß: »Teufel, Pest und Katzenjammer!«

* Der bekannte Dickens-Biograph Alexander Robecker behauptet allerdings, es sei mindestens zwei Minuten später gewesen, was aber im Widerspruch zu manch anderen, zuverlässig überlieferten Äußerungen steht.

Effie erschrak. Katzenjammer ist jedem echten Gangster fremd.

»Was ist, Liebster?«

Dick nagte an der Unterlippe. Blickte vor sich hin. »Ich habe einen Fehler gemacht«, gestand er.

Mammy Tobo-Dutch patschte in die Hände und sagte: »Aber wieso denn, Mr. Dickens? Es hat doch alles geklappt.« Wobei ihre Augen vor Freude darüber, daß es doch noch schiefgehen könnte, glitzerten.

Dick sah es. Zu Effie sagte er: »Ich hätte ihm den Namen nicht nennen dürfen. Er wird mit San Antonio telefonieren.«

»Und?« fragte Mammy Tobo-Dutch feixend.

Dick fuhr sie an: »Und ... und? Es wird eine Viertelstunde dauern, bis sie herausbekommen, daß eine Schwester von Dikkie Dick Dickens dort nicht existiert! Und es wird zehn weitere Minuten in Anspruch nehmen, zu erfahren, daß Dickie Dick Dickens gar keine Schwester hat! Los, Effie, auf die Beine!«

Mammy Tobo-Dutch lächelte süßlich.

»Wo wollen Sie denn hin, mitten in der kalten, finsteren Nacht, Mr. Dickens? Bleiben Sie bei mir in der Geborgenheit!«

Dick faßte ihr spitzes Kinn und hob es hoch.

»Bleiben? Oder noch besser dir auf die Nase binden, wo ich hingehe? Was, das würde dir so passen? Damit du dir die zehntausend Dollar doch noch verdienen kannst?«

Mammy Tobo-Dutch japste vor Entrüstung.

»Aber«, schrie sie, »so habe ich das doch nicht gemeint. Sie sollten mich besser kennen! Sie wissen doch, wie wenig mir am Geld gelegen ist ...«

»Eben! Weil ich das weiß, gehe ich lieber«, lächelte Dick, faßte Effie am Arm und zog sie zur Tür.

»Aber, Mr. Dickens«, jummelte Mammy Tobo-Dutch, »ich will doch nur ...«

»Sparen Sie Ihren Atem für Chefkommissar Mackenzie! Der muß jeden Augenblick hier sein! Komm, Effie!«

Effie trippelte heran, ihren Trenchcoat zierlich über die Schulter geworfen. Und schon waren die beiden zur Tür hinaus.

Mitten im Verkehrsgewimmel von Chicago hielt Dick an. Er mußte nachdenken.

»Effie«, sagte er ernst, »ich habe keine Ahnung, wo wir bleiben können.«

Effie schüttelte den Kopf.
»Aber Dick – was soll das heißen?«
»Das, meine Süße, soll heißen, daß die Polizei mittlerweile vermutlich auch die Ausfallstraßen nach Norden und Westen hat sperren lassen – es soll weiter heißen, daß wir in der Falle sitzen. Wir kommen nicht mehr aus Chicago heraus.«
Effie schwieg stumm.
Dick sagte leise: »Sie werden überall nach uns herumschnüffeln. In den Hotels, den Restaurants, den Bahnhöfen, dem Flugplatz ...«
Dick kannte sich aus. Ein Gangster ist mit der Polizeiarbeit vertrauter als ein Spießbürger, das versteht sich von selbst.
Da saßen sie nun, sahen aus wie ein Liebespärchen: die hübschbeinige, blonde Effie Marconi mit den kullerdummen Augen und Dickie Dick Dickens, der Mann mit der dunklen Haartolle und dem blaublitzenden Blick. Saßen in ihrem Auto, hatten das Licht abgeschaltet und dachten nach.
Um sie brauste der Verkehr von Chicago.
Wie lange noch konnten sie so sitzen? Wie lange würde es dauern, und die Polizei würde sie auch hier suchen? Man möchte glauben, daß nur wenige Menschen eine Vorstellung von den Anstrengungen des Gangsterlebens haben. Da lebt der Bürger hinein in seinen guten Tag, streckt den Zeigefinger aus und sagt zur Polizei: Fangt mir die Verbrecher!
Eine Einstellung, die, genau betrachtet, unsozial ist.
Denn wieviel Mühe und Arbeit kostet es doch den Gangster, eine gewinnbringende Chance ausfindig zu machen! Wie muß er auf den Straßen herumlungern, Leute beobachten, Häuser bewachen, sich an dunkle Mauerpfosten drücken ...!
Und dann – schon selbstverständlich in seinem Arbeitsrhythmus – die ständige Nachtschicht!
Wie muß der Ärmste, stets belauert vom Auge des Gesetzes, seine Pfade schleichen, wie muß er, ständig im schlechten Lichte stehend, ja, dasselbe scheuend, sein Werk tun, ohne Rücksicht auf entstehende Folgen!
Die Mannigfaltigkeit des Gangsterlebens in seiner Ganzheitssicht schließt als schlichte Selbstverständlichkeit noch ein weiteres Gebiet ein: Den Sport.
Und zwar nicht den Sport allein als solchen, sondern als denselben selbst!
Ohne Sport kein Gangster! Da ist es nötig, laufen, klettern, ringen zu können, da muß man fit sein im Boxen und Schießen,

vom Autorennsport ganz zu schweigen. Keine Sportart, in der nicht auch ein großer Verbrecher Meister ist! Ihm aber bleiben die Lorbeeren versagt, er kennt keine Pokale und Plaketten – Sport ist für ihn Lebensgrundlage.

So sehr fordert das Gangsterleben Müh und Arbeit, daß es dagegen ein Leichtes ist, sich sein Geld ehrlich zu verdienen. Wer wie ein Bürger all diesen Nöten nicht ausgesetzt ist, hat leicht, den Zeigefinger auszustrecken und »Siehe da, ein Gangster!« zu sagen.

Ehrlich währt eben nicht nur länger, sondern auch am leichtesten, und ist daher in den Augen eines traditionsbewußten Gesetzesbrechers unsozial. »Wer sich mit Bürgern abgibt, kommt darin um«, lautet eine alte Unterweltsweisheit.

Mehr Mitleid also auch für unsere Gangster!

Solche und ähnliche Gedanken mochte Dick gedacht haben in jenen Minuten des Verweilens. Doch mit der ihm eigenen Fähigkeit, mehrere Dinge gleichzeitig zu denken, hatte er auch fieberhaft an eine Verbesserung seiner und Effies mißlicher Lage gedacht.

»Sag mal, Effie«, sagte er langsam, »was ist eigentlich aus dem Haus von Jim Cooper geworden?«

Effie schrak zusammen.

Jim Cooper, der ehedem mächtige Unterweltsfürst von Chicago, Jim, der Einäugige, in Gaunerkreisen auch »Jim, der Dickköpfige« genannt, Jim Cooper war noch immer eine grausame, furchterregende Erinnerung für Effie. Jim Cooper, dahingerafft von tödlichen Kugeln aus den Gewehrläufen der Polizei – wie hatten sie ihn gehaßt! Wie hatte ihr lieber, kleiner Dick seinen listenreichen Kampf gegen diesen Gewaltmenschen führen müssen!

Doch Effie kam nicht weiter in ihren herzerschütternden Erinnerungen. Dicks Stimme klang scharf und hart, als er sie noch einmal fragte: »Was ist aus Jim Coopers Haus geworden?«

Nun mußte Effie nachdenken. Da sie ein Laie auf diesem Gebiet war, hatte sie viel Mühe damit.

Soviel wußte sie: Jim Cooper hatte eine große Villa am Weichbild der Stadt bewohnt. Ein geheimnisvolles Haus inmitten eines riesigen, verwilderten Gartens. Es stand seit seinem Tode leer.

Als Effie bis hierher gedacht hatte, öffnete sie ihren kirschroten Mund und stieß einen kleinen Schrei aus. Sagte: »Oh, Dick! Das Haus ist verwünscht!«*

»Verwünscht?!«

Dicks Stimme klang nicht gerade freundlich.

»Es spukt dort, sagen sie.«

»Aber Effie! Schatzilein!«

Effie wurde beharrlich.

»Ja!! Jim Coopers Geist geht um! Man hat aus dem Haus seine Stimme gehört!«

Dick versuchte es mit Nachsicht: »Diesen Schwindel hat dir wohl Freund Bonco erzählt?«

Effie weinte fast.

»Es ist kein Schwindel, Dick! Es sind Tatsachen!«

Sie setzte sich stocksteif auf, sah Dick mit durchbohrendem Blick an.

»Es ist noch niemandem gelungen, lebend in das Haus hineinzukommen!«

Dick mußte lachen.

»Dann hat's wohl noch keiner versucht?«

»O ja«, beteuerte Effie. »Rip Tiger zum Beispiel. Er liegt erschlagen im Garten vor dem Haus, unter einer alten Eiche. Ein Sturm hat einen Ast geknickt.«

»Na, siehst du«, lächelte Dick, »es war der Sturm und nicht Jim Coopers Geist.«

»Nein, nein! Der nächste war Will McSharper. Er stürzte in den Keller und brach das Genick.«

»Zufall!«

»Und Stomp Harris?!«

Effie sah Dick herausfordernd an.

»Was war mit ihm?«

»Er wollte auch in das Haus. Vorvorige Nacht. Es war ein starkes Gewitter. Gegen elf machte er sich auf den Weg. Da passierte es! Der Blitz schlug ein.«

»Und traf Stomp Harris?«

Effie schüttelte heftig den Kopf.

»Nein! Der Blitz setzte die Kirche von Willow Heap in Brand. Auf dem Wege zur Brandstelle überfuhr die Feuerwehr einen Mann. Es war Stomp Harris. Exitus.«

* Laut DUDEN, 14. Auflage, auch »verwunschen« möglich. Doch Effie sagte »verwünscht«. Dieses natürlich auf amerikanisch, weshalb auch diese Anmerkung eigentlich unnötig ist. Wir empfehlen daher, sie gar nicht zu beachten.

Effie schwieg ergriffen.

Auch Dick sagte nichts.

Effie faßte Mut und versuchte, aufzutrumpfen: »In jener Nacht aber hat man Jim Coopers Geist reden hören! Im Keller seines Hauses! Oh, bitte, Dick! Fahr nicht dorthin! Ich würde mich zu Tode graulen.«

Dick sah sie von der Seite an.

»Hast du einen anderen Vorschlag?«

Kleinlaut murmelte Effie: »Nein ...«

»Na, siehst du! «sagte Dick.

Und ließ den Motor an.

Ein bißchen Ruhe, ein Bett für die Nacht und ein Stück Butterbrot

Die Villa Jim Coopers lag, für Passanten kaum sichtbar, tief versteckt in einem alten Garten.

Die Straße, die weit hinter dem Garten vorüberführte, war einsam und schlecht beleuchtet. In dieser Gegend hatten sich früher reiche Leute angesiedelt, hatten riesengroße Grundstükke gekauft, Prachtvillen gebaut und Teiche angelegt. Über Nacht aber, so schnell wie sie gekommen, waren die reichen Leute auch wieder verschwunden. Irgend etwas stimmte nicht mit dem Boden. Die Häuser sackten ein. Niemand wollte sie mehr haben.

So standen die großen Häuser leer und düster in verwilderten Gärten, in denen das Unkraut wucherte, die Teiche schwarz wurden vom Morast. Leere Häuser, vor deren lehmverkrusteten Fensterscheiben bläßliche Läden im Winde klapperten und abbröckelnde Farbe in kleinen, kalkigen Blättchen auf die Erde fiel.

Als Dick und Effie die Straße erreichten, war es bereits dunkel. Von irgendwoher klang das belfernde Jaulen eines Hundes. Das trostlose Licht einer matten Laterne erleuchtete nur ein kleines Rund. Nirgends erhellten Gartenlampen oder erleuchtete Fenster die Gegend.

Keine Stimmen drangen an das Ohr des lauschenden Dickie Dick Dickens. Keine Radiomusik. Keine Schritte. Auch nicht das Öffnen oder Schließen einer Tür. Man hätte meinen können, Chicago, die brausende Stadt, läge Hunderte von Kilometern entfernt.

Sie hatten das Auto an einer Straßenecke stehen lassen und gingen zu Fuß. Standen vor dem schweren, in schmiedeeiserner Verschnörkelung erstarrten Tor zum Garten von Jim Coopers Villa.

Wieder klang das Jaulen des Hundes aus einem der Nachbargärten. Effie ächzte.

»Das war nur ein Hund«, flüsterte Dick. »Nimm dich zusammen!«

»Zusammener geht's wirklich nicht, Dick! Komm, laß uns umkehren!«

Effies Flüstern klang heiser vor Angst.

»Hier geblieben!« herrschte Dick sie an.

Effie nickte und klapperte mit den Zähnen.

»Was meinst du?« flüsterte Dick, während er seinen Revolver entsicherte, »was all die Leute in Jim Coopers Haus wollten?«

Langsam und vorsichtig öffnete er das schwere Tor.

»Wer?« fragte Effie.

»Rip Tiger, Will McSharper und Stomp Harris.«

»Ach die? Ja, die waren auf der Suche nach dem vergrabenen Schatz«, behauptete Effie und stemmte sich ebenfalls gegen das Tor, damit es nicht knarrte.

»Wie lange hast du gebraucht, deinen Geist soweit zurückzubilden?« knurrte Dick höhnisch.

»Überleg doch mal!« zischte Effie wütend. »Jim Cooper, der reichste Gangster von Chicago! Wo ist denn all sein Geld geblieben? Etwa in seiner Uhrensammlung*?«

»Hm.«

Dick hatte das Tor weit geöffnet. Er legte einen Stein an die Angel, damit es nicht wieder zufallen konnte. Offene Türen sind für jeden Gangster ein beliebtes Hilfsmittel.

»Hatte er keine Erben?«

»Nein«, hauchte Effie, »er hat das Geld versteckt. Irgendwo in dieser Villa. Und jeder, der den Schatz heben wollte, hat es mit seinem Leben bezahlt!«

»Um so besser für uns«, lächelte Dick und schritt langsam den Gartenweg entlang, »da wir es nicht auf seinen Schatz abgesehen haben, wird uns der Geist des großen Jim ungeschoren lassen.«

Langsam und vorsichtig gingen sie vorwärts. Der Weg, früher mit Kies bestreut, war von Gras überwuchert und verschlang das Geräusch ihrer Schritte. Waren die ersten Meter des Weges noch von einem Schimmer der Straßenlaterne erleuchtet gewesen, so wurde es nach einer kleinen Biegung völlig finster. Die Zweige, die Effies Gesicht streiften, fühlten sich wie Krallen an, die es zerkratzen wollten.

Dunkel.

Und Stille.

Sie versuchten, leise zu atmen.

* Wie damals jedermann wußte, beherbergte Jim Cooper eine der umfangreichsten Uhrensammlungen in seiner Villa. Einige der wenigen erhaltenen Stükke wurden erst kürzlich vom Auktionshaus Soetheby in London versteigert und deren Erlös dem Fonds für arbeitsinvalide Fassadenkletterer gutgeschrieben.

Wieder ein Zweig! Gierig wie die langen, spitzen Fingernägel einer neidischen Hexe.

Da!

Dick und Effie standen still. Hielten sich die Ohren zu. Aber sie mußten es hören. Es drang aus dem Hause. Erst schienen es nur Töne zu sein. Wabblige, hallende, undefinierbare Töne. Dann aber waren es Worte. Worte, die sie zu verstehen glaubten.

»Das sind Wichte!« schien es durch die Zweige zu reden. »Kleine, zudringliche Wichte. Äh! Mit denen macht man kurzen Prozeß!«

»–zeß ... –zeß ... –zeß«, hallte es matt von den Mauern zurück.

Dick sagte kein Wort. Er stand, die Pistole im Anschlag, vor Effie. Lauschte.

Und traute seinen Ohren nicht. Denn die Stimme, die er gehört hatte, war die Stimme von Jim Cooper.

Noch hatten die beiden sich nicht von dem Schreck erholt, als sie ein Licht sahen, ein kleines, winziges Licht, das auf sie zuschwankte wie ein Glühwürmchen im Sommerwind.

Die arme, verängstigte Effie konnte sich kaum mehr aufrecht halten.

»Jim Coopers Geist«, murmelte sie, einer Ohnmacht nahe, »er kommt auf uns zu ... mit einer Taschenlampe ...!«

»... und einem Jagdgewehr«, vollendete Dick den Satz und riß Effie zu Boden.

Drei Schüsse knallten durch die Nacht. Die Kugeln pfiffen durch die Luft, ein Querschläger heulte. Dann war es still.

Unheimlich still.

Manchmal bewegte ein Windzug die Zweige. Dann hoben und senkten sie sich, und es klang wie das schwere Atmen eines alten Mannes.

»Lebst du noch?« flüsterte Effie.

»Danke. Und du?«

»Ich weiß nicht, Dick. Es ist so unheimlich hier ... Von Jim Coopers Geist ist nichts mehr zu sehen.«

»Es ist überhaupt nichts zu sehen«, murmelte Dick. Seine Stimme war dicht an Effies Ohr.

»Vielleicht sind wir doch tot«, zischelte Effie. »Es ist so kalt und feucht. Ich ... ich fürchte mich, Dick! Ich fürchte mich!«

Effie schien es, als hörte sie Dicks Worte in ihrem Kopf, so nah war er ihr.

»Möglicherweise ist das gar nichts Überirdisches, Schätzchen. Vielleicht gibt es eine Erklärung dafür, daß dir kalt ist und feucht ...«

»Ja?!«

Fast hätte Effie aufgeschrien. Doch dann fiel ihr ein, daß sie, falls sie doch tot sei, auf keinen Fall schreien dürfe. Denn Tote schreien nicht.

Wieder Dicks Stimme neben ihr:

»Es ist November, Effie, und du liegst im Gras.«

Effie streckte ihre Hand aus. Tatsächlich! Es war Dicks Schulter, die sie fühlte.

Also lebten sie beide.

Aber wer hatte geschossen?

Dick stand auf.

»So«, sagte er so leise wie vorher, »und nun wollen wir mal schauen, was es mit dem Geist von Jim Cooper auf sich hat.«

Effie hielt seine Hand fest.

»Nein, Dick, nein!« Sie zerrte ihn zurück. »Du willst doch nicht etwa – jetzt, wo wir gerade so schön lebendig geblieben sind ...«

»Ich will!!« unterbrach sie Dick. »Wenn es jemand witzig findet, mir ein paar Löcher durch die Haut zu brennen, hat er auch ein Recht darauf, die Pointe zu hören. Und die erzähl' ich ihm mit meiner Pistole!«

Effie antwortete nicht mehr. Als Frau und Braut eines führenden Gangsters wußte sie, was Gehorsam bedeutete.

Langsam, auf allen vieren, tasteten sich Dick und Effie Meter für Meter voran.

Von einem Mestizen namens Twuki-kwawa, einem Blutsfreund des schwarzhäutigen Knechtes Josua, der – wie man weiß – auf der Farm von Dickies Eltern im sonnigen Connecticut arbeitete, von jenem Mestizen Twuki-kwawa also hatte Dick das kriegspfadgerechte Anschleichen der Indianer gelernt.

* Falls Sie, geschätzter Leser, einmal das Verlangen verspüren sollten, eine verwunschene Villa anzuschleichen, sei hiermit die Methodik bekanntgegeben: Man hält den Körper so dicht wie möglich am Boden. Die Knie berühren füglich nicht die Erde, vielmehr verteile man das Körpergewicht auf die Zehenspitzen und die Fingerspitzen (Wer in denselben wenig Gefühl hat, läuft keine Gefahr hierbei) der linken Hand. Sodann taste man sich mit der rechten Hand voran, lege das Gewicht auf die Fingerspitzen der letzteren, ziehe darauf einen Fuß und die linke Hand nach. Und so fort.

Auf diese Weise näherten sich Dick und Effie der geheimnisvollen Villa, wobei Dick den Rat Twuki-kwawas befolgte, mit Adleraugen das Dunkel der Nacht zu durchbohren.

Er durchbohrte allerdings nur in einer Richtung. Nämlich nach vorn.

Und das war ein Fehler!

Ein Fehler, der nur allzu deutlich eine noch mangelnde politische Erfahrung bewies. Jeder Politiker hätte Dick sagen können, daß die wirkliche Gefahr immer von denen droht, die hinter einem stehen ...

Sie hockten in einer Schlehdornhecke! Etwa sechzig Meter hinter Dick und Effie.

Lauerten, spähten mit angehaltenem Atem.

Neun zweifelhafte Individuen. Banditen letzter Ordnung, ohne Spezialgebiet und Bandensinn. Leute, die mitnahmen, was ihnen in die Finger fiel. Solche, die keine Ordnung kannten und in allen Gebieten herumstreunten.

Flüsternd unterhielten sie sich. Sie hatten entdeckt, daß sich vorn im Gras etwas bewegte. Sie tuschelten alle durcheinander und kamen zu dem Schluß, daß Percy nicht auf sie, sondern auf die beiden geschossen haben müsse, die dort durchs Gras robbten.

Sie sagten immer wieder diesen Namen: *Percy.*

Percy, der das große Geheimnis kannte, Percy, auf den sie warteten, Percy, den sie erschießen wollten.

Sie sprachen von der Veranda und davon, daß Percy dort Licht anschalten könnte.

»Dann ist es hell«, sagte einer und feixte, »dann haben wir Büchsenlicht, dann müssen wir uns 'ranhalten – aus allen Rohren schießen, nichts als schießen!«

Sie konnten das leicht sagen, denn sie hatten neun Maschinenpistolen.

Dick aber und Effie hörten nichts von alledem, konnten nichts von Percy erfahren, von dem Licht in der Veranda und den neun Maschinenpistolen.

Wenn man diese Art der Vorwärtsbewegung drei Jahre täglich acht Stunden übt, bringt man es leicht zu einer gewissen Fertigkeit, die auch im täglichen Leben eines jeden aufrecht denkenden Mannes, zum Beispiel bei der frühmorgendlichen Rückkunft ins eheliche Heim nach durchzechter Nacht usf. von erheblichem Nutzen sein kann.

Sie schlichen weiter vorwärts, immer nach der Art, die sie Twuki-kwawa gelehrt hatte. Meter um Meter tasteten sie sich an das Haus heran, immer gewärtig, plötzlich der geheimnisvollen Gestalt mit dem Jagdgewehr zu begegnen.

Doch es blieb still. Nichts war zu sehen, nichts zu hören. Lähmend, beklemmend war alles um die beiden.

Sie hatten sich bis zur Veranda vorgearbeitet. Sie mußten sich aufrichten. Gingen die Stufen hoch. Griffen nach der Türklinke.

Die Klinke gab nach. Die Tür war nicht verschlossen.

Fuß um Fuß betraten sie die Veranda. Dick hielt die Pistole schußbereit. Effie tastete nach einem Lichtschalter. Fand ihn nicht.

Da!

Eine Stimme.

Anders als vorhin. Schwächer, leiser.

»Halloh, ist da jemand?« tönte es aus dem Dunkel.

In diesem Augenblick fand Effie den Schalter. Knipste. Licht flammte auf.

»Licht aus!« schrie der Mann im Hintergrund, »Licht aus!«

Instinktiv die Gefahr witternd, sprang Dick zum Schalter, knipste das Licht aus und rief: »Hinwerfen!«

Doch da passierte es schon: Ein ohrenbetäubender Lärm brach an. Garben von Schüssen krachten, durchschlugen die Fensterscheiben, prasselten gegen die Wände. Jemand schrie gellend auf.

Dann war es wieder still. Kein Schuß fiel. Nichts.

Langsam hatte Dick sich an das Dunkel gewöhnt. Er konnte den Mann sehen, der geschrien hatte. Ging zu ihm hin

»Kommen Sie!« Der Mann sprach mit fliegendem Atem. »Im Nebenzimmer sind die Fenster vermauert – dort haben wir Licht!«

Dick rief Effie heran. Die Pistole noch immer im Anschlag, folgte er dem Mann. Hinter ihm Effie.

Als sie im Nebenzimmer waren, machte der Mann Licht. Dick sah ihn an. Er war unnatürlich bleich, und über seinen Anzug sickerte Blut. Er war schwer getroffen.

Dick legte ihn auf ein Sofa und half ihm, so gut er konnte. Dabei fragte er, wer er sei.

»Ich bin Percy Cooper«, antwortete der Mann, »der Vetter von Jim Cooper.«

»Und wer schießt da draußen?« fragte Dick und riß sein Hemd in lange Streifen, um einen Verband zu machen.

»Gauner und Halunken sind's! Sie verfolgen mich, sind hinter mir her, hinter meinem Leben, meinem Besitz ... Schon seit Wochen. Mein Vetter Jim ... Sie kennen ihn vielleicht ...«

»Tut mir leid«, unterbrach ihn Dick. »Ich kann Ihnen nicht viel Gutes über Ihren Vetter erzählen. Wir haben uns nie recht leiden können.«

»Das wird Ihnen keiner verübeln«, erwiderte Percy. »Seinetwegen bin ich ins Ausland gegangen. Er war ein harter Bursche. Dabei habe ich ihm selbst in den Sattel geholfen.«

»Sie?«

»Ja.« Percy Cooper lächelte müde. »Ich war zuerst da – hier in Chicago. Ich habe nie die ganz große Geige gespielt, verstehen Sie? Wollte ich auch nicht. Hatte ja mein Auskommen. Eine kleine, aber gut trainierte Verbrecherbande. Alles Klasseleute.«

»Ach – Sie sind auch vom Fach?« freute sich Dick.

»Natürlich! Familientradition! Und dann kam Jim. War ehrgeizig. Wollte hoch hinaus. Nichts, was ich tat, war ihm groß genug. Ein paarmal versuchte er, mich umzubringen, konnte aber nicht recht landen. Ich hab' natürlich dasselbe bei ihm versucht. Auch ohne Erfolg. Da haben wir gemerkt, daß es so nicht weiterging mit uns beiden. Wir ließen das Los entscheiden. So kam es, daß ich ins Ausland mußte.«

Er schwieg.

Effie strich ihm über die Stirn.

Doch Percy Cooper wollte weitersprechen.

»Ich wäre nie zurückgekommen«, sagte er und sah Dick verzweifelt an, »wenn nicht die Erbschaft wäre. – Passen Sie auf die Halunken auf, mein Fräulein, dort in der Ecke ist eine Schießscharte ... halten Sie Wache ...« Dick winkte Effie, dem Rat zu folgen. Dann sah er in das Gesicht von Percy Cooper. Es war noch bleicher geworden.

»Sie haben mich betrunken gemacht, die Halunken, kleine, armselige Banditen aus New Orleans, Alkoholschmuggler und Schwarzbrenner. Hab' sie in einer Kneipe kennengelernt. Hab' ihnen in meinem Tran was erzählt von Jim Coopers Geheimnis. Seitdem verfolgen sie mich. Vorhin im Garten ... da dachte ich, Sie gehörten auch dazu.«

Sein Atem ging schwerer.

»Wir haben es nicht auf Ihren Schatz abgesehen«, sagte Dick und legte seinen Arm unter den Körper des Verwundeten, damit er besser atmen konnte. »Wir suchen nur ein Obdach, wo wir vor der Polizei sicher sind, weiter nichts. Ich wußte, daß die Villa leer steht.«

»Wer sind Sie denn?«

Dick nannte seinen Namen.

Percy lächelte erfreut, als er ihn hörte.

»Wunderbar«, sagte er leise, »wunderbar! Schnell, holen Sie mir Papier und Feder! Dort im Schreibtisch!«

Dick tat, was Percy verlangte.

»Und nun hören Sie«, sagte Percy mit großer Anstrengung. »Auf dem Dachboden unter dem alten Taubenschlag habe ich eine Brieftasche versteckt. Darin finden Sie einen Plan. Mein Vetter Jim hat ihn mir geschickt. Darauf ist der genaue Ort eingezeichnet, an dem er seinen Schatz versteckt hat ...«

»Draußen rührt sich nichts«, ließ sich Effie vernehmen, die immer noch Wache hielt.

Dick gab Percy Feder, Papier und Tinte.

Percy sah ihn aus leidenden Augen an.

»Haben Sie einen Freund, dem Sie rückhaltlos vertrauen und der nicht von der Polizei gesucht wird?« fragte er.

»Ja, meine Braut und Frau Effie Marconi. Doch nun möchte ich meinerseits etwas fragen. Was hat es mit dieser unheimlichen Stimme auf sich, die wir vorhin gehört haben?«

Percy winkte ab. Er schrieb.

»Dick!« schrie Effie. »Es rührt sich doch etwas! Sie kommen! Sie kommen!«

»Gibt es irgendwo im Hause Waffen?« fragte Dick.

Percy lächelte versonnen. »Vermutlich. Aber ich habe nichts gefunden. Nur ein altes Jagdgewehr – ohne Munition. Die letzten drei Kugeln habe ich vorhin verschossen.«

»Die letzten drei Schuß?«

»Seien Sie froh! Das ist der einzige Grund, warum Sie noch am Leben sind. Sonst hätte ich Sie bestimmt noch erwischt.«

Percy lächelte noch einmal. Dann schrieb er weiter.

»Sie kommen näher, Dick!« rief Effie entsetzt. »Sie sind höchstens noch hundert Meter entfernt.«

Dick rannte zur Schießscharte. Fluchte.

»Neun Mann! Jeder mit einer Maschinenpistole. Und ich habe einen kümmerlichen Revolver!«

Neun Maschinenpistolen gegen einen Revolver mit acht Patronen im Magazin! Welche Situation!

Dick aber wurde nicht einen Augenblick unruhig. Mit ungeheurer Geschwindigkeit ergriff er den Mantel von Percy Cooper, leerte den Papierkorb und füllte den Mantel mit Papier aus. Dann nahm er das Jagdgewehr, das an der Wand lehnte, und stülpte den ausgestopften Mantel darüber. Obendrauf befestigte er noch den Hut Percys. Mit solch seltsamer Puppe ausgerüstet, ging er in die Veranda, lehnte die Puppe an einen Tisch.

Effie schaltete währenddessen das Licht im Zimmer aus, damit der Schein nicht durch die geöffnete Tür auf die Veranda fiel. Sie beobachtete Dick mit angehaltenem Atem.

Der ging zum Lichtschalter der Veranda. Knipste das Licht an und warf sich auf den Boden. Im gleichen Augenblick begann ein wütendes Schnellfeuer. Schuß auf Schuß jagte durch die Verandatür. Dickie lag am Boden. Pistole, wie stets, im Anschlag. Er zuckte nicht einmal, wenn die Kugeln an seinem Kopf vorbeipfiffen. Plötzlich war es wieder still.

Dick erhob sich. »Vielen Dank, meine Herren, hier ist alles gut angekommen«, rief er und zielte nach draußen. »Sie werden sofort bedient.«

Und dann hörte man kurz hintereinander acht Schüsse. Und acht Aufschreie.

Dicks Rechnung war aufgegangen. Die Gangster aus New Orleans hatten blindwütig ihre Magazine leergeschossen, als sie die Puppe in der Veranda erblickten. Da sie keinen Führer hatten, waren sie ohne Befehl. Also schossen sie alle drauflos, in der Meinung, es sei Percy Cooper, der dort stand.

Und sie hatten gut gezielt. Nach den im Jahre 1938 angestellten Ermittlungen der internationalen Gesellschaft für Dikkie-Dick-Dickens-Forschung haben von den zweihundertsechzehn insgesamt abgegebenen Schüssen der Gauner hundertsiebenundneunzig den ausgestopften Mantel, beziehungsweise den Hut der Puppe getroffen.

Während die Gangster nach ihrer ersten Salve neu luden, kam Dickie Dick Dickens mit seinen acht Schuß zum Zuge. So geschah es, daß in jener Novembernacht des Jahres 1925 acht Leichen den Rasen von Jim Coopers Garten zierten. Der neunte Herr zog es vor, Fersengeld zu geben.

Die Aktion »Jagdgewehr« war beendet.

Eine Aktion, die ungehört in der Weite der Nacht verklang. Denn dort draußen gab es keine Nachbarn, die von der Knallerei hätten aufwachen können, und ein Hüter des Gesetzes verirrte sich nur selten in diese einsame Gegend.

Dick und Effie gingen wieder in das an die Veranda angrenzende Zimmer, in dem sie Percy Cooper zurückgelassen hatten.

Doch dem war offensichtlich das Warten zu lang geworden.

Er war tot.

»Wenn er nur ein bißchen länger durchgehalten hätte, dann könnten wir jetzt einen Arzt holen«, meinte Dick traurig. »Armer Kerl!«

»Um die da draußen ist es nicht schade«, sagte Effie und weinte. »Aber der hier ... Percy Cooper ... den kannten wir nur ein paar Minuten – und doch war er zu uns wie ein Freund!«

»Er war wirklich ein Freund«, sagte Dick, und in seiner Stimme lag Erstaunen. »Er hat ein Testament geschrieben ... sieh doch!«

Dick zeigte Effie das Papier, das Percy in seinen Händen gehalten hatte. Effie las es und tat einen ihrer kleinen schrillen Aufschreie. Percy Cooper hatte Effie Marconi zu seiner Universalerbin eingesetzt.

Darum hatte er Dick nach einem vertrauenswürdigen Freund gefragt, der nicht von der Polizei gesucht wurde. Hätte Dick die Erbschaft angetreten – man hätte ihn sofort verhaftet.

Plötzlich gehörte ihnen alles: Das Haus, der Garten, der Schatz.

Und die Leichen.

Und der unheimliche Geist des verblichenen Jim Cooper. Die Stimme, von der sie noch immer nicht wußten, woher sie kam.

Aber sie würden mit allem fertig werden. Mit den acht Leichen und der Stimme. Das wußten sie. Denn nun waren sie die wahren Erben von Jim Cooper.

So entstand das, was der führende amerikanische Geschichtsforscher William Kuckensichel als den größten Witz der Kriminalhistorie bezeichnete: Dickie Dick Dickens wurde durch Effie Marconi zum Rechtsnachfolger seines großen erbitterten Widersachers Jim Cooper.

»So rund ist die Welt, daß auf ihr kein gerader Weg möglich ist«, schrieb Kuckensichel anläßlich dieser Tatsache.

Dickie Dick Dickens allerdings hat, soweit man weiß, nie über diesen Witz gelacht.

In seinen Briefen an Bella Cora del Hortini schreibt er griesgrämig:

»Immer diese Schwierigkeiten! Ich wollte weiter nichts als ein bißchen Ruhe, ein Bett für die Nacht und ein Stück Butterbrot.

Und was bekam ich?

Statt der Ruhe ein Maschinenpistolenständchen, statt des Bettes eine verwunschene Villa und statt des Butterbrotes einen verborgenen Schatz. Da muß der Mensch doch anfangen, mit seinem Schicksal zu hadern!«

Ein Schatz, nach dem so viele vergeblich gestrebt hatten, ein Schatz, der einem Dutzend Menschen zum Verhängnis geworden war: Acht Gangstern aus New Orleans, die draußen im Garten herumlagen, dazu Percy Cooper, der sein Ziel nicht erreichen konnte, Rip Tiger, den ein Eichenast erschlagen hatte, Will McSharper, der in den Keller gestürzt war, und Stomp Harris, den die Feuerwehr überfahren hatte.

Sie alle hatten den Versuch, jenen Schatz zu bergen, mit dem Leben bezahlt.

Was war mit diesem Schatz? Wo war er und woraus bestand er?

Niemand wußte es.

Würde Dickie Dick Dickens mehr Glück haben? Oder würde das Vermächtnis des großen Jim auch sein Geschick besiegeln?

Niemand wußte es.*

* Falls Sie, geschätzter Leser, es dennoch erfahren möchten, empfehlen wir Ihnen, die nächsten Kapitel zu lesen.

Das Vermächtnis des großen Jim

Dies ist die Geschichte von Dickie Dick Dickens, dem Giganten der neuzeitlichen Vorbrechytsaga*, Dickie Dick Dickens, dem gefährlichsten Herrenfahrer, dessen Pneus je nordamerikanische Straßenkurven radiert haben, Dickie Dick Dickens, dem Manne, der von den vieltausendfachen Stimmen aller Gesetzesbrecher unseres Erdenrundes zum »Mr. Supercrime** 1928–32« gekrönt wurde.

In der Blütezeit des internationalen Verbrechens erkürten die Missetäter aller Länder in einer Fähigkeitskonkurrenz, die von einer großen Handschellenfabrik finanziert wurde, den besten unter sich zum »Mr. Supercrime«. Eine Gepflogenheit, die sich damals solcher Popularität erfreute, daß Tausende unbescholtener Damen der besten Gesellschaft freiwillig und ehrenhalber einen Diebstahl, einen Ladeneinbruch, eine Scheckfälschung oder ein ähnliches Delikt auf ihr zartes Gewissen luden, nur um in den Genuß der Stimmberechtigung zu dieser Wahl zu kommen.

Dickie Dick Dickens aber war, wie wir von seiner Jugendfreundin Bella Cora del Hortini erfahren, durchaus nicht erfreut über diese Ehrung. In seiner bescheidenen, zurückhaltenden Art scheute er sich, zu dem notwendigen materiellen Nutzen, den ihm seine Tätigkeit brachte, auch noch ideelle Ehrungen entgegenzunehmen.

Er war überhaupt ein rechter Herzensknabe!

Als er im Winter 1925 einen ihm bis vor kurzem noch völlig fremden Menschen beerbte und durch ihn zum Nachfolger Jim Coopers wurde, versank er in tiefes Sinnen.

»Tja, Effie – was machen wir nun?«

Mit solchen und ähnlichen markanten Worten pflegte er seinem Sinnen Ausdruck zu verleihen.

Dick bewies erstaunlich wenig Neigung, den vielbegehrten Schatz zu suchen. Er war müde und hatte Hunger. Alles, wonach er sich im Augenblick zu suchen gewillt zeigte, war ein Bett und eine Speisekammer.

* Mittelstapelwort für »Verbrechenssage«.

** Zu deutsch etwa »Herr Überverbrecher«, eine Übersetzung, die den Sinn des Titels »Mr. Supercrime« allerdings nur höchst mangelhaft wiedergibt.

»Aber Dick!« ereiferte sich Effie. »Essen und schlafen können wir immer noch. Es ist doch wichtiger, daß wir den Schatz finden! Wer weiß, was dann passiert?«

»Eben!« gähnte Dick. »Und ich komme nie zum Schlafen!«

Effie sah träumerisch vor sich hin.

»Jim Cooper muß ungeheure Reichtümer angesammelt haben! Bargeld, Juwelen, Gold ... Vielleicht ist es so viel, daß wir für den Rest unseres Lebens ausgesorgt haben. Wir brauchten nichts mehr zu tun ...«

»Schäme dich!« schalt Dick. »Willst du etwa aufhören zu arbeiten?«

Wie man weiß, lehnen Gangster, solange sie noch stehlen können, ein Leben auf Kosten anderer ab.

Dicks Hunger und seine Schläfrigkeit waren so stark, daß Effie ihn nur über ein Spiel ›Sechsundsechzig‹ wieder zum Leben erwecken konnte. Dann endlich gelang es ihr, mit ihm zu dem Taubenschlag auf dem Boden zu klettern, um nach Percys Brieftasche zu suchen.

Sie war schnell gefunden und enthielt einen Plan über das Versteck des Schatzes, ausgefertigt von Jim Coopers eigener Hand.

Es war ein schwieriger Plan. Dick hatte Mühe, die Zeichnung zu entziffern. Doch dann begriff er: Der Schatz war im Keller des Hauses. Dieser Keller stand jedoch nicht in Verbindung mit den anderen Kellerräumen. Er hatte einen Aufgang, der nicht ins Treppenhaus, sondern zum ersten Stock führte, ins Schlafzimmer.

Ein seltsamer Keller.

Besonders mühevoll war es, einen Text zu entziffern, der in allerlei Krikelkrakel quer durch die Zeichnung geschrieben war. Am Ende konnte Dick auch diesen Text lesen. Er lautete:

»DER SCHATZ IST IN EINER SCHWARZEN KISTE MIT EINEM WEISSEN STERN.«

Darunter stand:

»GEH DURCH DEN SPIEGEL.«

»Typisch Jim Cooper, das Ganze«, murmelte Dick ungehalten. »Romantischer Getriebeschaden im Dachstübchen! Schwarze Kiste, Geheimkeller, Geheimtreppe zum ersten Stock – Schlafzimmer – geh durch den Spiegel! Ich bitte dich! Und das in einer Zeit, da Chicagos Unterwelt leidet!«

Effie hörte gar nicht zu.

»Es wird einfach«, sagte sie heiter, »eine spiegelverkleidete

Tapetentür im Schlafzimmer sein, von der da die Rede ist. Komm, Dick, wir suchen!«

Nun war es Effie, die ihren Dick vorwärtszog.

Kein Gangster ist so habgierig wie sein Liebchen.

Effie hatte richtig vermutet.

Sie fanden das Schlafzimmer, fanden den Spiegel, fanden eine Geheimtür zu einem Geheimgang, der wiederum in eine Geheimtreppe einmündete, die zu einem Geheimkeller führte.

Viele Jahre später schrieb Dickie Dick Dickens in einem Brief an einen jungen Einbrecher* folgende Zeilen:

»Nun mag es dem heutigen Spät-Abendländer erstaunlich erscheinen, daß ein Gangstermensch mit seiner Braut und Frau in einem Hause herumzieht und einen Schatz sucht.

Schon die Vokabel ›Schatz‹ ist für uns Heutige lediglich ein Symbol, das entweder für eine Frau Gemahlin oder einen Hort der Wissenschaft Anwendung findet. Doch soll niemand, dem ein Schatz angeboten wird, nicht ausziehen, diesen zu suchen. Dies gebietet sowohl die Höflichkeit als auch die Hoffnung. Die Höflichkeit gegenüber dem Schatzanbieter und die Hoffnung für einen höchstderoselbst, daß man eben doch einen Schatz zu finden imstande sei. Denn das ist eine vertrackte Sache mit den Schätzen: Wenn man auch weiß, wo sie sind, so bedeutet das noch lange nicht, daß man sie nutzen kann, solange sie nicht gehoben sind.

So erklärt es sich auch, daß in England der Schatzminister ein gehobener Posten ist.

Wer aber einen Schatz verbirgt, sollte nichts zu verbergen haben, und wer nach einem Schatz gräbt, sollte dessen eingedenk sein, daß graben mit ›Grab‹ zusammenhängt. Hat er erst soweit gedacht, ist er nicht mehr weit davon entfernt, zu erkennen, daß die größte Bedeutung eines Schatzes nicht in ihm selbst liegt sondern darin, daß man ihn sucht.«

Man sieht, Dickie Dick Dickens hatte eine schwarze Seele voller Weisheit.

Der Geheimkeller also war gefunden.

Es war ein düsteres Steingewölbe, dessen Wände von Schim-

* Aus ›Briefe an einen jungen Einbrecher. Erkenntnisse und Bekenntnisse eines einfachen, aber verstockten Herzens‹, Menotyounot-Verlag, Minnesota, 4 Dollar 80. (Z. Zt. vergriffen.)

mel bedeckt waren. An manchen Stellen bröckelte die Mauer ab, und man sah einen Fleck, der, wenn auch ein Zeichen des Verfalls, doch ob seiner Helligkeit tröstlich wirkte.

Irgendwo tropfte Wasser.

Stetig. Eintönig.

Plop-plop.

Die Schritte hallten in den Gängen. Es klang, als hätten Dick und Effie Eisen unter den Schuhen.

»Um alles in der Welt – wo kommen wir hier hin?« fragte Effie.

»Wir hin ... wir hin ...«, hallte dumpf das Echo aus den Gängen.

Dick antwortete nicht. Er leuchtete die Ecken und Windungen des verzweigten Gewölbes mit einer Taschenlampe aus. Es schien, als wäre dieser Keller riesengroß.

Plop-plop.

Daß ein einziger Wassertropfen so laut sein konnte! Effie faßte Dicks Hand. Sie hatte Angst.

Plötzlich hörten sie etwas. Es klang wie eine Stimme. Oder klopfte jemand an die Wand?

Dick zog Effie vorwärts. In die Richtung, aus der das Geräusch zu kommen schien.

Unvermittelt schrie Effie auf.

Auf dem Fußboden bewegte sich etwas. Es sauste vorüber.

»Eine Ratte«, sagte Dick und zuckte mit den Achseln.

»Ratte ... Ratte ...«, machte das Echo.

Sie gingen weiter. Langsam und vorsichtig setzten sie Schritt vor Schritt.

Plop-plop.

Wieder schrie Effie auf: »Da! Da! Dick, siehst du?«

»Siehst du ... siehst du ...«

»Ruhe, Schätzchen, Ruhe!«

Doch Effie gab nicht nach. »Leuchte mal dorthin – nach links!«

Dick tat es.

Sie sahen sie beide gleichzeitig: Die schwarze Kiste mit dem weißen Stern. Sie stand breit und wuchtig da mit ihren großen, eisernen Beschlägen und schien Dick und Effie mit ihrem weißen Stern einäugig anzustarren. Langsam gingen sie auf die Kiste zu.

Die letzten Schritte auf ihrer Schatzsuche.

Jetzt gleich würde es sich entscheiden. Welche Erbschaft würden sie antreten? Was befand sich in der Kiste? War es unermeßlicher Reichtum oder eine letzte, tödliche Falle in diesem geheimnisumwitterten, verlassenen Haus? Würden sie Kleinodien von schillernder Pracht finden oder eine heimtückisch installierte Höllenmaschine, die beim Öffnen der Kiste explodierte und die zudringlichen Schatzsucher bei den anderen ungebetenen Gästen dieses Hauses versammelte?

Vorsichtig hoben sie den Kistendeckel an. Der knarrte widerwillig beim Öffnen. Doch keine Detonation ertönte. Kein Selbstschuß löste sich, nicht einmal ein vergifteter Pfeil schnellte aus einem sinnvoll konstruierten Mechanismus.

Die beiden schauten in die Kiste hinein.

Voll enttäuschten Staunens sagte Effie: »Das ist ja ... ein Grammophon ...«

»... und Platten ...«, ergänzte Dick ebenso enttäuscht. »Eine liegt sogar schon auf.«

Völlig verwirrt von der seltsamen Entdeckung stellte Dick das Grammophon an.

Dann aber fuhr ihnen der Schreck in die Glieder. Donnernd, im Kellergewölbe widerhallend, erklang die mächtige, fette Stimme Jim Coopers: »Hahahaha! Ihr seid Wichte! Zudringliche, kleine Wichte! Mit denen macht man kurzen Prozeß!«

Dickie Dick Dickens war zum Glück viel zu abgespannt, als daß er sich so recht von Herzen über diese Enttäuschung ärgern konnte.

Daß der eigentümliche Fund, den er im Keller von Jim Coopers Villa gemacht hatte, doch noch von unermeßlichem Nutzen für ihn sein sollte, konnte er damals noch nicht ahnen.

Wenn Dick meinte, er sei in dieser Nacht der einzige Mensch in Chicago, der mit einem übermächtigen Schlafbedürfnis rang, so täuschte er sich.

Einer schien noch müder zu sein als er. Dieser eine war Chefkommissar Lionel Mackenzie von der Chicagoer Kriminalpolizei.

Just zu dieser nächtlichen Stunde schneite der Bezirksstaatsanwalt in sein Büro. Der Bezistawa war von einer geradezu widernatürlich anmutenden Frische. Fragte dies, fragte das. Und alles mit einer nervenzerrüttenden Fröhlichkeit. Wollte wissen, wie weit die Ermittlungen im Falle Dickie Dick Dikkens gediehen seien.

»Wir verfolgen jede Spur«, gähnte ihn Lionel Mackenzie an.

»Aber für heute, denke ich, haben wir genug verfolgt. Es ist tief in der Nacht, viereinhalb Stunden über Dienstschluß.«

Doch dem Bezirksstaatsanwalt war alles Menschliche fremd.

»Die Fahndung nach Dickie Dick Dickens hat absoluten Vorrang. Wir müssen alles daransetzen, um den Burschen wieder hinter Schloß und Riegel zu bringen!«

Der Chefkommissar winkte ab. Er sah aus, als sei er gezwungen, eine Zitrone zu essen.

»Weiß ich, weiß ich, weiß ich«, sagte er und gab mit dieser Art, sich zu wiederholen, dem Staatsanwalt, der fünfundsechzig war, Anlaß, darüber nachzudenken, daß ein fünfzigjähriger Chefkommissar wohl doch zu alt für diesen Posten sei.

Lionel Mackenzie blickte gequält. »Aber was ist schließlich verloren? Der Mann ist uns durch die Lappen gegangen. Gönnen wir ihm ein bißchen Freiheit.«

Der Bezirksstaatsanwalt war empört.

»Er ist ein Staatsfeind! Der gefährlichste Mann unserer Stadt!«

»Wenn schon«, lachte Mackenzie, »das möchten viele sein. Wir müssen lernen, die Dinge von einer höheren Warte aus zu betrachten. In hundert Jahren wird kein Mensch mehr davon sprechen. Und vergessen Sie nicht, Herr Bezirksstaatsanwalt – wir dienen der Gerechtigkeit!«

»Eben, eben!« nickte der Anwalt.

Mackenzie lächelte mild.

»Doch welchen Nutzen trägt, bitte, die Gerechtigkeit davon, wenn ihre Diener vorzeitig abgenutzt und ruiniert werden? Sehen Sie mich an! Bin ich nicht nur mehr ein Schattenbild meiner selbst? Übernächtig, aufgerieben von unermüdlicher Pflichterfüllung, ein präsumtives Opfer meines Berufes?«

»Sie wirken noch ziemlich frisch, mein Lieber!« meinte der Bezistawa säuerlich. Ohne Widerspruch kann eben ein Staatsanwalt nicht leben.

Mackenzie nickte huldvoll.

»Ich werde darüber nachdenken, wenn ich im Bett liege.«

In diesem Augenblick hörte man die Stimme Sergeant Martins: »Herr Chefkommissar! Herr Chefkommissar!«

»Sehen Sie«, sagte Lionel Mackenzie und hielt sich die Ohren zu, »da brüllt sich wieder mein Assistent durch die Korridore!«

Schon wurde die Tür aufgerissen, und Sergeant Martin erschien.

Stand stramm. Machte Meldung.

»Herr Chefkommissar, wir haben ...«, dröhnte er.

»So«, unterbrach ihn Mackenzie, »nun sprechen Sie mal schön laut und schön deutlich, damit die Leute am anderen Ende der Welt auch etwas davon verstehen!«

Sergeant Martins Sinn für Humor war jedoch nicht so hoch entwickelt, daß er den Worten des Chefkommissars die richtige Bedeutung beizumessen imstande war. Fröhlich brüllte er: »Wir haben einen sehr interessanten Mann aufgegriffen. Einen Gauner aus New Orleans. Er trieb sich in den Parks am Michigansee herum.«

Fragte Mackenzie: »Und deswegen machen Sie einen solchen Lärm?«

Sergeant Martin ließ sich nicht erschüttern.

»Seine Aussagen, Herr Chefkommissar, schienen mir sehr wichtig. Er kommt aus dem Hause von Jim Cooper. Es soll dort eine Schießerei gegeben haben!«

Mackenzie nickte.

»Dann werden wir uns den Mann gleich morgen früh vorknöpfen.«

Der Bezirksstaatsanwalt lächelte dünn.

»Ich würde es sehr begrüßen, wenn Sie ihn sofort vernehmen würden.«

Lionel Mackenzie stöhnte. Doch Sergeant Martin posaunte bereits: »Ich habe ihn gleich mitgebracht, Herr Bezirksstaatsanwalt.« Er öffnete die Tür und sagte großzügig: »Kommen Sie herein, Snipper!«

Man hörte jemanden »Bitte, ja, gern« sagen, und dann trat Snipper Jonas ein.

Er war lang, dünn, und seine Arme baumelten in einer Art an ihm herunter, daß man hätte meinen können, sie seien ihm verkehrt herum eingeschraubt worden. Er hatte Sommersprossen und Haare, die aussahen wie gelbe Lakritzen. Seine kleinen, grauen Augen schienen ausdruckslos herumzuschwimmen, und sein breiter Mund war mit einer dicken, wulstigen Unterlippe geziert. Wenn er lachte, und er tat dies andauernd, machte er einen gutmütigen Eindruck. Man hätte denken können, daß er zwar mit einer ansehnlichen Portion Blödheit ausgestattet, doch keineswegs ein Spitzbube sei.

Denn das ist das Unangenehmste an Gangstern, daß sie viel zu selten aussehen wie solche und man sie weniger an ihren Gesichtern als an ihren Taten erkennt. Man hat dadurch große Schwierigkeiten, wird kaum vor ihnen gewarnt und hat so auch viel Mühe, sie zu fangen. Auf diese Weise haben sie sich jedoch großen Schaden zugefügt, da sie selbst daran schuld sind, daß die Polizei ins Leben gerufen werden mußte.

Snipper Jonas nun gehörte auch zu jenen, die es nicht für nötig hielten, ihre Mitwelt durch ein besonders gemeines Gesicht vor sich zu warnen.

»Sie haben eine Schießerei mitgemacht, nicht wahr?« fragte Sergeant Martin und machte ein sehr überlegenes Gesicht.

»Oh, oh, nicht mitgemacht!« versuchte Snipper Jonas diese Behauptung zu entkräften. »Nein, nein. Zufällig erlebt. Kucken Sie mal, ich kam gerade vorbei, als es . . .«

Mackenzie fragte kurz, ohne ihn anzusehen: »Wann war das?«

Snipper Jonas nahm so etwas wie Haltung an, als er Lionel Mackenzies Stimme hörte. Das wirkt immer, dachte er.

Womit er richtig dachte.

»Bei der Villa von Jim Cooper. Das ist irgendwo in der Nähe von . . .«

»Danke, wir wissen, wo es ist«, sagte Mackenzie kühl. »Was wollten Sie denn in der Villa?«

Snipper Jonas schlug einen leichten, freundlichen Ton an mit einem kleinen Schuß Naivität. Er fand das angebracht.

»Och«, sagte er, »einen Bekannten besuchen. Kucken Sie mal, wir waren eingeladen, ein paar Freunde von mir aus New Orleans. Von einem Herrn, den wir in einer Gaststätte kennengelernt hatten.«

»Wer war dieser Herr?« Mackenzie sah ihn immer noch nicht an, was Snipper Jonas ausgesprochen störte.

»Oh, sehn Se, das weiß ich nicht«, feixte er, »der Herr hat sich zwar vorgestellt, aber ich habe den Namen nicht verstanden. Er sagte nur, wir sollten ihn in der Villa von Jim Cooper besuchen. Auf mein Wort!«

»Und weiter?«

»Naja, als wir nun so ganz harmlos durch den Garten der Villa schleichen – äh – schlendern – – da, auf einmal, fängt es an zu knallen. Aus dem Haus. Aus der Veranda. Meine Freunde und ich, wir sind kaum dazu gekommen, uns zu wehren, da waren wir schon tot. Das heißt die anderen.«

Der Bezirksstaatsanwalt hielt die Zeit für gekommen, seinerseits eine Frage einzuwerfen: »Und wer hat diesen Überfall verübt?«

Jonas lächelte gönnerhaft.

»Ja, wenn ich das wüßte! Wenn ich das wüßte, kucken Sie mal, dann würde ich's Ihnen auch sagen. Auf mein Wort! Aber ich weiß es nicht.«

Sagte der Bezirksstaatsanwalt: »Gut, dann fahren wir gemeinsam heraus und sehen uns die Bescherung an.«

Mackenzies Augen wurden riesengroß.

»Jetzt gleich??«

Der Bezirksstaatsanwalt nickte. »Jetzt gleich!«

Mackenzie rang sich zu einem bitteren Lächeln durch. »Bedenken Sie«, sagte er, »das Malheur ist passiert, wir können doch nichts mehr retten. Und wenn wir uns erst mal gründlich ausschlafen würden, könnten wir viel frischer ...«

Der Bezirksstaatsanwalt sandte einen schier hypnotischen Blick auf Lionel Mackenzie. »Jetzt gleich!« sagte er leise. Und jedermann im Raum wußte, daß es keinen Widerspruch mehr gab.

Eine Szene, die wieder einmal beweist, wie rückständig damals noch die Gesetzgebung in den Vereinigten Staaten war!

Es erscheint heute geradezu grotesk, daß sich in dieser überaus heiklen Situation kein Gewerkschaftsfunktionär eingeschaltet hat, um – notfalls unter Androhung aller zu Gebote stehenden Kampfmaßnahmen – die leichtfertige Aktion des Bezirksstaatsanwaltes zu unterbinden und ihn zur Einhaltung der im Tarifvertrag mit den Polizeibeamten vorgesehenen 48-Stunden-Woche zu zwingen.

Wahrscheinlich lag es aber auch daran, daß Polizisten üblicherweise an einem tarifvertragsentfremdeten Pflichtgefühl leiden und die Verbrecher auch dann fangen, wenn ihre Dienstzeit bereits um viereinhalb Stunden überschritten ist.

So fuhr nun also der Bezirksstaatsanwalt unter Hintansetzung der gesetzlich verbürgten Nachtruhe des Chefkommissars Lionel Mackenzie und seiner Begleiter zu eben jenem Grundstück, das einstmals Jim Cooper, nunmehr aber Dickie Dick Dickens gehörte.

Zur Begrüßung fanden sie im Garten acht Tote.

Es waren die Kumpane des verhafteten Snipper Jonas. Nachdem sie die Toten gezählt und ihre Vollständigkeit festgestellt hatten, begaben sie sich in das Innere des Hauses, wo sie alsbald Leiche Nummer 9, Percy Cooper, fanden.

»Ja, ja!« beeilte sich Snipper Jonas zu sagen. »Das ist der Herr, der uns eingeladen hat, das ist er!«

Der Bezirksstaatsanwalt sandte wieder einen seiner hypnotischen Blicke ab. Diesmal in Richtung auf Snipper Jonas.

»Vermutlich ist er es wohl auch gewesen, der ihre Kameraden erschossen hat?«

Während er sprach, hatte er übrigens die Angewohnheit, seinen Kopf zuerst nach hinten zu legen, um so seinen Blicken eine bessere Abschußrampe zu geben, dann aber drehte er diesen edlen Teil seines Körpers einmal herum, soweit es die Muskeln erlaubten. Dabei spitzte er nach jedem Satz die Lippen, als ob er pfeifen wollte.

Aber er tat es nicht.

Mackenzie fand diese Bewegung sowohl unnötig als auch widerlich und ärgerte sich kräftig darüber. Leise erkundigte er sich bei Sergeant Martin nach dem Namen des Bezirksstaatsanwaltes.

»Den hat noch nie jemand behalten können«, brüllte Martin sofort los.

»Er heißt Joffrey Sweasanbramster.«

Der Bezirksstaatsanwalt drehte sich zu Martin und Mackenzie herum.

»Sie wünschen?« fragte er hochmütig.

Doch Lionel Mackenzie wünschte gar nichts.

Er ging auf Percy Cooper zu, betrachtete den Toten und sagte ruhig: »Es ist noch jemand hiergewesen.«

Joffrey Sweasanbramster rollte den Kopf, spitzte die Lippen und betrachtete Mackenzie mit einem strengen, fragenden Blick.

»Woher wollen Sie das wissen?«

Mackenzie lächelte bescheiden.

»Der Tote trägt einen Verband. Folglich muß ihn jemand verbunden haben. Waren Sie das, Snipper Jonas?«

»Nein, nein ...«, schlotterte Snipper, »ich bin gar nicht näher herangegangen.«

Mackenzie ging ein paar Schritte vor, so daß er in der Mitte des Zimmers stand.

»Demnach muß mindestens eine weitere Person im Hause gewesen sein.

Oder – sie ist es noch«, verkündete er.

Dann winkte er Sergeant Martin heran.

»Sergeant, lassen Sie sofort die Villa durchsuchen!«

»Zu Befehl!« schmetterte Martin und rannte zum Garten, um die in Bereitschaft stehenden Polizisten hereinzuholen.

Während nun nahezu zwei Dutzend wohlgenährter Polizisten durch die Villa polterten, beschäftigten sich Chefkommissar Lionel Mackenzie und Bezirksstaatsanwalt Joffrey Sweasanbramster weiter mit dem Toten. Sagte der Staatsanwalt: »Ich möchte doch zu gern wissen, wer dieser Mensch ist.«

»Bändigen Sie Ihre Neugier noch eine Minute«, empfahl Mackenzie.

Er untersuchte die Taschen des Toten.

Er hatte keine Papiere bei sich. Offensichtlich war er nicht aus Chicago. Sein Anzug stammte aus einem Konfektionsgeschäft in Tampico. Und die Schuhe ...

Mackenzie räusperte sich.

»Was ist mit den Schuhen?« wollte der Bezirksstaatsanwalt wissen.

»Nichts«, antwortete Mackenzie. »Sohlen abgetreten, Absätze schief, Fabrikat nicht mehr zu erkennen. Keine Namensschilder in der Wäsche. Aber hier – der Verband!«

Lionel Mackenzie beugte sich tief über ein Stückchen Stoff.

»In dem werden Sie erst recht kein Namensschild finden«, lächelte der Bezirksstaatsanwalt und fand, daß alten Herren Eifer nicht wohlanstehe.

»Es ist ein Notverband«, sagte Mackenzie langsam, »war früher ein Oberhemd. Mit Wäschetinte sind drei Buchstaben eingezeichnet: D. D. D.«

»D. D. D.? Was kann das heißen?« fragte Joffrey Sweasanbramster und drehte seinen Kopf, als wolle er ihn abschrauben.

»Sehr viel«, entgegnete Lionel Mackenzie. »Unter anderem natürlich auch Dickie Dick Dickens.«

Joffrey Sweasanbramsters Kopfdrehungen wurden heftiger.

»Glauben Sie etwa, daß dieser Tote hier Dickie Dick Dickens ist?«

Mackenzie lächelte herablassend.

»Aber nein! Wie ich Dickens einschätze, läuft er nicht mit einem Konfektionsanzug und schiefen Absätzen herum. Wenn aber das Hemd ...«, Mackenzie hob die Stimme ein wenig und versuchte seinerseits, den Bezirksstaatsanwalt durchbohrend anzublicken, »... tatsächlich Dickie Dick Dickens gehört hat, dann war er es, der diesen Mann verbunden hat.«

»Die beiden müßten sich also gekannt haben?«

Mackenzies Lächeln wurde noch herablassender.

»Ich bewundere Ihre Kombinationsgabe, Herr Bezirksstaatsanwalt.«

Dann wurde er ernst.

»Wir haben fünf Komplicen von Dickens in Haft. Vorausgesetzt, dieser Mann sei ein Bekannter von Dickens, besteht eine gewisse Chance, daß die Komplicen ihn auch kennen.«

Kaum hatte Lionel Mackenzie seinen Satz beendet, als Sergeant Martin hereinstürzte und atemlos Meldung erstattete, daß die ganze Villa durchsucht und keine verdächtige Person gefunden worden sei.

Mackenzie nickte freundlich.

»Gut«, sagte er, »dann gehen wir jetzt schlafen. Alles andere erledigt morgen früh die Mordkommission.«

Er wandte sich zum Gehen.

»Halten Sie es nicht für richtiger«, hielt ihn die schnarrende Stimme des Bezistawas zurück, »wenn wir Dickens' Komplicen sofort kommen lassen, damit Sie die frische Leiche identifizieren können?«

Mackenzie drehte sich herum. Seine Miene drückte tiefste Kümmernis aus.

»Hab' ich mir nicht gedacht, daß Sie noch eine Karte im Ärmel haben!«

Nicht einmal vor leidgeprüften Gefängnisinsassen machte der Pflichteifer des Bezirksstaatsanwaltes halt. Und deren Nachtruhe war nicht nur tarifvertraglich, sondern sogar gesetzlich geschützt!

Langsam ging Mackenzie aus dem Zimmer.

Er haßte Tüchtebolde.

Trotzdem gab er Befehl, ins Gefängnis zu fahren.

Der aufmerksame Leser wird wissen, wie sehr sich Sergeant Martin irrte, als er seinem Vorgesetzten meldete, das ganze Haus sei durchsucht worden. Den geheimnisvollen Spiegel im Schlafzimmer hatten die Beamten zwar gesehen, sie hatten auch die willkommene Gelegenheit benutzt, ihre Uniformröcke zurechtzuzupfen. Die Tapetentür aber, die sich hinter dem Spiegel befand, war ihnen verborgen geblieben. So auch der geheime Gang, die geheime Treppe und der geheime Keller.

Das Poltern ihrer Schritte indessen konnte keinem verborgen bleiben. Am wenigsten Dickie Dick Dickens und Effie Marconi.

Von ihrem Versteck aus hatten sie jedoch nicht nur die Schritte, sondern auch die Unterhaltung zwischen dem Bezirksstaatsanwalt und Lionel Mackenzie hören können.

»Der Mann ist nicht übel«, meinte Dick, »zumal er uns eine großartige Chance gibt.«

»Chance?«

Effie haßte Fremdwörter.

»Höre: Sie bringen unsere ›Komplicen‹ hierher. Damit meinen sie Opa Crackle, Bonco und Josua Benedikt Streubenguß.«

Warf Effie ein: »Außerdem Mrs. Shrewshobber vom Frauenverband und Maggi Poltingbrook!«

Doch Dick ließ sich nicht unterbrechen.

»Auf die kommt's mir nicht an. Die können meinetwegen bleiben, wo man Tüten klebt. Aber die anderen! Komm!«

Wie Effie dieses schlichte, energische »Komm!« kannte!

Für sie bedeutete es genausoviel, als schmettere eine Fanfare und riefe sie in den Kampf. Wenn Dick »Komm!« sagte, dann war es mehr als nur eine Aufforderung zu folgen, dann war es Anbeginn eines neuen Abenteuers. Sie aber, Gangsterbraut vom blonden Scheitel bis zur rotlackierten Zehe, kannte dann nichts als Gehorsam. Mochte ihr das Herz bis zum Halse schlagen, mochte es Unbill oder Strapazen geben – sie stand ihrem Dick zur Seite. Sie war ihm eine echte Frau und Braut, erfüllt von Vertrauen und Bewunderung. Kritik kannte sie nicht.

Nicht einmal dem Wort nach.

So fragte sie auch nicht lange, als Dick diesmal »Komm!« zu ihr sagte.

Er belohnte sie und ließ sie wissen, daß er ein paar Vorkehrungen zu treffen habe und zu diesem Zweck in die Villa zurückmüsse. Die Zeit sei knapp.

»Aber«, wagte Effie nun doch zu sagen, »wenn sie eine Wache zurückgelassen haben?«

»Das werden wir merken«, antwortete Dick und ging voran.

Das Haus war leer.

Sie gingen leise und schnell.

Doch dann verhielt Dick einen Augenblick. Murmelte: »Von hier zum Gefängnis fährt man ungefähr eine Viertelstunde – zurück wieder eine Viertelstunde. Unter den Häftlingen, die sie herbringen wollen, befinden sich zwei Damen. Die brauchen mindestens zwanzig Minuten, bis sie marschfertig sind – macht insgesamt fünfzig Minuten. Davon sind abzuziehen zehn Minuten, die bereits verstrichen sind – macht vierzig Minuten. Folglich dauert es noch fast eine dreiviertel Stunde, bis sie wieder da sind.«

Effie erschauerte. Sie kannte das. Gangster haben nicht nur große Pläne in den Kopf zu nehmen, sie verstehen auch zu organisieren.

»An die Arbeit, Effie!« befahl Dick. »Wir ziehen alle Uhren auf, die noch intakt sind, und stellen sie auf Viertel nach elf!«

Und taten es.

Dicks Zeitrechnung stimmte auf die Minute.

Genau vierzig Minuten später kamen Lionel Mackenzie, Bezirksstaatsanwalt Joffrey Sweasanbramster und die begleitenden Polizisten zurück.

Und mit ihnen kamen die Häftlinge.

Bonco jammerte: »Du mein Schreck! Oh, du mein Schreck! Liebster Herr Chefkommissar, das kann nicht Ihr Ernst sein! Sie wollen uns doch nicht in dieses verhexte Haus führen!? Man nennt es die Todesgrube!«

Polterte Maggi Poltingbrook, noch ehe jemand antworten konnte: »Potzblitz und Donnerschlag! Nun hör einer das Gezeter an! Schlimm genug, daß diese Gecken von der Polizei uns aus dem Schlaf reißen! Was denken sich diese Krümel überhaupt?«

Eine Rede, die den Bezirksstaatsanwalt veranlaßte, Maggi zu ermahnen, sich eines angemessenen Tones zu befleißigen. Maggi entgegnete, daß *sie* bestimme, was ihr angemessen sei, und nicht er. Worauf auch Mrs. Shrewshobber mit beleidigtem Unterton bemerkte, daß sie es durchaus nicht nett fände, daß man sie in die kalte Nachtluft hinaushetze.

Opa Crackle aber fügte hinzu, daß er Bonco verstehen könne. In dem Haus spuke es. Das wisse jedermann. Der Geist von Jim Cooper ginge um und vernichte alles Leben, das sich im Haus zeige.

Mackenzie weidete sich daran, den Bezistawa solchen Angriffen ausgesetzt zu sehen. Er überhörte jede Beleidigung, die von den Häftlingen gegen Joffrey Sweasanbramster geschleudert wurde.

Als der Bezirksstaatsanwalt, von Maggi Poltingbrooks unverschämten Reden aufs Höchste gereizt, ausrief: »Lionel Mackenzie, haben Sie das gehört! Sie sind mein Zeuge!«, fragte er zurück: »Was, bitte, wie?« Und hielt die Hand ans Ohr.

Daß er damit den Anschein erweckte, stocktaub zu sein, störte ihn nicht. Denn Maggi Poltingbrooks Stimme war ebensowenig zu überhören wie die von Edwina Shrewshobber. Letztere schien zu allem Überfluß auch noch ihren zierlichen Tag zu haben. Sie spitzte beim Sprechen die Lippen, wandt sich in den Schultern, legte die Zeigefinger ihrer gespreizten Hände mit den

Spitzen gegeneinander und vollführte eine ständige Drehung: linke Hand einwärts, rechte Hand auswärts. Solcherart Bewegung hätte mit Not und Mühe einem zweijährigen Mädchen angestanden. Bei Edwina Shrewshobber machte es den Eindruck, als hätte sie die Absicht, ihre Hände als Schaufelräder zu vermieten.

Lionel Mackenzie konnte gar nicht hinsehen.

Doch dann gab er sich einen Ruck.

»Bitte«, sagte er zu den Häftlingen, während sie durch die Verandatür das Haus betraten, »sehen Sie sich die Leiche an und, wenn es Ihnen möglich ist, identifizieren Sie den Mann.«

Bonco und Josua Benedikt Streubenguß traten als erste ins Zimmer.

»Aha, eine Leiche«, verkündete Bonco sachkundig. »Da haben wir's! Hier gibt es *nur* Leichen! Jeder stirbt, der dieses Haus betritt!«

»Sehen Sie mich an«, entgegnete Mackenzie griesgrämig, »bin ich etwa tot?«

»Pardon«, ließ sich Josua Benedikt höflich vernehmen, »Sie sind auch noch nicht wieder draußen.«

In diesem Augenblick erlosch das Licht. Es war stockdunkel.

»Das ist Jim Coopers Geist!« wimmerte Bonco. »Das ist Jim Coopers Geist!«

Lionel Mackenzie beorderte Sergeant Martin zur Tür. Er solle Wache halten, daß niemand das Haus verlasse. »Zu Befehl!« donnerte Martin und tastete sich zur Tür. Plötzlich begann eine große Standuhr zu schlagen. Dumpf und dröhnend klang es durch das Haus.

Dann folgte eine zweite, dritte, vierte Uhr. Mehr und mehr Uhren beteiligten sich an dem immer lauter und tosender werdenden Schlagen.

Die Uhren des Jim Cooper verkündeten die Geisterstunde. Bong-bong, bim-bam, ping-ping-ping, ding-dong, pling-plang-pleung ... Die Uhren dröhnten, rumpelten, grollten, klirrten, rasselten, übertönten die menschlichen Stimmen.

Einer konnte sich mit dem anderen nicht verständigen. Boncos passendes Sprüchlein ging ebenso unter wie die lauten Flüche Maggi Poltingbrooks, geborene Stippling. Doch eine Stimme erhob sich über alles, hallte und tönte durch die Räume. Und als die Uhren endlich aufhörten zu schlagen, da war es, als spräche ein gewaltiger Geist aus der Höhe. Und die Stimme grollte: »Hahaha! Die Polizei! Daß ich nicht lache!«

Ein grauenhaftes Lachen folgte, ein Lachen, breit, feist und siegessicher, daß einem jeden die Schauer über den Rücken liefen.

»Nur nicht kleinkriegen lassen, sage ich«, röhrte es, »nur nicht kleinkriegen lassen! Auch nicht von den Wegelagerern und Spitzbuben, die man in Polizeiuniform gesteckt hat. Äh! Wanzen sind das, die man mit dem Fingernagel zerdrückt!«

Wieder das abscheuliche, feiste Lachen.

Und der da lachte, war Jim Cooper.

Dann war es still.

Und langsam, wie auf dem Theater, ging das Licht wieder an.

Joffrey Sweasanbramster sah ebenso grün aus wie Lionel Mackenzie und Sergeant Martin.

Die anderen hingegen sahen gar nicht mehr aus. Die Häftlinge, die anfangs die gräßlichsten Schreie ausgestoßen hatten – diese Häftlinge waren fort.

Weg!

»Verdammt noch mal!« fluchte nun sogar Lionel Mackenzie und bekam langsam seine alte, rote Farbe wieder. »Sergeant Martin! Haben Sie jemanden zur Tür 'rausgelassen?«

»Nein, bestimmt nicht!« Sergeant Martins Stimme klang schrill vor Aufregung. »Ich habe die ganze Zeit an der Tür gestanden.«

»Weit können sie nicht kommen«, bemerkte der Bezirksstaatsanwalt, nun wieder ganz Herr seiner Ängste. »Draußen stehen die Posten.«

»Nee«, brummte Mackenzie pampig und schoß einen wütenden Blick auf Sweasanbramster, »vor allem dann nicht, wenn sie gar nicht 'rausgekommen sind.«

»Wie vom Erdboden verschluckt«, murmelte der Bezirksstaatsanwalt.*

Vom Erdboden verschluckt!

Fünf Häftlinge waren es, die man eine halbe Stunde zuvor aus der städtischen Strafanstalt von Chicago geholt hatte. Unter schriftlicher Quittungslegung und ehrenwörtlicher Beteuerung, daß man sie noch in der gleichen Nacht zurückbringen werde.

Der Herr Bezirksstaatsanwalt und der Herr Chefkommissar ließen Haus und Garten auf das Gründlichste durchsuchen.

* Ein Ausspruch, den man heute in jedem Zitatenschatz finden kann. Damals, im Jahre 1925, prägte ihn der Bezirksstaatsanwalt von Chicago, ohne zu ahnen, *wie* recht er damit hatte.

Ohne Erfolg.

Die Häftlinge waren verschwunden. Und blieben es.

Am nächsten Tag trat Joffrey Sweasanbramster einem okkultistischen Zirkel bei.

So also führte die Polizei unserem Freund Dickie Dick Dickens seine inhaftierten Gefährten wieder zu.

Während die Polizei mit allen Kräften nach ihnen suchte, während Lionel Mackenzie um den Rest seiner Nachtruhe gebracht wurde, atmeten sie die Luft der Freiheit, die sich allerdings bedauerlicherweise zunächst nur als stickige Kellerluft erwies.

An seine Jugendfreundin Bella Cora del Hortini schreibt Dickie Dick Dickens anläßlich dieses:

»Wenn es auch, geschätzte Cora, zu den normalen Obliegenheiten der Obrigkeit gehört, vermißte Personen wieder rückzuführen, so ist es der Chicagoer Polizei doch besonders hoch anzurechnen, daß sie solches auch gegen ihren Willen tut.«

Dickie Dick Dickens war auf seltsame Weise wieder mit seinen Freunden vereint.

Dies ist die Geschichte von Dickie Dick Dickens, dem ungekrönten Kaiser von Chicago, dem Siegfried der amerikanischen Unterwelt, dem Manne, von dem das Gerücht umgeht, er habe nicht nur mit dem Teufel und seiner Großmutter, sondern auch mit deren Schwägerin im Bunde gestanden.*

Es nimmt nicht wunder, daß sowohl Chefkommissar Mackenzie als auch Bezirksstaatsanwalt Sweasanbramster in jener Nacht in der Cooperschen Villa geneigt waren, diesem Gerücht Glauben zu schenken.

Das Verschwinden der fünf Häftlinge verursachte jedoch nicht nur bei diesen Polizeiorganen das Gefühl eiskalter Berieselung. Auch die Verschwundenen selbst schlotterten mit allen ihnen zur Verfügung stehenden Knochen. Bonco faßte sich zuerst.

Lamentierte: »Irgend etwas Gräßliches ist passiert! Eine Knochenhand hat mich erfaßt und fortgezogen!«

»Mich auch! Mich auch!« riefen die anderen im Chor. Und Josua Benedikt Streubenguß hauchte mit samtener Stimme in das Dunkel: »Mir hat eine Stimme zugeflüstert: ›Komm mit, Josua, komm mit!‹«

»Möchte wissen«, murmelte Maggi und senkte ihre Hau-den-Lukas-Stimme zu einer Art Flüstern, »wohin uns dieser Klabautermann geführt hat!«

»Mehr Respekt, wenn ich bitten darf!« sagte eine Stimme hinter ihnen.

Zugleich wurde es hell.

Sie befanden sich in einem großen Kellergewölbe. In einem der Türbogen stand Dickie Dick Dickens. Stand da, beide Arme in die Hüften gestemmt, und lächelte.

Den fünf Häftlingen fielen beinahe die Augen aus dem Kopf, als sie ihn sahen.

»Ja, du große Güte!« stammelte Opa Crackle. »Jetzt werde ich doch noch auf meine alten Tage verrückt! Das ist doch Dickie, mein Jungchen!«

* Ein Gerücht übrigens, das einer näheren wissenschaftlichen Untersuchung nicht standhält. Denn nach dem heutigen Stand der Forschung scheint es erwiesen, daß des Teufels Großmutter, die ja bekanntlich unverheiratet war, keine Schwägerin gehabt hat.

Und nun tauchte neben Dick auch Effie Marconi, das liebliche Mädchen, auf. Sie lächelte und machte einen durchaus menschlichen Eindruck. Niemand hätte sie für die Braut eines Mannes gehalten, der mit der Schwägerin von des Teufels Großmutter im Bunde stand.

Als sie alle mit Staunen und Erschrecken fertig waren, gingen sie daran, sich ihres Wiedersehens mächtig zu freuen.

Endlich war Dick wieder mit seinen Getreuen vereint. Mit seinem väterlichen Freund Opa Crackle, mit dem kleinen, abergläubischen Bonco, mit dem Juwelier und Diamantenhehler Josua Benedikt Streubenguß. Allerdings: Ein Wermutstropfen fiel in den Trunk des fröhlichen Wiedersehens, da sich zu Dicks Getreuen auch Margaret Poltingbrook und Mrs. Edwina Shrewshobber gesellt hatten. Doch waren sie alle noch nicht in der Stimmung, darüber nachzudenken.

»Na, Bonco«, fragte Dick lachend, »wie hast du denn das große Theater überstanden?«

Bonco zog hochmütig die eine Braue hoch, was ihm ein unnachahmlich vornehmes Aussehen verlieh.

Er wußte das. »Ich habe«, sagte er und dehnte seine Worte, »nicht einen Augenblick Angst gehabt, Mr. Dickens! Wer etwas vom Spuk kennt, weiß auch, wenn er unecht ist.«

»Tatsächlich«, sagte Opa Crackle und spielte wieder das Spiel mit seinem Kuchenzahn, »er hat keine Angst gehabt!«

Dick lächelte. Er kannte Bonco.

»Aber, mein Jungchen«, fuhr Opa Crackle fort, »nun sag uns endlich, wie du das Ganze angestellt hast! Was suchst du denn in Jim Coopers Villa?«

»Sie gehört mir«, antwortete Dick und sah gelangweilt auf seine Fingernägel.

»Waaas?«

»Genaugenommen Effie und mir. Wir haben sie geerbt.«

»O weh!« greinte Bonco:

»Eine Erbschaft zu zweit
bringt Ärger und Streit.
Doch erbst du allein,
so hast du es fein!«

»Dann haben Sie also«, meinte Josua Benedikt, der Bonco wieder einmal albern fand, »auch den geheimnisvollen Schatz Jim Coopers geerbt? Wieviel ist es?«

Dick lachte. »Eins und zweiundzwanzig.«

»Sehr schön«, nickte Josua gönnerhaft, »eine Million und zweiundzwanzigtausend Dollar.«

»Nein«, sagte Dick mit Würde, »ein Grammophon und zweiundzwanzig Platten.

Alle staunten, machten »ach!« und »oh!« und sagten »sowas aber auch!«

Und dann mußte Dick von Anfang an erzählen. Von den acht Leichen im Garten und von Percy Cooper, von der Erbschaft und dem seltsamen Plan unter dem Taubenschlag, von dem plötzlichen Eintreffen der Polizei und seinen Vorkehrungen zum Empfang der Freunde. Er hatte die Uhren aufgezogen, damit genügend Lärm im Hause war und man ihn nicht hören konnte. Daß er dann das Licht ausgedreht hatte, verstand sich für alle von selbst. Er hatte Jim Coopers Stimme über das Grammophon durch das Haus dröhnen lassen, um sie alle in Angst und Schrecken zu versetzen, genau, wie es sein Vorgänger, der arme Percy Cooper, getan hatte. Im Dunkeln hatte er dann seine Freunde geholt, zu der Tapetentür im ersten Stock geführt, durch den geheimen Gang, über die geheime Treppe, hinunter in den geheimen Keller.

Als er seinen Bericht beendet hatte, zeigte Dick seinen Freunden das Grammophon und die Platten.

»Jim Cooper hat die Platten selbst besprochen«, erklärte Dick ernst. »Was ihr hier seht, ist das wichtigste Dokument, das je ein Bandenführer hinterlassen hat.«

Effie nickte zu Dicks Worten.

»Es ist«, schloß Dick, »seine Gesetzessammlung.«

Opa Crackle fand, daß dies über sein persönliches Fassungsvermögen hinausginge.

Dick verschränkte die Arme, so daß die Fransen seiner olivgrünen Lederjacke baumelten.

»Ganz einfach, Opa. Es sind die berühmten ungeschriebenen Gesetze der Unterwelt. Da sie ungeschrieben bleiben sollen, hat Cooper sie auf Platten gesprochen.«

Bonco meinte neidisch: »Vielleicht konnte er gar nicht schreiben?«

Josua aber murmelte: »Interessant, interessant. Wäre es nicht möglich, daß wir eine dieser Platten zu Gehör bekommen?«

Der Feierlichkeit der Stunde entsprechend hielt er es für geraten, sich besonders gewählt auszudrücken.

Dickie lächelte.

»Warum nicht?« sagte er. »Der erste Teil ist die G.T.F.V., will heißen: die Gangstertruppenführungsvorschrift. Effie – leg die Platte auf!«

Effie tat, wie ihr geheißen.

Wieder grollte die mächtige Stimme Jim Coopers durch das Gewölbe, hallte von den Wänden wider. Es begann damit, daß er leise sagte:

»Gesetze über die Gangstertruppenführung im Kampf gegen Recht und Polizei, gesammelt, kommentiert und niedergesprochen von Jim Cooper.«

Es folgte ein leichter Trommelwirbel. Dann aber erhob sich Jims Stimme:

»Gesetz Numero eins:
Man habe Geld!
Dein ganzes schönes Leben nützt dir einen Dreck, wenn du arm bist. Außerdem bist du eine gesellschaftliche Null.
Merke drum: Habe Geld!
Beschaff es dir! Egal wie. Alle Menschen in gehobenen Positionen tun das. Das ist bei Gangstern so Sitte.«

Wieder folgte ein Trommelwirbel. Kaum war er verklungen, erhob Jim Cooper seine Stimme von neuem:

»Gesetz Numero zwei:
Man habe seine Leute!
Dein ganzes schönes Leben nützt dir einen Dreck, wenn du selbst arbeiten mußt. Was wäre Truppenführung ohne Truppe? Wen willst du schikanieren, wenn du kein Personal hast? Schikanieren tut gut und hilft schlechte Laune vertreiben. Auf diese Weise bekommst du keine Gallensteine.
Wem willst du die Schuld zuschieben, wenn etwas schiefgeht. Wer soll für dich die Kastanien aus dem Feuer holen?
Die Autorität verlangt, daß man imstande ist, für so etwas jemanden zu finden.
Merke drum: Habe deine Leute!
Der feine Herr arbeitet nicht.
Das ist bei Gangstern so üblich.«

Ein erneuter Trommelwirbel unterstrich die letzten Worte und leitete zugleich den nächsten Abschnitt ein.

Da konnte man hören:

»Über die Aufstellung einer schlagkräftigen Gangsterbande höre auch Ausführungsbestimmung Römisch XX, Ziffer B.«

Es folgte:

»Gesetz Numero drei:
Man habe keine Angst vor der Polizei!
Hahaha, daß ich nicht lache! Nur nicht kleinkriegen lassen! Auch nicht von den Wegelagerern und Spitzbuben, die man in Polizeiuniform gesteckt hat! Wanzen sind das, die man mit dem Fingernagel zerdrückt.
Gangster machen das so.«

Diesmal ertönte kein Trommelwirbel. Ohne Überleitung folgte das »Gesetz Numero vier«.

Es lautete:

»Man habe keine Skrupel vor der Obrigkeit!
Dein ganzer schöner Beruf nützt dir einen Dreck, wenn du Skrupel hast.
Skrupel sind Knüppel, die man sich selbst vor die Beine wirft.
Und wer tut das schon?
Die Obrigkeiten sind Diener des Staates.
Der feine Herr spricht mit dem Dienstpersonal aber nur, um ihm seine Anweisungen zu geben.
Jedoch vergiß das Trinkgeld nicht!
Lakaien erwarten das.
Gib ihnen Geld, schenk ihnen ein Auto.
*Bei Gangstern ist das so Brauch.«**

Mit einem gewaltigen Trommelwirbel endete diese Platte.

Josua Benedikt Streubenguß hatte sich erhoben. Die anderen taten es ihm nach.

* Wichtiger Hinweis: Die oben zitierten Sätze stellen die persönliche Meinung des verstorbenen Bandenführers Jim Cooper dar und sind in keiner Weise als Stellungnahme der Autoren, des Verlages oder anderer mit der Herausgabe dieses Buches beschäftigten Personen zu werten.

Es war ganz still im Raum. Alle gedachten des großen Bandenführers und ehemaligen Gegners.

Opa sagte ergriffen: »Hingemetzelt haben sie ihn. Durchlöchert mit staatlich kostenlos erstellten Bleikugeln!«

Josua fragte: »Wo liegt er begraben?«

Dick zuckte die Achseln. »Man weiß es nicht.«

Sie schwiegen wieder.

Bis Dick sagte: »Er soll eine Leichenfeier haben. Eine Feier, wie sie noch keiner gehabt hat. Wenn alles hier geregelt ist, werde ich sie abhalten. So wahr ich Dickie Dick Dickens heiße!«

»Maxim F. Poltingbrook!« jaulte Maggi auf.

»Halts Maul!« sagte Dick.

Wobei er sich der Tatsache, daß man solche Ausdrücke nicht gebraucht, wohl bewußt war.

Während Dick und seine Getreuen den ersten Teil der ungeschriebenen Gesetze der Unterwelt hörten,

– erhob sich ein großer, feuerroter Sonnenball über die Zinnen der Stadt,

– begaben sich Chefkommissar Lionel Mackenzie und Bezirksstaatsanwalt Joffrey Sweasanbramster in ihr wohlverdientes Bett,

– brandete der Strom der morgendlich aufgetankten Automobile durch die Straßenschluchten Chicagos

– und bohrte die Pensionsvermieterin Mammy Tobo-Dutch in der Nase.

Was wirklich sehr unfein war.

Es störte auch zwei ihrer neuen Pensionsgäste.

»Wenn du an der Schädeldecke Öl findest, Alte, gib mir Bescheid«, sagte der eine und lachte böse, während er seinen Kumpan anstieß.

Sie hatten sich als Topper und Williams vorgestellt. Mammy Tobo-Dutch kannte die beiden nicht. Es waren Zugereiste. Solche, die mit der großen Gangstereinwanderungswelle nach Jim Coopers Tod gekommen waren.

Topper und Williams.

Am Stadtrand von Chicago hatten sie Rip und Charley umgelegt, weil sie ihnen im Wege waren. Einfach so. Seitdem zogen sie raubend durch die große Stadt.

Topper schien am ganzen Leibe viereckig gewachsen zu sein, was ihm das Aussehen eines Roboters verlieh. Seine Augenlider waren dick und geschwollen, seine Nase verlief in einer Wellenlinie, so oft war sie gebrochen. Daß seine Sprache so nasal und merkwürdig klang, hatte jedoch einen anderen Grund: Er hatte, wie man bald in Gangsterkreisen wissen würde, einen Wolfsrachen. Der Unterkiefer stand weit zurück. Ein Querschläger hatte ihn halbiert. Das machte, daß er seinen Mund beim Sprechen nicht recht schließen konnte und den Kiefer herunterhängen ließ. Seine Stimme war tief, und alles, was er sagte, hörte sich an, als spräche jemand in einen vorgehaltenen Blechtopf.

Williams dagegen war klein und zierlich. Die Ärmel seines Jacketts reichten bis an die Fingerspitzen. Die auswattierten Schultern aber ließen ihn breit und stark erscheinen.

Allerdings nur, solange er saß.

Stand er auf, dann war es, als baumelten an dem Jackett eines Schwergewichtlers zwei Fliegenbeinchen.

Sein Gesicht sah aus, als habe man es gedörrt. So ledern und faltig war die braun-gelbe Haut, die zwei allzuhohe Jochbeine umspannte. Feuchtschimmernde, schwarze Augen glitten unruhig hin und her, als wären sie Kugeln. Und die leichte Mongolenfalte zeigte an, daß Williams' Vorfahren ganz gewiß nicht aus Europa kamen. Doch von der seltsamen Schönheit asiatischer Gesichtszüge hatte er nicht die kleinste Zuteilung erhalten.

Diese beiden also hatten sich bei Mammy Tobo-Dutch eingenistet. Hatten widerwillig hundert Dollar Vorschuß gezahlt.

Sie waren noch nicht lange da, als es klingelte und Snipper Jonas erschien.

Von Topper ins Verhör genommen, berichtete er, daß er von der Polizei eingebunkert worden sei. Untersuchungshaft.

»Aber sie haben mich wieder laufen lassen«, grinste er.

»Nein, sowas!«

»Ja, kucke mal«, erklärte Snipper, »ich bin ja nur ein kleines Würstchen für sie. Das, was die wissen wollten, haben sie von mir erfahren.«

»So, so«, knurrte Topper. »Das mögen wir aber gar nicht, wenn jemand der Polizei alles sagt, was sie wissen will. Was, Williams?«

»Nein, Topper, mögen wir nicht«, nickte Williams.

»Hab' ja gar nicht die Wahrheit gesagt«, maulte Snipper Jonas.

»Und warum haben sie dich dann laufen lassen?«

»Weil sie hinter einem größeren Fisch her sind. Hinter Dickie Dick Dickens.«

»Ich dachte, den gibt's gar nicht mehr«, tutete Topper, »ich dachte, der ist tot?«

Da schlängelte sich Mammy Tobo-Dutch auf ihren O-Beinen heran.

»Aber nein«, sabbelte sie los, »von tot kann gar keine Rede sein. So wenig tot wie der möchten viele sein! Ein feiner Mann! Ein reicher Mann. Er schuldet mir noch sehr viel Geld.«

»Was?« lachte Topper. »Sowas gibt's? Daß dir jemand Geld schuldig bleibt? Hahahaha!«

Und auch Williams: »Hahahaha!«

»Oh, bei Dickie brauche ich keine Angst zu haben«, entgegnete die Alte beleidigt. »Der hat die Menge!«

Die drei Räuber machten Augen.

Mammy Tobo-Dutch nickte so heftig mit dem Kopf, als hätte sie anstatt des Halses eine Sprungfeder.

»Ja«, prahlte sie, »dreihunderttausend hat der, in purem Gold! Ja, das weiß ich ganz genau! Und die hat er gut versteckt. Auf einem Bauernhof!«

Topper beugte sich vor.

»Was du nicht sagst?! Woher hat denn der Dickens einen Bauernhof?«

Grinste Mammy Tobo-Dutch: »Der gehört ja nicht ihm. Seinem alten Freund, Opa Crackle, dem gehört er.«

Topper lächelte Williams an.

»Opa Crackle? Den kennen wir doch. Was, Williams, den kennen wir?«

Williams zwinkerte verlegen.

»Hm ... ich weiß nicht, Topper ...«

»Klar, kennen wir ihn, du Trottel! Der hat doch seine Farm in der Nähe von Kansas City.«

»Falsch! Ganz falsch!« schrie Mammy Tobo-Dutch und sprang auf ihren dürren O-Beinen in die Luft. »Dreißig Kilometer südlich von La Crosse. Am Ufer des Mississippi.«

Topper schlug sich auf die Schenkel.

»Sieh mal einer an! Dreihunderttausend in purem Gold! Waren wir eigentlich schon mal am Mississippi, Williams?«

»Nein, Topper, nie ...«

»Soll aber ein schönes Flüßchen sein, hab' ich mir sagen lassen. – Hör mal, Mammy Tobo-Dutch, wieviel Mieter hast du wohl?«

Mammy wackelte mit dem Kopf und tat, als dächte sie nach.

»Na – so an die siebzehn.«

»Alle vom Fach?«

Empörte sich die Alte: »Natürlich! Oder glaubt ihr etwa, ich bin so eine, die es mit den Ehrlichen hält?«

Topper beachtete sie nicht mehr. Er rieb seinen zerschossenen Unterkiefer mit der Hand und dachte nach.

»Hm«, sagte er nach einer Weile, »siebzehn Leute – alle vom Fach. Denen würde sicher ein bißchen frische Luft sehr gut tun. Hab' ich recht, Williams?«

Antwortete Williams, der gar nicht zugehört hatte: »Sicher, Topper.«

Lachte Topper lauthals: »Kleiner Betriebsausflug ins Grüne! Hahahaha!«

Inzwischen war in der Villa Cooper, draußen, am anderen Ende der Stadt, wieder Ruhe eingezogen.

Das Grammophon, das eine Stunde lang fast ununterbrochen gequäkt hatte, schwieg still.

Dickie Dick Dickens ebenfalls.

Und dies schon eine ganze Weile.

Effie sah ihn zärtlich aus Augen an, die wie zwei braune Spiegeleier aussahen.

»Warum bist du so still, Dick?«

»Ich überlege, Schätzchen«, antwortete Dick und streichelte ihre Hand. »Eine verteufelte Sache ist das! Was machen wir mit Käpt'n Maggi und Mrs. Shrewshobber? Sie kennen das Geheimnis unserer Villa.«

»Die beiden schlafen gerade, Chef«, sagte Bonco. »Wäre das nicht eine entzückende Gelegenheit, ihnen die Gurgel durchzuschneiden?«

Dick sah ihn streng an.

»Zwei wehrlose Frauen im Schlaf abservieren?! Stell dich in die Ecke, Bonco, und schäm dich!«

Dickie dachte angestrengt nach. Mit der Shrewshobber würde er zur Not noch verhandeln können. Aber diese Käpt'n Maggi, die hatte so viel Haare auf den Zähnen, daß man ihr mitten im Mund einen Scheitel hätte ziehen können.

Zu allem Unglück wachten die beiden Damen auch noch auf. Maggi schrie sofort los und verlangte Ruhe, Schlaf, Essen und Freiheit.

Dick antwortete höflich, daß man eigentlich vorgehabt hätte, ihr den Hals abzuschneiden. Worauf Maggi noch ärger zu randalieren begann und Bonco in den Arrest schicken, ihn kielholen und auf einsamen Inseln aussetzen wollte.

Solch gewalttätiges Verlangen aus einem weiblichen Herzen quellen zu sehen, war selbst für die gute Edwina Schrewshobber des Bösen zuviel. Sie ermahnte Maggi ernstlich an den Bestand kulturell erprobter Gefühle und lächelte Dick verzeihend zu. Ein Bemühen, das in ihrem breiten Gesicht etwa die gleichen Resultate zeitigte wie ein manövrierender Panzerwagen auf dem Ackerfeld.

Dick aber fand sie nett in diesem Augenblick.

Es folgte eine längere Unterredung darüber, was man denn, um alles in der Welt, mit diesen beiden Damen anfangen könne, wenn man sie schon nicht umbringen wolle. Es hatte fast den Anschein, als seien die Freunde ernstlich gereizt über Dicks menschenfreundliche Haltung.

Doch ging ihnen Gehorsam über alles.

Nach einigem Hin und Her machte Mrs. Shrewshobber einen Vorschlag, der alle in Erstaunen setzte. Sie könne den Mr. Dikkens sehr gut verstehen, sagte sie, und sie wolle auch keine Schwierigkeiten machen. Ob sie Mrs. Poltingbrook nicht zu ihrem Schiff bringen könne?

Die Aussicht, Maggi wieder ihren Walfischen zuführen zu können, hatte für Dick etwas ungemein Tröstliches.

Zunächst aber murrte der einzige weibliche Walfangkapitän der Welt voll polternder Wehmut: »Das wird Käpt'n Maggis letzte Fahrt! Wenn ich im Heimathafen eintreffe, in Irland, der grünen Insel im blauen Atlantik, wird man mir meine gute, alte ›Oak Hoak Moah‹ fortnehmen. Oh, dieser Auerochse, dieser Schweinetreiber, dieser Naseputzer von einem Reeder!«

Bonco lispelte: »Wenn die bloß schon in Irland wäre, die Ärmste!«

Josua Benedikt erbot sich, die beiden Damen nach New York zu begleiten, wo das Schiff am Kai lag, damit ihnen unterwegs keine traurigen Gedanken kämen und sie etwa nach der Polizei verlangen könnten.

Dick nickte. Dann sah er Edwina Shrewshobber an.

»Sie erinnern sich vielleicht«, sagte er, »daß ich Ihnen vor kurzem Ihren Wagen gestohlen habe?«

»O ja! Das war ein schöner Schock für mich!«

Dick lächelte freundlich.

»Ihr Auto steht zweihundert Meter von hier entfernt, Ecke Balduinstraße. Ich schenke es Ihnen!«

Edwina Shrewshobber sprang auf, jaulte vor Rührung und Freude und begann, mittlere Würgegriffe an Dick anzuwenden, was sie allerdings als Umarmung bezeichnete.

»Wie reizend!« freute sie sich. »Das ist wirklich großzügig! Dank, lieber Freund, vielen Dank!«

Also geschah es.

Den beiden Damen wurden die Augen zugebunden, damit sie den Übergang zur Spiegeltür nicht auch noch kennenlernten. Sie wurden ins Freie geführt und sausten unter der Obhut Josua Benedikt Streubengusses davon.

Dickie Dick Dickens ließ dies geschehen, obgleich es zweifellos im krassen Widerspruch zum 38. Gesetz der Gangstertruppenführungsvorschrift stand.

Das Gesetz lautete:

»Man habe keine Mitwisser!
Das schönste Geheimnis nützt dir einen Dreck, wenn andere es auch kennen.
Wenn sie dich nicht verpfeifen, werden sie dich erpressen. Wenn sie dich nicht erpressen, werden sie dich anbetteln.
Dem feinen Mann ist dieses lästig.
Merke drum:
Vertilge deine Mitwisser! Sei freundlich zu ihnen und schieße sie ab.
Das ist bei Gangstern so Sitte.«

Dick aber durfte solchen Gesetzen zuwiderhandeln. Er war ein Großer.

Und einsame Große müssen nicht *alle* Gangstergesetze befolgen.

Dick war glücklich und zufrieden, endlich wieder mit Effie, Bonco und Opa Crackle allein zu sein und nach langem Hasten einen Ruhetag einschieben zu können. Er konnte ›Sechsundsechzig‹ spielen und auf seiner Mundharmonika blasen.

Erst, als der große, feuerrote Sonnenball hinter den Baumwipfeln im Westen niedertauchte, wagte Opa Crackle, die Ruhe zu unterbrechen.

»Ich meine«, sagte er und hüstelte, »wir können doch nicht bis ans Ende unserer Tage hier herumsitzen und Ferien machen! Außerdem gehen unsere eisernen Rationen zu Ende.«

Dick antwortete nicht.

Da raffte sich Crackle noch einmal zu einem eindringlichen Worte auf: »Wir müssen vorankommen, Jungchen! Glaub einem alten Mann: Auch die Lorbeerblätter, die einem in den Schoß fallen, muß man pflegen. Wir müssen vorwärtsstreben, an die Zukunft denken!!«

»Will nicht«, murrte Dick, »zum Vorwärtsstreben ist morgen auch noch Zeit.«

Die Freunde schwiegen.

Dick spielte weiter verträumt auf seiner Mundharmonika. Doch plötzlich brach er mitten im Spiel ab. Sah sie alle aus blitzenden Augen an.

»Bonco!«

Bonco sprang auf.

»Du besorgst uns ein Auto!«

»Jawohl, Chef! Welchen Typ bevorzugen Sie?«

»Einen schnellen Wagen, aber kein ausgefallenes Modell. Wenn du den Wagen hast, fährst du zur Reparaturwerkstatt William McGuire. Der hat auch Nachtdienst. Du läßt den Wagen umfrisieren und neue Nummernschilder dranmachen.«

Bonco lächelte. So was liebte er.

Doch schon kam die nächste Anweisung: »Um halb sechs bist du wieder hier. Um sechs verlassen wir die Villa, fahren zu Opas Farm, holen unser Gold, und dann bauen wir eine neue Bande auf. Wir werden unschlagbar sein! Also, Opa und Bonco –« wieder blitzten seine blauen feldherrlichen Augen – »Abmarsch um sechs Uhr. Klar?«

»Was wird aus mir?« flüsterte Effie.

»Süße, du bleibst hier, schläfst dich aus, und wenn wir in drei Tagen wiederkommen, bringt der gute Dick dir einen ganz feinen, niedlichen Nerzmantel mit. Zufrieden?«

Effie nickte unter Tränen.

»Oh, mein Herzensjunge, du ...«, hauchte sie.

Es klappte alles wie an der Schnur. Als der große, feuerrote Sonnenball im Osten über den weiten, endlosen Horizont emporstieg, fuhren Dickie Dick Dickens, Opa Crackle und Bonco im nächtlich gestohlenen Wagen über gleißende Chausseen in die Ferne. Und als sich der große, feuerrote Sonnenball wieder gen Westen senkte, näherten sie sich bereits auf einem Ackerpfad dem verlassenen Farmhaus von Opa Crackle.

Es war ein altes Bauernhaus, das romantisch und ein bißchen

verfallen aussah. Innen war es allerdings äußerst gut befestigt. Alles in allem: das heimelige Häuschen eines gütigen Greises.

»Ich sehe Spatzen«, sagte Bonco und deutete ängstlich auf die Dachrinne.

Dick schnob die Luft durch die Nase, als koste es ihn eine geringe Anstrengung, die Spatzen wegzupusten.

»Eins, zwei, drei ... fünf, sechs ... huijeh! Sieben! Sieben Spatzen!« schrie Bonco und kniff Dick in den Arm. Dick sah ihn an.

»Na und?«

»Na und! Sie sind mir einer!« drohte Bonco liebevoll und zitierte sogleich:

»Drei Spatzen auf dem Dach,
bringen Pech am dritten Tag;
und sind es sogar vier,
dann rat ich dir:
verdrücke dir!
Sind es fünf,
mach dich auf die Strümpf!
Sind es sechs,
holt dich bald die Hex'.
Sind es aber sieben,
ist jeder Rat umsonst geblieben!«

»Oh, Bonco«, sagte Dick, »du hast einen Piepmatz mit Mamma-Stimme!«

»Jungchen!« sagte Opa Crackle und blieb plötzlich stehen. »Vorsicht! Hier liegt wirklich was in der Luft! Sieh dir mal die Fensterläden von meinem Schlafzimmer an. Sie stehen halb offen. Und ich weiß genau, daß sie verschlossen waren!«

Dick, der ebenfalls stehen geblieben war, kniff die Augen zusammen.

»Tatsächlich«, sagte er.

Und dann: »Wo hast du die Goldbarren versteckt, Opa?«

»Im Schlafzimmer, unter der schmutzigen Wäsche.«

»Also genau dort, wo die Fensterläden offenstehen.«

Bonco wiegte den Oberkörper hin und her.

»Ich sag's ja! Sieben Spatzen!! Wir werden mit leeren Händen zurückfahren. Keine dreihunderttausend in Gold, kein Nerzmantel ...«

»Alte Unke!« fauchte Dick und schritt voran.

In Richtung auf die Haustür.

Opa Crackle schloß auf. Dann betraten sie das alte Bauernhaus.

Es roch muffig, und die geschlossenen Fensterläden machten es düster. Opa öffnete einen der Fensterläden. Fingerdicker Staub lag auf den Möbeln. Aber sonst war noch alles, wie Opa Crackle es vor Monaten verlassen hatte. Nirgendwo war etwas Ungewöhnliches zu sehen. Keine Spur von einem Menschen, der inzwischen hier gewesen war.

Langsam und vorsichtig betraten die drei Getreuen das Schlafzimmer. Auch hier schien alles unverändert. Die Wäschetruhe stand an ihrem alten Platz. Um sie zu öffnen, mußte man sie etwas von der Wand abschieben. Dick und Bonco mußten sich ordentlich anstrengen, so schwer war die Truhe. Was aber Bonco, dem sonst jede körperliche Anstrengung zuwider war, ausgesprochen fröhlich stimmte.

»Haha, Opa Crackle«, triumphierte er, »selbst wenn Sie jahrelang Ihre Wäsche nicht gewechselt hätten – *so* schwer kann sie nicht sein! Das Gold ist noch drin! Ich wette, das Gold ist noch drin!«

Mit einem Ruck öffnete Dick den Deckel. Obenauf lag schmutzige Wäsche. Hastig griffen die drei Freunde danach und rissen sie aus der Truhe.

Dann stockte ihnen das Herz.

Unter der Wäsche lagen keine Goldbarren, kein Schmuck, kein Geschmeide – nicht einmal eine alte Uhrkette. Das einzig Goldene, was ihnen entgegenblinkte, war ein Goldzahn.

Ein Goldzahn von Mammy Tobo-Dutch.

In der Truhe lag, paßgerecht zerstückelt, ihre Leiche. Bonco schrie schrill auf. Dick bedeckte sein Gesicht mit beiden Händen.

In diesem Augenblick hörten die drei hinter sich eine energische Stimme:

»Danke, meine Herren! Nehmen Sie die Hände hoch! Stellen Sie sich mit dem Gesicht zur Wand!«

Dick fuhr herum, griff nach dem Revolver.

»Pest und Hölle! Wer sind Sie?«

Er starrte den Mann an, der in der Tür stand.

»Ich warne Sie, Mr. Dickens«, sagte der, »*eine* falsche Bewegung, und Sie sind beim Teufel! Ich bin Leutnant Spear von der Kriminalpolizei Milwaukee. Sie sind verhaftet, Dickens!«

»Weswegen?« fragte Dick kühl und bewahrte Haltung, um

seinen Gegner zu studieren und zu erkunden, ob er allein oder in Begleitung eines Polizeikommandos gekommen sei.

Spear lächelte verächtlich.

»Das fragen Sie noch? Und wenn Sie nichts anderes auf dem Kerbholz hätten, Dickens, dieser Mord hier« – er deutete auf den grauslichen Inhalt der Truhe – »bringt Sie auf den elektrischen Stuhl!«

So endete Dickies Traum von den Goldbarren und Effies Traum vom Nerz.

An seine Jugendfreundin Bella Cora del Hortini schrieb Dikkie Dick Dickens einige Jahre später ernste Worte, die sich auf dieses unerfreuliche Ereignis beziehen.

»Eine Pistole in der Hand«, so heißt es da, »gibt einem bekanntlich das wohlige Gefühl gesunden Selbstvertrauens.

Doch ist dem kaum so, wenn die Pistole in der Hand des anderen ist.«

Wir erzählen Ihnen die Geschichte von Dickie Dick Dickens, dem Unaufhaltsamen unter den Sturmtötern des zwanzigsten Jahrhunderts, Dickie Dick Dickens, dem Manne, der nicht nur als Herzens-, sondern auch als Genickbrecher in den Klatschspalten so mancher fortschrittlichen Zeitung seinen festen Stammplatz innehat.

Der australische Wirtschaftsstatistiker Egon Franklin Schnurzenbüchler hat in einer ausführlichen Untersuchung festgestellt, daß die Klatschkolumnisten der neuen Welt allein in den Jahren zwischen 1925 und 1955 durchschnittlich 2 Dollar und 36 Cent in der Woche weniger verdient hätten, wenn ihnen nicht das vielgestaltige Leben Dickie Dick Dickens' ständig neuen Stoff geboten hätte.

Wenn wir zugrunde legen, daß etwa 2121* Journalisten solchermaßen von D.D.D. profitiert haben dürften, so kommen wir auf eine Gesamtsumme von 8 069 962,72 Dollar**, die Dickie Dick Dickens dem amerikanischen Volksvermögen zugeführt hat. Und das ohne jede Zins- und Zinseszinsberechnung.

Jedoch wird dabei erkenntlich, daß Klatschkolumnisten das 2. Gesetz der Gangstertruppenführungsvorschrift befolgen: Sie haben eben ihre Leute. Auch wenn manch einer es so weit bringt, daß er davon lebt, daß er nicht schreibt.

Nicht immer stand Dickie Dick Dickens auf der Sonnenseite des Lebens. Nur gar zu oft stand er im Schatten eines schweren, verhängnisvollen Schicksals. Die plötzliche Verhaftung durch Leutnant Spear von der Kriminalpolizei in Milwaukee ist ein für sich selbst sprechendes Beispiel für jene unvermuteten Schicksalsschläge, die Dickens' Werdegang begleitet haben.

Zur gleichen Stunde, da dieses Ereignis sich anschickte zu ereignen, traf Josua Benedikt Streubenguß, von New York zurückkommend, in Chicago ein. Er hatte seine Aufgabe mit gewohn-

* Wahrscheinlich ist die Zahl wesentlich höher, doch beschränkt sich Schnurzenbüchler (übrigens ein entfernter Verwandter des bekannten flämischen Chirurgen Egon Frederik Schnurzenbüchler) auf die einwandfrei nachweisbaren und in acht Amerikareisen von ihm persönlich recherchierten Fälle.

** Für diese Angabe übernehmen wir keine Gewähr.

ter Gründlichkeit absolviert, indem er Margaret Poltingbrook an Bord ihres Schiffes geleitet und so lange am Kai gewartet hatte, bis die »Oak Hoak Moah« in See gestochen war. Mit dem angenehm sicheren Gefühl, daß Käpt'n Maggi nun endgültig amerikanischen Boden verlassen hatte, betrat er sein heimisches Juweliergeschäft. In seiner Begleitung befand sich noch immer Mrs. Edwina Shrewshobber. Josua Benedikt hatte es für geraten gehalten, die Dame nicht aus den Augen zu lassen. Ebenfalls hielt er es für geraten, einmal in seinem Juwelenladen nach dem Rechten zu sehen, den sein Geschäftsführer James in seiner Abwesenheit verwaltete.

Als James Edwina Shrewshobber erblickte, war sein Erstaunen so groß, daß er sich fast verschluckte.

In kurzen Worten schilderte Streubenguß seine Erlebnisse und schloß: »So ist Mrs. Shrewshobber gewissermaßen eine Schicksalsgenossin von uns geworden. Auch nach ihr sucht die Polizei.«

Es sprach entschieden für Edwina, daß sie diese Feststellung außerordentlich amüsant fand und in ein lang anhaltendes, heulbojenartiges Kichern ausbrach. Sodann fand sie viele warme Worte für alles mögliche – vor allem aber für Dickie Dick Dickens und seine Größe.

Nachdem Josua Benedikt Streubenguß diesen Ausbruch weiblicher Begeisterungsfähigkeit mit gesundem Gehör überstanden hatte, sagte ihm James, daß im Comptoir ein Kunde warte.

Nanu?

Josua Benedikt stutzte.

Wer konnte wissen, daß er zu dieser Stunde im Geschäft sein würde?

Er nötigte Edwina Shrewshobber auf einem zierlichen Goldstühlchen im Vorzimmer Platz zu nehmen. Edwina setzte sich, und das Stühlchen gab seine Lebensgeister in Form von Kleinholz auf.

Streubenguß sah sich wütend um. Erbittert über seine Zwangslage, dieses Frauenvereinsmonument in sein Comptoir nehmen zu müssen, wo der einzige, einigermaßen stabile Lederstuhl stand, hätte er am liebsten zu einer Prise Gift gegriffen und sie ihr auf antikem Goldteller von Butler James servieren lassen.

Doch war die Erfordernis der Stunde nicht Gift, sondern Bewachung. So war es nicht nur der stabile Stuhl allein, der ihn veranlaßte, Mrs. Shrewshobber zu bitten, ihm in das Comptoir zu folgen.

Der Kunde, der dort auf ihn wartete, war wirklich ein alter Kunde. Man nannte ihn in der Branche allgemein Kribbelfinger Jonathan. Ein Mann von vorzüglichem Stehltalent.

Kribbelfinger Jonathan hatte gerade eine Strafe abgesessen. Der rührige Mann hatte während dieser Zeit ständig Nachhilfeunterricht bei einem Lebenslänglichen genommen. Er war eben ein Mensch mit Sinn für Leistungserweiterung.

Sein Begehr sollte sich schnell herausstellen. Er sei, so sagte er, in der glücklichen Lage, dem Mister Streubenguß ganz vorzüglichen Schmuck anzubieten.

Doch Josua winkte ab.

»Tut mir leid! Nichts zu machen.«

»Aber!« bat Kribbelfinger, »Sie können doch einen alten Freund nicht im Stich lassen! Man will mich da in eine Bande hineinpressen, verstehen Sie?«

»Oh«, machte Josua Benedikt hochmütig, »eine Bande? Das ist ja ganz was Neues in Chicago!«

»Ach«, seufzte Kribbelfinger, »da haben sich ein paar Figuren zusammengetan. Und Sie wissen doch, wie wenig ich Banden leiden kann. Man kann seine Persönlichkeit nicht entfalten. Streubenguß – nehmen Sie mir den Kram ab!«

Josua verneinte.

»Bedaure. Habe anderweitig einen Exklusiv-Vertrag.« Kribbelfinger schnippte mit den Fingerspitzen.

»Wer macht denn heute noch Exklusiv-Verträge? Möchte wissen, wer solche breiten Schultern hat, daß man sich darauf verlassen kann.«

Josua Benedikt zog die Brauen in die Höhe.

»Dickie Dick Dickens«, sagte er mit gewählt nonchalanter Betonung.

Wenn er jedoch darauf gewartet hatte, daß die bloße Erwähnung solchen Namens seinen Kunden schier zermalmen würde, so hatte er sich geirrt. Der Mensch brach ganz einfach in unflätiges Lachen aus.

»Hohoho, Dickie Dick Dickens!« wieherte er. »Ehe Sie zehnmal das Alphabet aufsagen können, geht dem der Dampf aus.«

»Was wissen Sie über Dickie Dick Dickens?« näselte Streubenguß.

»Zum Beispiel eine Menge«, sagte Kribbelfinger Jonathan und bekam kleine Augen vor lauter Bosheit. »Zum Beispiel wird er heute oder morgen in die Nähe von La Crosse auf eine einsame Farm fahren.«

Josua Benedikt schwieg.

Was wußte dieser Mensch?

Jonathan fuhr fort: »Dort möchte er Gold holen. Für dreihunderttausend Dollar! Hahahaha! Was glauben Sie, wie der in den Wind guckt!«

Kein Gold? Josua Benedikts Gedanken arbeiteten schnell. Dann war Dick uninteressant. Völlig uninteressant. Man habe Geld, heißt die Devise!

Schon sprach er freundlicher.

»Na, Kribbelfinger Jonathan, dann zeigen Sie mal her, was Sie mitgebracht haben.«

Kribbelfinger grinste, öffnete sein Köfferchen, und Josua Benedikt Streubenguß versank in der andächtigen Betrachtung erstklassig gestohlener, lupenreiner Brillanten.

So schnell schwindet Gefolgschaftstreue in Gangsterkreisen!

Eben noch hatte Josua Benedikt Streubenguß auf Dickie Dick Dickens geschworen. Wenig später schon verriet er ihn um eine Handvoll Schmuck aus dem Besitz eines Großindustriellenliebchens. Ein Umstand, der deutlich den weit verbreiteten Irrglauben widerlegt, daß die ethisch-moralischen Grundsätze in der Unterwelt fester gefügt seien als in anderen Gesellschaftsschichten.

Da war die treffliche Edwina Shrewshobber doch aus anderem Holz! Hatte sie bis zu diesem Augenblick brav auf ihrem Lederstuhl gethront und an einen aufrecht begrabenen Vorchristen gemahnt, so schien ihr nun die Zeit gekommen, etwas zu sagen.

Als ehrenamtliche Vorsitzende der Chicagoer Frauenverbände war sie gewöhnt, ideell und uneigennützig zu denken. Während Josua Benedikt Streubenguß und Kribbelfinger Jonathan miteinander ihre Geschäfte abschlossen, tobte in ihrem Inneren ein heftiger Gewissenskampf. Und als die Gespräche der beiden Halunken beendet waren, hatten die widerstrebenden Mächte in Edwinas gewaltigem Busen Waffenstillstand geschlossen.

Edwina wußte, was sie zu tun hatte! »Wenn ich an Ihrer Stelle wäre«, sagte sie deutlich und mit Nachdruck zu Streubenguß gewandt, »würde ich jetzt alles tun, um meinem Freund Dikkens aus der Patsche zu helfen!«

Josua Benedikt sah sie eisig an.

»Wenn ich an Ihrer Stelle wäre, meine Teuerste, würde ich meine zarten Finger aus Männergeschäften herauslassen.«

Edwina Shrewshobber richtete sich noch mehr auf, so daß man den Eindruck einer im Winde schwankenden Karnevalsfigur gewinnen mußte.

»Ich hatte vorgestern das Vergnügen, die ungeschriebenen Gesetze der Unterwelt anzuhören. Eines davon hieß: Man habe seine Leute!«

Josua Benedikt rang die feinen, weißen Hände.

»Bin ich ein Gangstertruppenführer, daß ich eine Gangstertruppe losschicken kann, um Dickens zu retten?«

»Es ist immer wieder dasselbe«, empörte sich Edwina Shrewhobber und stand auf, »seitdem dieser Kain damit angefangen hat.«

Sie zog ihr Kostüm glatt.

»Ich brauche einen Omnibus«, sagte sie ruhig.

Josua blieb vor Schreck der Mund offen.

»Einen – bitte – was?«

»Einen Omnibus«, wiederholte Edwina freundlich, ergriff Josua am Kragen und hob ihn langsam hoch. »Haben Sie mich verstanden?« fragte sie.

Josua Benedikt zappelte ganz entsetzlich und kam doch nicht frei. Kribbelfinger Jonathan machte einen schwachen Versuch, Streubenguß zu helfen, wurde jedoch durch die Tatsache, daß Edwina noch über einen zweiten Eisenarm verfügte, an jeglicher Bewegung gehindert. »Einen Omnibus«, sagte sie zum drittenmal in sehr sachlichem Ton.

»Ja, ja, ja ...«, schrie Josua Benedikt, »von mir aus einen Güterzug, aber lassen Sie mich endlich los!«

»Danke«, sagte Edwina und setzte die beiden unsanft auf die Erde. »Und nun möchte ich gehen.«

»Wir bitten darum«, seufzte Benedikt am Ende seiner Kräfte.

Mrs. Shrewshobber ging. Nicht ohne sich in der Tür noch einmal umzuwenden und mit drohend ausgestrecktem Zeigefinger zu verkünden, daß sie gewillt sei, energische Maßnahmen zu ergreifen, falls Josua Benedikt nicht für einen Omnibus sorge.

»Die größte Portion Omnibus, die ich finden kann«, stöhnte Josua. »Mir scheint Omnibus eine Art Leibspeise von Ihnen zu sein!«

Edwina verstand den tieferen Humor dieses Ausspruches

nicht und tat, was man in solchem Fall stets zu tun pflegt: Sie rauschte beleidigt davon.

Auf der Farm von Opa Crackle fand indessen durchaus kein heiterer Abend statt.

Da stand er nun, Dickie Dick Dickens, reckte seine Hände in die Luft und starrte die Wand an.

Seine Hände! Diese flinken, stets übenden, nie erlahmenden Diener seines Lebens, leise tastend, verwegen fingernd, deren Geschicklichkeit sich ebenso in Polizistentaschen wie beim Öffnen kostbarer Colliers an fetten Damennacken nur zu oft erwiesen hatte, diese Hände nun hatte ihm ein verrohter, jeglicher krimineller Muse unholder Tüchtebold zu erheben befohlen.

Neben Dick, verpackt in Opa Crackles Wäschepuff, die Leiche von Mammy Tobo-Dutch.

Hinter ihm, die geladene Pistole in der Hand, Polizeileutnant Spear aus Milwaukee.

Keine Goldbarren!

Keine dreihunderttausend Dollar.

Und selbst, wenn er das Geld gehabt hätte, in dieser, seiner Lage hätte er keinen Cent für sein Leben gegeben.

Denn – wie heißt es doch so richtig bei Sing-Ming-Tau?

»Ist es schon schwer, ein Unrecht, welches man getan, abzuleugnen, so ist es doch um ein Vieles schwerer, ein Unrecht zu leugnen, welches man nicht begangen.«

Sing-Ming-Tau wußte, an dieser Stelle seines Sprichwortes angekommen, nicht weiter.

So auch Dick. Er, der sonst so Umsichtige, Listenreiche, Schnelldenkende, er war rat- und hoffnungslos.

Als Untermalungsmusik wimmerte Bonco: »Oh, oh, oh, ich habe Sie gewarnt, Chef! Sieben Spatzen auf dem Dach! Sie hätten auf mich hören sollen!« Und mit Sing-Sang-Stimme fügte er hinzu:

»Schlag keine Warnung in den Wind,
weil sonst die Folgen schröcklich sind.«

Dick verschwendete keine Zeit damit, sich über Boncos Sprüchlein zu ärgern. Er riskierte eine winzige Linksdrehung und fragte den Polizeileutnant mit leutseliger Herablassung: »Nun sagen Sie mal, mein lieber, junger Freund, wie lange sind Sie eigentlich schon hier?«

Spear lächelte.

»Seit zwei Stunden, Alterchen, ja, wir haben Sie erwartet. Und damit Sie sich keinen Illusionen hingeben: In der Scheune stehen fünfundzwanzig Polizisten. Sollten Sie irgendwelche Dummheiten versuchen, dann machen die pengpengpeng – und statt eines lebendigen Dickie Dick Dickens kriegt der Staatsanwalt einen toten. Mir soll das egal sein.«

»Fünfundzwanzig Polizisten!« sagte Dickie. »Donnerwetter! Ich staune doch sehr über mich!«

Spear lächelte nicht mehr.

»Das paßt zu Ihnen! Möchte doch wissen, worauf sich Ihr Größenwahn gründet!«

»Sehen Sie«, antwortete Dick, nun wieder ganz der geblümten Schlafzimmertapete zugewandt, »das wollte ich auch so gern wissen. Aber nun weiß ich es. Ich bin und bleibe eben ein Hauptkerl. Da ist es mir doch tatsächlich gelungen, in Anwesenheit von fünfundzwanzig Polizisten und eines schlauen Polizeileutnants eine alte Frau umzubringen.«

»Was soll das?!« fragte Spear scharf.

»Ja«, frohlockte Dickie, »und nicht nur umzubringen, nein, auch noch zu zerstückeln und in den Wäschebehälter zu verstauen. In Ihrer schier unermüdlichen Wachsamkeit haben Sie uns doch natürlich kommen sehen, nicht wahr?«

»Natürlich haben wir das!«

»Und Sie halten tatsächlich Ihre völlig plempleme Meinung aufrecht, *ich* hätte dieses arme, alte Weib umgelegt? Unter Ihrer polizeilichen Spürnase?«

Dick lachte.

Doch Spear lachte ebenfalls.

»Ob ich das glaube, ist völlig gleichgültig. Wen interessiert das? Ich habe Sie bei der Leiche gestellt und verhaftet. Das ist alles, was ich mit Sicherheit weiß. So werde ich auch im Prozeß gegen Sie aussagen, und dann beweisen Sie mal, daß Sie nicht der Täter sind, viel Spaß!«

Keiner sagte etwas. Dann mümmelte Opa Crackle: »Sie sind ein sauberes Herzchen! Sie wissen ganz genau, daß wir den Mord nicht begangen haben *können,* und trotzdem ...«

»Mein lieber Mann«, unterbrach ihn Spear, »auf den Kopf von Dickie Dick Dickens sind zehntausend Dollar ausgeschrieben. Glauben Sie etwa, ich lasse mir die Belohnung wegen ein paar Belanglosigkeiten durch die Nase gehen?«

Schon wollte Dick, alle Vorsicht vergessend, sich umwenden

und das Gespräch auf schlagkräftige Weise beenden, da wurde die Tür aufgerissen und etliche Polizisten traten ein. Mit geladenen Karabinern und zu allem entschlossenen Gesichtern.

Unter dem Schutz dieser Karabiner wagte sich nun Spear an die drei Getreuen heran und durchsuchte sie nach Waffen. Während er die Taschen abtastete, fragte ihn Dick, wie er überhaupt hierhergekommen sei.

»Ein guter amerikanischer Bürger hat uns den Tip gegeben, daß Sie hier zu erwarten seien.«

»Wer?« fragte Dick zurück.

»Seinen Namen hat er nicht genannt.«

Dick sah den Leutnant verächtlich an.

»Ihnen ist nicht der Gedanke gekommen, daß dieser gute amerikanische Bürger vermutlich der Mörder von Mammy Tobo-Dutch ist?«

»Mir kommen keine Gedanken«, sagte der Polizeileutnant stolz, »ich handele.«

Dann sah er Dick erstaunt an. »Übrigens«, sagte er, bis zum Bersten angefüllt mit Selbstzufriedenheit, »man sagte mir, Sie schössen schnell. Dabei haben Sie nicht einmal Waffen bei sich!«

»Im Vertrauen ...«, Dick lächelte verschämt, »... das ist auch der einzige Grund, warum Sie noch am Leben sind!«

So blieb Dickie Dick Dickens nichts anderes übrig, als sich seinem Schicksal zu ergeben. Man legte den drei Wackeren Handschellen an und steckte sie in eines der Polizeiautos, welche die Beamten in der weiteren Umgebung gut versteckt geparkt hatten.

Mit niedergeschlagenen Augen und gesenkten Köpfen fuhren sie sodann den gleichen, holprigen Ackerweg zurück, über den sie nur eine halbe Stunde zuvor so hoffnungsfroh und wohlgemut herangekommen waren. Während sie so dahinzuckelten und ruckelten, überdachten sie noch einmal ihre Situation. Mehr als der Verlust des Geldes, ja, beinahe noch mehr als der Umstand ihrer Verhaftung, ärgerte sie die peinliche Art, in der Mammy Tobo-Dutch aus dieser Welt entlassen worden war. Es war vor allem eine unsachgemäße Weise, die deutlich die Hand des Laien zeigte. Eine alte Frau zu zerlegen, war weder ein Kunststück noch eine ehrliche Gangstertat. Es war dumm und nutzlos. Wenn jemand das Geld hatte stehlen wollen, dann bitte ohne Mord und Totschlag! Gangster von Format vermeiden Direktheiten. So etwas wirkt immer parvenühaft.

Nicht etwa, daß Mammy Tobo-Dutchs Charakter viel besser gewesen wäre als der ihrer Mörder. Oh, nein – zu solchen Ruhmesreden hätte sich wohl niemand aufgeschwungen. Trotzdem empfand Dickie Dick Dickens ein gewisses Gefühl der Verbundenheit mit der alten, toten Frau. Sollte sich seine Situation wieder zu seinen Gunsten wenden, beschloß er, den Mörder von Mammy Tobo-Dutch höchstpersönlich schachmatt zu setzen. Es war sein zweiter, einsamer Entschluß in diesen Tagen. Der erste, nämlich eine nachträgliche Leichenfeier für Jim Cooper zu halten, war, wie erinnerlich, im Keller von Jims Haus gefaßt worden.

So reifen große Männer heran.

Während sich Opa Crackle noch immer darüber grämte, daß sie versäumt hatten, sich rechtzeitig mit Waffen zu versorgen, zeigte sich Bonco, ganz gegen seine sonstige Gewohnheit, hoffnungsvoll heiter. Er habe, so erläuterte er, auf dem Wege zum Auto ein Gänseblümchen entdeckt.

»Hast ein Gänseblümchen du gefunden,
ist schon das Schlimmste überwunden«,

versuchte er, seine Freunde zu trösten.

Die anderen beachteten ihn so wenig, daß sie nicht einmal Lust hatten, ihn auszulachen. Es kränkte ihn tief. Ihr Interesse wurde nämlich durch ein entgegenkommendes Gefährt abgelenkt. Es handelte sich um eine Art Riesenomnibus, der weithin sichtbar mit einer Überzahl mittelalterlicher Damen besetzt war.

Dick schüttelte den Kopf.

»Weiber, lauter Weiber«, murmelte er.

Was wollte dieser Kaffekränzchenverein mitten auf einem Ackerweg, der einzig und allein zu Opa Crackles Farm führte?

In diesem Augenblick befand sich der Omnibus in gleicher Höhe mit dem Polizeiauto. Dick drückte sein Gesicht an das Fenster, um die seltsame Fuhre besser erkennen zu können. Irgendwo hatte in seinem Gehirn ein ganz feines, kleines Lämpchen aufgeleuchtet.

Erst als das Vehikel vorüber war, wußte Dickie, wen er gesehen hatte. Auf dem Platz neben dem Steuer hatte sie gethront: überlebensgroß und mit gewaltigen Händen eine Reisetasche haltend: Mrs. Edwina Shrewshobber.

Was Dickie Dick Dickens indessen nicht sehen konnte, ereignete sich wenige Augenblicke später. Der Riesenomnibus wendete und fuhr hinter den Polizeiautos her.

Es war ein eigenartiger Konvoi, der sich nun den Ackerweg entlangschlängelte, um sodann auf die nach La Crosse führende Chaussee einzubiegen. Fünf Polizeiautos mit insgesamt sechsundzwanzig Polizisten und drei Häftlingen sowie ein Omnibus mit vierzig Damen der Chicagoer Gesellschaft.

Auf dem Bahnhof von La Crosse war schon alles für Dickie Dick Dickens und seine Freunde vorbereitet. Weitere fünfundzwanzig Polizisten empfingen die Ankömmlinge und führten sie zu einem Gefängniswagen, der an den fahrplanmäßigen Nachtexpreß nach Chicago angehängt war.

Die Polizei, deren glänzende Uniform dem Brustkorb jedes einzelnen ihrer Gemeinschaft doppelte Breite verlieh, die Polizei, deren Männer jener stets rätselhaften Verwandlung von Stimme, Schritt und Blick ebenso erlagen wie alle männlichen Wesen dieser Erde, denen man eine glänzende Uniform anzieht, diese Polizei verlieh dem trostlosen Bahnhof des Ortes den Schimmer von großen Geschehnissen.

Auf dem Bahnhof rumpelten zwar die Züge, wurde rangiert, gepfiffen, quakte ein Lautsprecher sein unaufhörliches »uoa uoa uoa« und wurde vermittels amtlicher Vollmacht die Benutzung der Toiletten während des Aufenthalts der Züge auf demselben untersagt – doch dies alles war grauer Alltag gegen das, was sich den Blicken der Bahnbeamten heute bot: ein Gefängniswagen, Menschen in Handschellen und schwer bewaffnete Polizisten.

Zu eng schien der Bahnsteig, denn natürlich hatten sich Anwohner und Beamtengattinnen als Zaungäste eingefunden. Überhaupt: Dieses schien ein Frauenort zu sein. Der Bahnsteig war schier überfüllt von Frauen. Sie schnatterten durcheinander, begeistert über die nächtliche Sensation, fragten jeden Polizisten nach möglichen und unmöglichen Dingen, umringten Polizeileutnant Spear und baten ihn sage und schreibe um ein Autogramm.

Ach, und wie gern der Gute das gab! Er schwoll ins Unermeßliche vor lauter Gefälligkeit.

Es war ein liebenswürdiges Durcheinander, das Bonco und Opa Crackle schmunzelnd betrachteten.

Nur einer sah diesem Treiben mit hellwachem Auge zu: Dikkie Dick Dickens.

Er hatte erspäht, was keines Polizisten Aug' zu sehen vermochte, so versteckt, so nur geschärftem Gangsterblicke zugänglich in seitlichen Büschen und Bäumen stehend: ein Riesenomnibus.

Ohne Licht.

Dickies Blicke wurden stählern. Er mußte aufpassen.

So sehr stählern er jedoch auch guckte, so fieberhaft sein scharfes Hirn arbeitete – es geschah nichts.

Oder ja: Es geschah, daß Dick und seine Freunde in den Gefängniswagen verladen wurden wie das liebe Vieh. Besser wie unliebes Vieh.

Von der Polizei wurden fünf Mann als Begleitmannschaft abgestellt. Dazu Leutnant Spear.

Der Bahnhofslautsprecher machte noch einmal laut und aufdringlich »uoa uoa uoa uoa uoa« und knackste dann, als sei er plötzlich von schlechter Laune befallen, mit einem widerlichen »auäääääng« ab.

Eine Signalpfeife ertönte.

Der Zug setzte sich in Bewegung.

Bonco wurde langsam übel. Opa Crackle schaute gläsern vor sich hin und machte auf Dick den Eindruck, als bestünde sein Gehirn aus Zement.

Dick aber wunderte sich. Was war mit dem Signallämpchen in seinem Hirn los? Warum hatte es plötzlich Grünlicht gegeben? Grün bedeutet freie Fahrt . . . Für wen?

Hatte er auch kein Vertrauen in Boncos Gänseblümchen gesetzt, so fragte er sich jetzt doch, ob sowohl das Gänseblümchen als auch sein sechster Sinn ihn genarrt haben konnten.

Doch der Zug verließ die Bahnhofshalle, ohne daß etwas Ungewöhnliches geschah, brauste davon, hinaus in die dunkle, finstere nordamerikanische Nacht, der herrlichen Millionenstadt Chicago entgegen.

Drei Stunden etwa war der Zug gefahren, da ruckelte er heftig, fauchte und blieb mit zischenden Bremsen stehen. Mitten auf der Strecke.

Man kennt das von Zügen.

Sie müssen so etwas von Zeit zu Zeit tun, erstens, damit sie nicht nutzlos auf andere Züge auffahren, zu früh oder ganz woanders ankommen, und letztens, damit man weiß, daß es ein Zug ist, in dem man sitzt, und keine XYZ $a^2 + b^2 = c^2$-Airline-Maschine, die in Dragosphärenhöhe eine nur in Quadratzahlen auszudrückende Geschwindigkeit fliegt.

Jedermann im Zuge kannte solche eisenbahnlichen Eigenschaften und beurteilte sie, je nach Laune und Temperament, gut oder schlecht. Die Polizisten stöhnten ob des Aufenthaltes, machten grimmige Witze und fluchten über die miserable Organisation. Sie wollten nach Hause.

Und weil sie so ärgerlich waren, beschlossen sie, wieder fröhlich zu werden, und das machten sie, indem sie zu pokern begannen.

Dick, der mit Mißbehagen beobachtete, wie dummerhaft sie sich beim Spiel anstellten, hätte ihnen gern ein paar hübsche Tricks verraten. Doch er ließ es. Außerdem spielte er lieber ›Sechsundsechzig‹.

Nach einer Stunde stellte Polizeileutnant Spear fest, daß der Zug immer noch stand.

Nach anderthalb Stunden beauftragte er einen seiner Untergebenen nachzusehen, was da für eine tolle Schlamperei passiert sei.

Nach einer Stunde und fünfunddreißig Minuten hatte er begriffen, daß es keineswegs der Zug war, der auf freier Strecke hielt, sondern lediglich der Transportwagen der staatlichen Gefängnisverwaltung.

Es gab keinen Zweifel: Jemand hatte den Gefängniswagen vom Zuge abgekoppelt.

Verzweifelt rüttelte Polizeileutnant Spear an der Verbindungstür, die zu einem längst nicht mehr vorhandenen Wagen führen sollte, verzweifelt verkündete er laut und im Vollbewußtsein seines Rechtes, daß dies gegen jede Vorschrift und in nichts, aber auch in gar nichts statthaft sei.

Es nützte ihm ebenfalls nichts.

So war es auch völlig zwecklos, daß er die fünf begleitenden Polizisten der Reihe nach im Uhrzeigersinn anpfiff und sie fundamentaler Dämlichkeit bezichtigte.

»Wir sollten«, ließ sich Dicks Stimme plötzlich sehr bescheiden vernehmen, »lieber aussteigen und uns nach einer Weiterbeförderung umsehen. Ich meine, ehe ein anderer Zug uns drauffährt. Und uns alle zermalmt.«

Es hörte sich erschütternd an.

Polizeileutnant Spear verlegte nun sein fröhliches Anpfeifen ganz auf Dick.

Er wäre an allem schuld. Außerdem stimme etwas nicht bei der ganzen Sache. Und so etwas könne er mit der Polizei nicht machen.

Dick hob seine gefesselten Hände und sah Spear aus unschuldigen Augen an. Was sollte so ein armer Gefangener schon tun?

Bei sich dachte Dick: »Natürlich stimmt etwas nicht: Und wenn die Polizei wütend ist, freuen sich die Gangster. Also hat mein Signallämpchen nicht vergebens gefunkelt.«

Spear war der Meinung, daß jemand eine Idee haben müßte.

Er hatte sie selbst.

Und zwar genau in der Form, die Dick geäußert hatte: Daß es besser sei, auszusteigen, als sich vom nächsten Zug zermalmen zu lassen.

Es war nicht ganz einfach, aus dem hohen Wagen herauszukommen. Dicks Hoffnung, daß man ihn von seinen Handschellen befreien würde, sollte vergebens sein. Draußen war es kalt, dunkel und windig. Nichts war zu hören, nichts zu sehen.

Plötzlich schien es ihnen, als hätte jemand ganz in der Nähe eine Wagentür zugeschlagen.

Spear starrte in die Finsternis. Nur Wald, Gehölz und knakkende Äste.

Es mußte ein Irrtum gewesen sein.

In diesem Augenblick leuchtete vor seiner Nase eine Taschenlampe auf.

»Na?« ließ sich eine gewaltige Stimme hören. »Was machen Sie denn nachts auf den Schienen?«

Dick glaubte zu träumen.

Da stand sie, wahr und wahrhaftig, mit der Lampe in der Hand anzusehen wie ein Leuchtturm: Edwina Shrewshobber.

Polizeileutnant Spear erklärte in kurzen Worten seine mißliche Lage und fragte, so höflich er konnte, ob die gnädige Frau in der Lage sei, ihm einen Hinweis zu geben, wie er sich aus seiner augenblicklichen Situation befreien könne. Er benötigte ein Gefährt – ja – zum Fahren.

Edwina lächelte.

Gern.

Wenn die Herren ihr folgen möchten.

So seltsam diese Begegnung auch sein mochte, dem Leutnant schien diese Dame vom Glück persönlich an ihn gesandt.

Als sie einen Abhang hinunterkletterten, leuchtete Edwina auf eine schmale Straße.

Da stand – wie herbefohlen – ein Riesenomnibus. Voll Freude betrachtete Leutnant Spear das altmodische Vehikel. Und erst viel zu spät begann er, sich über dieses seltsame Zusammentreffen zu wundern.

»Und nun, meine Herren«, sagte Edwina fröhlich, »mal ganz schnell die Hände hoch!«

Die Polizisten glaubten, nicht richtig gehört zu haben.

»Wenn Sie sich freundlichst umdrehen wollen«, fuhr Edwina fort, »werden Sie gern und willig alles tun, worum ein schwaches Weib Sie bittet. Zum Beispiel brauche ich Ihre Waffen.«

Kaum hatte Spear, der durchaus nicht bereit war, die Hände zu erheben, einen Blick hinter sich geworfen, da riß er auch schon beide Arme hoch.

Vierzig Gewehrläufe starrten auf seine schöne Figur.

Vierzig Finger am Abzug warteten darauf, daß fünf Polizisten und einem Leutnant die Waffen abgenommen wurden, was Edwina mit der ihr eigenen betulichen Art tat.

Ein ganz Tapferer versuchte, sie festzuhalten, zog jedoch sein halb gebrochenes Handgelenk aufschreiend zurück. Waren Edwinas Pranken schon anläßlich ihrer Freundschaftsbezeugungen von beinahe knochenbrechender Wirkung, so läßt sich leicht vorstellen, welchen Effekt es hatte, wenn sie tatsächlich jemandem die Knochen brechen wollte.

Die Waffen verschwanden in Edwinas Reisetasche, die sie zierlich als »Pompadour« bezeichnete.

»Pompadur – Pompamoll ... schnick, schnack!« zeterte Leutnant Spear. »Sie sind straffällig!«

Es nützte ihm nichts.

Als nächstes bat sich Mrs. Shrewshobber die Schlüssel für die Handschellen der Gefangenen aus. Das machte einige Schwierigkeiten, da die Polizisten Zeit zu gewinnen suchten.

Doch dann schaute Spear wieder auf die gespenstisch im Licht der aufgestellten Taschenlampe blitzenden Gewehrläufe.

Und hinter vierzig Gewehrläufen grinsten vierzig Hexen.

So schien es ihm.

Er mußte wahnsinnig sein!

Nein – er war nicht wahnsinnig.

Es waren zwar keine Hexen im herkömmlichen Sinne – doch wer kann es ihm verübeln, daß ihm die grauköpfigen Gestalten im fahlen Licht als solche erschienen? Es waren vierzig Damen der besten Chicagoer Gesellschaft.

Sie jubelten, als Dickies Handschellen fielen, als Bonco und Opa Crackle frei wurden.

Als Abschluß brachte Edwina noch das Kunststück fertig, fünf Polizisten und einen Leutnant in drei Paar Handschellen zu binden. Sodann ließ sie das schöne deutsche Lied ›Freiheit, die ich meine‹ anstimmen. Mit ausdrücklicher Betonung auf »ich«.

Anschließend kommandierte sie: »Einsteigen, bitte!«

Worauf vierzig Damen ihre Gewehre schulterten, ihre Röcke rafften und in den Omnibus kletterten. Mit ihnen Dick, Bonco und Opa Crackle. Letzterer krähte mit lauter Stimme Liebeserklärungen an Edwina Shrewshobber in die Luft.

Der Riesenomnibus brauste davon, holpernd und in allen Fugen seiner ausgedienten Federung krachend.

Die hängenden Gärten der Semiramis*

Ein Mensch, der um seine Nachtruhe gebracht wird, neigt nicht zu Freundlichkeiten. Hat dieser Mensch zudem noch ein maximal erweitertes Schlafbedürfnis und ist die Ursache der Schlafentziehung dienstlicher Art, dann ist der Übergang vom höflichen Durchschnittsmenschen zum reißenden Tier ein außergewöhnlich plötzlicher.

Zu solcher Feststellung gelangte Sergeant Martin, als er in der gleichen Nacht Inspektor Lionel Mackenzie von dem bevorstehenden nächtlichen Eintreffen des Verbrechers Dickie Dick Dickens auf dem Chicagoer Zentralbahnhof zu benachrichtigen hatte.

Die Laune Lionel Mackenzies war unbeschreiblich. Er schimpfte auf alle Tüchtlinge Amerikas, besonders auf die Provinz-Polizeioffiziere, betrachtete sein Leben als um zehn Jahre verkürzt und diesen Dickens für einen Verbrecher, der nicht nur den Bürgern, sondern auch der Polizei seines Vaterlandes äußerst lästig fiel. Nächstens brachte er es fertig und ließ sich auch noch gefangennehmen, wenn Mackenzie Urlaub hatte!

Mackenzie hatte etwas gegen Dickie.

So gab er auch seiner schlechten Meinung unverhohlenen Ausdruck, eine Tatsache, die im Leben eines Beamten Seltenheitswert besitzt, jedoch für einen Mann wie Lionel Mackenzie leider typisch war. Als Rankenwerk seiner schlechten Meinung flocht er zu allem Überfluß noch ein zusätzliches Sortiment gebündelter Raunzer, Schnauzer sowie ans Unflätige grenzende Gähnkrämpfe und nie dagewesene Flüche.

»Der Stand meines Betriebsklimas ist nach persönlich vorgenommener Meinungsforschung unter dem gesetzlich zulässigen Nullpunkt angekommen«, brummte er, als er zum soundsovielten Male auf die große Bahnhofsuhr sah.

Seine Taschenuhr lag daheim auf dem Nachttisch. Der bloße

* Diese Kapitelüberschrift wurde in moderner Manier gewählt und erhebt nicht den Anspruch, das Geschehen dieses Kapitels auszudeuten. Dem transzendenten Wesensgehalt der inneren Aussage dieses Abschnittes jedoch entspricht der Titel in heteromorphem Sinne, da die Gärten der Semirami (sagenhafte assyrische Regentin, um 800 v. Chr.) stellvertretend für die extrem wesensverschiedenen Räume der Morrisroad Nr. 15 erscheinen.

Gedanke an seinen Nachttisch und dem danebenstehenden warmen, molligen Bett reizte ihn zu erneuter Wut.

Es läßt sich leicht vorstellen, welche Stimmung unter den Polizisten herrschte, die unter Mackenzies Kommando auf den Nachtexpreß aus La Crosse warteten, um Dickie Dick Dickens und seine Komplicen in Empfang zu nehmen.

»He, Sie!« machte der Chefkommissar plötzlich und winkte einem Mann, der äußerst bemüht schien, in der Menge unterzutauchen.

Lionel Mackenzie konnte auf einmal sehr schnell gehen. Hielt den Mann am Ärmel fest.

»Wir kennen uns«, sagte er freundlich, während seine Augen stechend schwarz wurden.

Der Mann sah auf. Grinste.

»Natürlich«, kopfnickte er, »natürlich kenne ich den Herrn Chefkommissar.«

»Snipper Jonas aus New Orleans, nicht wahr?«

»Wenn's beliebt.« Snipper Jonas nickte noch eifriger.

»Was machen Sie hier?« fragte Mackenzie.

»Ja, kucken Sie mal ... eigentlich nichts ... bin nur ganz zufällig ... also ich bin Raucher.«

»Aha«, machte Mackenzie und schwieg.

»Ja«, beeilte sich Snipper Jonas zu sagen, »wie es dann so kommt. Im Leben, meine ich ... Und weil in der ganzen Morrisroad kein einziger Laden nachts offenhat ... kucken Sie mal, Herr Chefkommissar, da bin ich eben zum Bahnhof gewandelt ... ja ...« Snipper Jonas sah Mackenzie mit geradezu rührender Einfalt an.

Mackenzie antwortete nicht. Er wandte sich ab und ließ Snipper Jonas stehen, wo er allerdings nicht mehr lange stand.

Snipper Jonas fand es ausgesprochen ungemütlich auf dem Bahnhof.

Das hatte er mit dem Chefkommissar gemein.

»Was will der Kerl wirklich hier?« fragte sich Lionel Mackenzie. Aber er war in jener Nacht sogar zu sich selbst unhöflich, denn er gab sich einfach keine Antwort.

In diesem Augenblick brauste der erwartete Nachtexpreß in die Bahnhofshalle. Der Zug war lang.

Der Zug hatte Lokomotive, Personenwagen, Schlafwagen, Speisewagen, Postwagen, Paketwagen, Luxusklasse und Tierwaggon.

Einen Gefängniswagen hatte er nicht.

Da weder die Polizei noch das Bahnhofspersonal, noch Lionel Mackenzie blind waren, entging niemandem diese Tatsache.

Wie die Quecksilbersäule eines Thermometers an einem heißen Sommertag stiegen Wut und Auflehnung in Lionel Makkenzie hoch.

Nachfragen wurden gehalten, Telefonate geführt. Das Ergebnis war und blieb dasselbe: Der Gefängniswagen war mit seiner für die Polizei so kostbaren Fracht zwar in La Crosse abgefahren – doch angekommen war er nicht.

Eine Tatsache, die nicht nur den Inspektor, Sergeant Martin und die Polizisten wunderte, sondern auch einen Mann, der am äußersten Ende des Bahnsteiges E hinter einem rußigen Eisenpfeiler verborgen stand und die Ankunft des Zuges beobachtete.

Dieser Mann war Snipper Jonas.

Während man solchermaßen auf dem Chicagoer Zentralbahnhof mit Wundern beschäftigt war, drang aus der ersten Etage der Morrisroad Nr. 15 ein fröhlich Lied in die Nacht hinaus.

Die es anstimmten, hießen Topper und Williams. Die es mitsangen, waren düstere Gesellen, die zu Toppers neugegründeter Bande gehörten.

Man feierte den Erwerb von Goldbarren im Werte von dreihunderttausend Dollar.

Man feierte das erste gelungene Gaunerstück einer neuen Bande.

Man feierte die Beseitigung von Dickie Dick Dickens.

So, wie einst Jim Cooper und seine Leute gegrölt und über Dick triumphiert hatten, so triumphierten nun Topper, sein Schatten Williams und dessen Schattesschatten.

Doch bald wurde der frohgemute Singsang durch einen Neuankömmling unterbrochen. Es war Snipper Jonas, der atemlos und bleicher als sonst die Wohnung Morrisroad Nr. 15 betrat, jene Wohnung, die noch vor wenigen Tagen der alten Mammy Tobo-Dutch als Pension gedient hatte.

Snipper Jonas sah seinen Chef Topper schief an.

»Dickens ist entwischt«, sagte er und freute sich gleichzeitig daran, seinem Bandenführer eine so miese Nachricht zu bringen.

»Was heißt das?« näselte Topper.

»Genau das«, antwortete Snipper Jonas und baumelte mit den Armen, »er ist weg.«

Topper ließ sich alles erklären. Jonas tat es mit Vergnügen. Hätte der Chef auf ihn gehört, wäre die Sache nicht passiert. Er hätte diesen Dickens in der Farm von Opa Crackle abgeknallt. Interne Gangsterarbeit, ohne Hilfe der Polizei. Um seinem Bericht noch einen ärgerlichen Abschluß zu geben, sagte er, seine Rede stets durch Lachen unterbrechend, was er darüber dachte.

Woran sich die Qualität Toppers als Bandenchef leicht erkennen läßt. Ein Gangsterführer, der den bloßen Gedanken daran, wie man eine Sache auch anders als befehlsgemäß ausführen könnte, bei seinen Untergebenen aufkommen läßt, ein solcher Gangsterführer ist kein solcher!

Topper konnte sich leicht ausrechnen, daß Dickens jetzt alles daransetzen würde, die Diebe seiner Goldbarren und die Mörder von Mammy Tobo-Dutch zu finden.

»Und«, grinste Snipper Jonas, »wenn Dickens was in die Hand nimmt, dann raucht's!«

»Aber«, sagte Topper und sah Williams an, »wir sind in der Vorhand! Wir kennen unseren Feind. Er kennt uns noch nicht. Hab' ich recht, Williams?«

»Hast recht, Topper!«

Topper rieb sich das Kinn.

Dann fragte er: »Wie heißt eigentlich der Juwelier, der für Dickens arbeitet?«

»Josua Benedikt Streubenguß«, sagte jemand beflissen.

Topper nickte.

»Gut. Dem wird Snipper Jonas morgen eine kleine Nachricht bringen.«

Es war mucksmäuschenstill im Zimmer. Der Chef dachte nach. Sowas mußte geehrt werden.

»Williams!«

Der sprang auf.

Topper deutete mit einem langen, dünnen Zeigefinger, dessen Kuppe nach oben gebogen war, auf Williams.

»Du besorgst uns Sprengstoff!«

Im schaukelnden, stoßenden, schnaufenden Omnibus aber saßen jene vierundvierzig Personen, von denen vierzig Polizeileutnant Spear als Hexen, Dickie Dick Dickens jedoch als liebliche Feen erschienen waren.

Dick hatte sich neben Edwina Shrewshobber gesetzt, die wie ein Koloß hinter dem Steuer des Wagens thronte. Er unterragte sie um etwa zwei Köpfe.

»Edwina –«, sagte Dick leise, »wie haben Sie das bloß gemacht?«

Edwina blickte auf die nächtliche Straße.

»Mit etwas Bestechung, mit einer Verkleidung als Bahnbeamter und mit meiner Kenntnis über das Abkoppeln von Zügen. Mein Vater war auf einem Rangierbahnhof angestellt.«

Dick sah sie von der Seite an.

»Sie haben also persönlich den Wagen abgehängt?«

Edwina nickte.

»Nachdem ich den Kondukteur bestochen hatte.«

»Aber woher haben Sie den Omnibus und die vielen Damen mit Gewehren?«

Edwina lächelte großmogulhaft.

»Die Damen sind meine Freundinnen aus dem Frauenverein, der Omnibus ist von Josua Benedikt Streubenguß und die Gewehre von einem der Ehemänner meiner Damen. Der Herr ist Waffenhändler.«

»Ich sollte«, sagte Dick langsam und nachdenklich, »Ihnen einen Orden verleihen!«*

»Danke«, sagte Edwina und sah nicht sehr stolz aus.

Der Wagen hüpfte über ein Schlagloch, so daß Dick meinte, seine Wirbelsäule müsse ihm wie ein U-Boot-Schnorchel zum Kopf herauskommen.

Nachdem die Erschütterung vorüber war, nahm Dick sein Gespräch wieder auf. »Wissen Sie auch«, fragte er leise, »daß Sie sich nun wegen Begünstigung und Beihilfe zur Flucht strafbar gemacht haben? Wahrscheinlich kommt noch Beamtenbestechung und Widerstand gegen die Staatsgewalt hinzu.«

Edwina antwortete nicht.

Sagte Dick noch leiser: »Und die vierzig ehrbaren Mädchen mit Silberhochzeitsreife haben Sie mit hineingeritten! Sie sollten sich schämen, Edwina!«

Als einzige Antwort trat Edwina wütend aufs Gaspedal.

»Dieses ist keine Autobusfahrt«, dachte Dick, »dieses ist ein Walkürenritt!«

Plötzlich begann Edwina wieder zu sprechen. Erzählte von Josua Benedikt Streubenguß und Kribbelfinger Jonathan. Wor-

* Er hat dies, einige Jahre später, tatsächlich getan. Auf der 37. Funktionärsversammlung der Vereinigung der nordamerikanischen Gesetzesbruch-Interessengruppen wurde Mrs. Shrewshobber auf seinen Vorschlag hin die goldene Revolverkugel für außergewöhnliche, bandenexterne Verdienste zugesprochen.

über sie geredet hatten. Und wie Kribbelfinger Jonathan von einer neuen Bande erzählt hatte. Von Josua Benedikt Streubenguß sprach sie. Und daß er Dick fast verraten hätte.

»Eigentlich hat er es getan«, sagte Dick düster.

Edwina schüttelte den Kopf.

»Am Ende doch nicht. Er hat mir ja alles besorgt, was zu Ihrer Rettung nötig war.«

»Damit«, meinte Dick beharrlich, »weiß ich immer noch nicht, warum Sie diese beachtenswerten Taten vollbrachten, Mrs. Shrewshobber. Sie sind doch eine ordentliche Frau und sollten sich schämen, so mit den Gesetzen umzugehen!«

»Noch dazu als Dilettantin«, fügte er in Gedanken hinzu, »wenn auch eine sehr begabte.«

Edwina Shrewshobber sah ihn einen winzigen Augenblick an. Gerade so lange, wie es ihre Tätigkeit als Autofahrerin gestattete.

»Sie haben mich auch einmal aus den Klauen der Polizei befreit, Mr. Dickens. Sogar im Dunkeln.«

»Hm. Das wäre höchstens wert, daß ich Sie gelegentlich um fünfzig Dollar anpumpen könnte – mehr nicht.«

»Ach, wissen Sie«, meinte Edwina und lächelte ein bißchen, »wenn wir vom Frauenverein so spießig wären, wie wir uns vornehmen zu sein, dann käme das große Abenteuer nie zu uns.«

»Das große Abenteuer?«

Edwina nickte und schaltete mit gewaltigem Krachen den vierten Gang ein.

»Hm. Man wartet als Frau immer auf das große Abenteuer, Mr. Dickens, ganz gleich, ob es nun Moral heißt oder eine Schlacht ist oder auch nur, daß irgendwo kleine Heidenkinder Söckchen brauchen – man muß sich nur aufgerufen fühlen!«

»Aha«, dachte Dick, »wenn Frauen hoch hinaus wollen, können sie ganz schön tief sinken.«

»Übrigens«, sagte Edwina und lächelte noch breiter, »war keines der vierzig Gewehre geladen. Munition mitzunehmen war uns zu gefährlich.«

»Liebe Mrs. Shrewshobber«, lächelte nun auch Dick, »ich bin kein Mann, der lange etwas schuldig bleibt. Weder Ihnen – noch ...«, seine Stimme wurde hart und böse, »... den Leuten, die Mammy Tobo-Dutch umgebracht haben – die das Gold gestohlen und mich in die Hände der Polizei gebracht haben!«

Daß diese Dinge ihren Zusammenhang im Gehirn ein und desselben Halunken hatten, war ihm klar.

Doch wer war es?

Wer wußte von den Goldbarren? Wer kannte Opa Crackle, Bonco und ihn, Dickie Dick Dickens, so gut oder so wenig, daß er glaubte, sich dieses Spielchen erlauben zu können?

Denn eines war sicher: Wer sich das alles ausgedacht hatte, der hätte auch wissen müssen, daß damit sein Todesurteil gesprochen war.

Von ihm, Dickie Dick Dickens.

Dickie hingegen hätte wissen müssen, daß ein solches Gehirn noch ganz andere Sachen ausdenken konnte ...

In der Morrisroad Nr. 15 herrschte Hochbetrieb.

Williams hatte auftragsgemäß Sprengstoff besorgt und war nun fieberhaft mit der Anbringung einer Sprengladung beschäftigt. Die Stelle, die er für geeignet hielt, war die Wohnungstür.

Die Bande murrte. Endlich hatten sie eine Bleibe. Und nun wollte der Chef die schöne Wohnung in die Luft jagen. Wozu?

Topper sah höhnisch auf seine Gesellen.

»He! Ihr Idioten! Wißt ihr denn schon, was ich vorhabe, daß ihr herummaulen könnt?«

»Nein«, antwortete Snipper Jonas und verfehlte mit einem Hammerschlag den Fuß Toppers.

»Warum auch?« fragte Williams und sah blöd in die Luft.

Topper steckte die Hände in die Taschen und zog auf diese Weise seine ohnehin schon viel zu engen Hosen noch enger. Dann ging er im Zimmer auf und ab, bei jedem Schritt die Spitzen seiner Schuhe genüßlich betrachtend.

»Na schön, ich will's euch erklären.«

Seine tiefliegenden, umschatteten Augen, deren Blick glanzlos und von ungeheurer Gemeinheit war, betrachteten Williams mit jenem Ausdruck der Verachtung, den Gangster vom Schlage Jim Coopers als ehrenrührig empfunden hätten.

»Dickie Dick Dickens ist der Polizei entwischt«, sagte er mit blecherner Stimme. »Wir können uns jetzt an einem Finger abzählen, daß er uns suchen wird.«

Er machte eine Pause und fuhr sich mit der gespreizten Hand durch das Haar, das aussah, als hätte es jemand sehr unordentlich auf seinem Kopf liegen gelassen.

»Dickie Dick Dickens ist kein Dummkopf«, fuhr er fort, »er wird uns also auch finden. Deswegen habe ich hier einen stimmungsvollen Empfang für ihn vorbereitet.« Er unterbrach seine

Wanderung und betrachtete sich im Glas eines ehemaligen Bücherschrankes, der jetzt zur Aufbewahrung von Speisen diente.

»Die Sprengladung ist an der Tür befestigt. Wenn wir die Wohnung verlassen, machen wir die Ladung scharf. Der erste, der dann durch die Tür tritt, löst den Mechanismus aus und fliegt in die Luft. Stimmt's, Williams?«

»Stimmt, Topper.«

Williams ließ einen Urlaut ertönen, von dem er allein wußte, daß es sich dabei um Lachen handelte.

Einer fragte: »Woher willst du denn wissen, *wann* Dickie Dick Dickens kommt?«

Topper lachte wieder und zeigte seine falschen Zähne. »Ich habe mir ein vorzügliches Lockmittel ausgedacht. Snipper Jonas!«

Jonas räkelte sich in Richtung auf Topper.

Der sah ihn kalt an. Er konnte diesen dünnen, sommersprossigen Kerl nicht leiden. Na ja, vielleicht fiel der ja bald der Polizei oder irgend jemand anderem zum Opfer.

Und Opfer müssen sein!

Auch bei Gangstern.

Woher hätten sie sonst ihre Ideale?

»Ja, Chef?« sagte Snipper Jonas und dachte dasselbe von Topper.

»Du marschierst zu Josua Benedikt Streubenguß. Erzählst ihm so nebenbei, daß du hier wohnst. Morrisroad Nr. 15. In der Pension von Mammy Tobo-Dutch. Dann sagst du ihm ...«, Topper erhob seine Stimme und machte den Eindruck, als hielte er eine Bürgerversammlung ab, »... sagst du ihm, du hättest ihm Goldbarren anzubieten ... eine Menge Gold ...«

Vom Übermaß seiner Klugheit überwältigt, reckte Topper sein gespaltenes Kinn, als gälte es, die Luft damit aufzuspießen.

»Aber Chef, kucke mal!« Snipper Jonas baumelte noch heftiger mit seinen Affenarmen herum als sonst, so daß es aussah, als hätte jemand diese Arme an seinem Körper zum Trocknen aufgehängt. »Dann merkt doch Streubenguß sofort, daß wir ...«

»Soll er ja merken, du Idiot!«

Snipper Jonas nickte mit dem Körperteil, der bei ihm obenauf saß und als Mindestgehirnmengebehälter bezeichnet werden konnte. Kopf konnte man sowas schlecht nennen.

»Aha«, sagte er, »dann soll der Dickens das also erfahren?«

»Jaaaaa«, spreizte sich Topper, »und er wird nicht zögern, sich auf die Strümpfe zu machen und herzueilen. Aber – verstehst du – die Wohnung ist leer. Er wird klingeln. Keiner macht auf. Er wird ungeduldig, klopft an die Tür, merkt, daß nicht abgeschlossen ist ... öffnet die Tür, und dann ...«

»Und dann?« fragte Williams begeistert.

»Das ist dann das Ende von Dickie Dick Dickens!«

Und alle, alle fanden, daß dies ein feiner Plan sei.

Mr. Dickens konnte kommen!

Und Mr. Dickens kam!

Kaum war er dem Riesenomnibus der Edwina Shrewshobber entstiegen, kaum hatte er sich von den vierzig liebenswürdigen Helferinnen in der Not mit einer flammenden Rede verabschiedet, kaum hatte er seine geliebte Frau und Braut Effie Marconi wieder in die Arme geschlossen, als er sich auch schon in einem funkelnagelneu besorgten Cadillac auf den Weg zu Josua Benedikt Streubenguß machte.

Im Wagen saßen Bonco, Opa Crackle und, selig lächelnd, sich fest an seine Schulter lehnend, Effie, die Gute.

Die Unterredung mit Josua Benedikt Streubenguß dauerte nicht lang.

Zwar war es nötig, daß Dick dem Josua in aller Freundschaft ein bißchen mit der schönen, neuen Polizeipistole unter der Nase herumfuchtelte, ehe er sich dazu erkennen konnte, sein Wissen auszuplaudern.

Was Dick erfuhr, genügte ihm.

Da war einmal die Geschichte mit Kribbelfinger Jonathan. Dieser Wicht hatte genau gewußt, was Dick geplant hatte. Doch von wem wußte er es?

Und dann war Snipper Jonas bei Streubenguß aufgetaucht.

Wann?

Vor etwa zwei Stunden.

Also am frühen Morgen? Was hatte er gewollt?

Goldbarren anbieten.

Goldbarren im Werte von dreihunderttausend Dollar!

Effie stieß einen ihrer kleinen, spitzen Schreie aus.

Dick fragte noch ein bißchen, und als er wiederum von Josua nur gewundene und unklare Antworten erhielt, schoß er einen Diamantring, der hinter dem Juwelier in der Vitrine lag, in zwei Teile. Die Kugel streifte bei dieser Gelegenheit zärtlich den Maßanzug des Mister Streubenguß.

Danach war die alte Freundschaft zwischen Josua Benedikt und Dick wiederhergestellt.

Dick überlegte:

Wer hatte von seinem Ausflug zu Opa Crackles Farm gewußt?

Mammy Tobo-Dutch.

Wer hatte von den dreihunderttausend Dollar in Goldbarren gewußt?

Mammy Tobo-Dutch.

Und wer war daran gestorben?

Mammy Tobo-Dutch.

Also mußte sie jemandem davon erzählt, jemanden dorthin geführt haben. In ihrer unersättlichen Geldgier aber hatte sie vermutlich Prozente verlangt.

Viel zuviel Prozente.

Deswegen hatten die Leute sie umgelegt und in Opa Crackles Wäschetruhe verpackt.

Und um ganz sicher zu gehen, hatten sie die Polizei in Milwaukee alarmiert.

Anonym, versteht sich.

Die Polizei kam, sah Dickie und siegte noch lange nicht. Dickie Dick Dickens wußte, wo er die Burschen zu suchen hatte. Ohne Zweifel waren es Mieter von Mammy Tobo-Dutch. Ausräuchern würde er diese Figuren!

»Woher«, fragte Josua Benedikt, nun wieder ganz Herr seiner samtenen Stimme, »wollen Sie eigentlich wissen, daß es mehrere Leute sind?«

Dick sah Streubenguß erstaunt an.

»Natürlich sind es mehrere. Ein solches Maß an Feigheit und Gemeinheit bringt nur eine geballte Ladung Mensch fertig.«

Dann sah er seine Freunde an.

»Los, Kinderchen! Es gibt zu tun!«

Keiner antwortete. Sie gingen hinaus und wußten, sie waren bei Dick in guter Hand.

Sie warteten die Dämmerung ab.

Es war gegen 20 Uhr 52.

Die herrliche Millionenstadt hatte ihr Haupt in Finsternis gehüllt. Düstere Wolken fegten, von ungebärdigen Winterstürmen getrieben, über den nachtgrauen Himmel. Eisigkalter Dezemberregen peitschte den im trüben Laternenlicht gleißenden Asphalt.

Die sonst so fröhlichen Menschen von Chicago hatten sich in ihre Häuser zurückgezogen. Die Straßen lagen leer. Wer nicht unbedingt hinausgehen mußte, wie zum Beispiel die Hunde und die Plakatankleber, blieb zu Hause, an der molligen Zentralheizung.

Einer der wenigen, die das schlechte Wetter nicht scheuten, war Dickie Dick Dickens.

Und Effie.

Und Bonco.

Und Opa Crackle.

Sie fuhren in ihrem neuen Cadillac durch das abendlich verlassene, verregnete Chicago.

Fuhren zur Morrisroad Nr. 15.

Dem sicheren Tod entgegen.

Voll grimmigen Mutes, die Mörder von Mammy Tobo-Dutch zu stellen, zog die kleine Mannschaft aus, schwer bewaffnet mit je zwei frisch geölten Dienstpistolen, die man nachts zuvor den Polizeibeamten abgenommen hatte.

Doch was, so fragt man, vermögen sechs amtlich registrierte, auf der Waffenkammer gegen Quittung in Empfang genommene Dienstpistolen gegen eine vorzüglich hergerichtete, noch dazu versteckte Sprengladung auszurichten?

Nichts.

Gar nichts.

Es war 20 Uhr 56, als die Todgeweihten vor dem Hause Morrisroad Nr. 15 anhielten.

Wenige Minuten vorher hatte Lionel Mackenzie in der Absicht, seinen Schreibtisch nach Dienstschluß in ordentlichem und jedem sauberkeitsbewußten Blick standhaltendem Zustand zu verlassen, die Akten des Mordfalles Tobo-Dutch beiseite gelegt.

Die erforderliche Untersuchung und Spurensicherung in der Wohnung der Ermordeten hatte er für den morgigen Tag angesetzt.

Einen Tag zu spät.

Gewiß!

Aber: Lionel Mackenzie hatte in solchen Dingen ganz außergewöhnliche Prinzipien. Sozusagen polizeiwidrige. »Was ist aus dem Unglückswurm, dem Polizeileutnant Spear, geworden?« fragte er Sergeant Martin.

»Ich habe mit ihm telefoniert. Eine Rangierlokomotive hat den Waggon nach La Crosse zurückgeholt. Spear ist übrigens fest davon überzeugt, daß Dickens der Mörder von Mrs. Tobo-Dutch ist.«

Lionel Mackenzie lachte auf.

»Da sehen Sie mal wieder, Martin, daß der größte Diensteifer mangelnde Intelligenz nicht ersetzt! Dieser Spear! Dieser Provinzheini! Verjubelt einen Haufen Zeit, um diesen Dickens einzufangen. Hätte er nur die Hälfte der Zeit darauf verwendet, seinen Kopf zu benutzen, wüßte er, daß Dickens nicht der Mörder sein kann!«

Sergeant Martin sah seinen Chef aus großen Augen an. »Aber ... aber ... er hat doch ...«

Lionel Mackenzie wehrte jeden Einwand mit einer würdigen Handbewegung ab.

»Erstens ist Dickens nicht der Mann, der alte Frauen umbringt. Zweitens hatte er keine Waffe. Drittens war er zur Zeit des Mordes nicht am Tatort. Und viertens – das ist das schlimmste – hätten wir Dickens längst erwischt, wenn uns Spear mit seiner Belohnungssucht nicht ins Handwerk gepfuscht hätte!«

Wütend knallte Lionel Mackenzie die Akte Dickens auf die Akte Tobo-Dutch. Durch die Wucht der unsanften Behandlung öffnete sich die obere Akte. Lionel Mackenzie wollte sie ebenso heftig wie unwillig wieder schließen, als sein Blick auf eine Notiz fiel.

»Martin«, sagte er und beugte sich tief über die Akte, »hier sehe ich die Adresse dieser Tobo-Dutch. Aber ich sehe sie nicht in der Akte Dutch, sondern in der Akte Dickens! Und das nicht einmal in Zusammenhang mit Dickens.«

Martin blinzelte erstaunt mit den Augen und versuchte, dem Chefkommissar über die Schulter zu blicken.

»Snipper Jonas heißt der Mensch, von dem ich hier lese«, fuhr Mackenzie fort. »In der Nacht, in der sich dieser Dickens unverschämterweise von Leutnant Spear gefangennehmen ließ, um mich am Schlafen zu hindern, in der gleichen Nacht hat sich Snipper Jonas auf dem Zentralbahnhof herumgetrieben. Weil er keine Zigaretten hatte und weil angeblich in der ganzen Morrisroad kein einziger Laden geöffnet hatte. Merken Sie was, Martin?«

Sergeant Martin schüttelte den Kopf und sagte ein halbes »Ja«.

Chefkommissar Mackenzie schloß die Akte und legte die flache Hand darauf.

»Morrisroad sagt der eine, und er lügt. Denn auch dort gibt es

Läden, die Nachtdienst haben. Und in der Morrisroad 15 wohnt eine alte Frau, die ermordet wurde.«

»Kann das nicht auch Zufall sein?« fragte Martin.

»Freilich kann es das. Ich sage mir nur, wenn *ich* die Polizei anriefe und ihr sagte, ein gewisser Dickens habe jemand umgebracht, würde ich mich auch überzeugen, ob die Polizei meinen Köder schluckt.«

»Ach«, staunte Martin, »deswegen, glauben Sie, hat dieser Jonas auf dem Bahnhof herumgeschnüffelt?«

Lionel Mackenzie zog sich bereits seinen Mantel an, als er sagte: »Kommen Sie, Martin, wir fahren zur Morrisroad. Los, los, Mann, gähnen Sie mich nicht an! Dienst hält wach!« Und ging mit Riesenschritten zur Tür hinaus.

Am Fenster einer Spelunke, die dem Hause Morrisroad Nr. 15 schräg gegenüber lag, starrten drei Augenpaare auf den Eingang des Hauses.

»Kucke mal, Chef«, sagte der Besitzer des ersten Augenpaares und lächelte innig, »gleich ist es soweit!«

Dabei starrte er auf einen feinen, neuen Cadillac, der vor dem Eingang von Morrisroad Nr. 15 hielt.

Der zweite ließ den Unterkiefer hängen und grinste sacht vor sich hin.

»Im Hausflur sind sie schon, nicht wahr, Williams?«

Der dritte, der vor Aufregung sabberte, nickte.

»Ja, Topper, das sind sie.«

Topper strich sich das Kinn.

»Sie brauchen nur noch die Treppe hochzugehen ...«

Seine Stimme hörte sich an, als striche jemand flüssige Wagenschmiere über frisches, schrankfertig geplättetes Leinen. »Ich schätze, noch zwei Minuten, und dann ... haha!«

Er hieb mit der Faust auf den Tisch.

»Bist du sicher, daß die Sprengladung funktioniert, Williams?«

»Vollkommen sicher, Topper. Darin hab' ich Erfahrung.«

Topper nickte. Er wußte das.

Eigentlich, dachte er, müßten Dickens und seine Leute bereits vor der Wohnungstür stehen ...

Sie standen.

Flüsterten.

»Pistolen entsichern!« befahl Dick.

Sie taten es.

»Effie, klingle!«

Effie klingelte.

Es blieb alles ruhig.

Effie klingelte noch einmal.

Stille. Kein Schritt. Kein Laut.

Bonco legte sein Ohr an die Tür. Vielleicht, daß jemand auf der anderen Seite stand und atmete.

Bonco hätte es gehört.

Aber es atmete niemand.

Plötzlich rief Dick laut: »Aufmachen!«

Und klopfte an die Tür.

»Macht sofort auf, ihr Schlammbeißer! Sonst breche ich die Tür ein!«

Keine Antwort.

Wütend starrte Dick auf die Tür.

Starrte genauer.

Diese Tür war gar nicht verschlossen.

Diese Tür war offen.

Flüsterte Dick kaum hörbar: »Opa, stell dich dorthin. Da hast du den besten Schußwinkel. Bonco hinter mich, Effie in Deckung!«

Sie taten es.

Dann sagte Dick: »Ich werde jetzt versuchen, langsam die Tür zu öffnen.«

Und griff nach der Klinke.

Tatü – Tata
oder Mit allen Wassern gewaschen

Dies ist die Geschichte von Dickie Dick Dickens, der grauen Eminenz der amerikanischen Kriminalgeschichte, Dickie Dick Dickens, dem tollkühnen Streiter für Unrecht und Gesetzesbruch, Dickie Dick Dickens, dem Großmogul der Chicagoer Gangsterdynastie.

Noch in hohem Alter hat Dickie Dick Dickens, wie aus jüngsten Presseberichten erinnerlich, seinem einstmals legendären Namen Ehre bereitet. So hat der heute pensionierte Verbrecherfürst erst kürzlich bei einem Presseempfang der Öffentlichkeit einen Streich gespielt, der ein weltweites Gelächter über die Ozeane in alle Winkel unseres Erdballes trug.

Der bekanntlich sehr kamerascheue Dickie sah sich plötzlich von vierundfünfzig Fotografen umringt, die, Ameisen nicht unähnlich, über-, unter-, vor- und zwischeneinander herumkrabbelten, anstelle von Köpfen eine Kamera emporreckten und in Ermangelung menschlichen Blickes metronomisch vor sich hin blitzlichteten. Dickies Bitten, diese Art zelluloider Folter nicht weiterzubetreiben, wurden weder gehört, geschweige denn beachtet. So sah sich Dick selbst im Ruhestand gezwungen, noch einmal die alte Meisterhand zu rühren. Derart geschickt rührte er sie, daß zwölf Stunden später vierundfünfzig völlig unterschiedliche Dickie-Dick-Dickens-Fotos erschienen, die angeblich den Meister darstellten, tatsächlich jedoch die Konterfeis harmloser Straßenpassanten waren.

Dick hatte nicht nur sämtliche vierundfünfzig Filme aus allen Kameras der Fotografen entwendet, sondern sie mit ebensoviel belichtetem Filmmaterial wieder versehen. Die Filme hatte er tags zuvor, sei es aus Instinkt oder Berechnung, einer Paßfälscherzentrale gestohlen.

Die Leute hatten ihn anscheinend geärgert.

Doch nicht immer war das Leben des Altmeisters so lustig.

Kurz vor Weihnachten 1925 schien es, als solle diesem Leben ein plötzliches Ende bereitet werden, weil ihm eine Handvoll gewissenloser Gauner nach demselben trachteten.

Und wenn Gangster trachten, so tun sie dies meist gründlich und ohne Anrufung der Polizei.

Dies dachte auch Dick, dessen ultraschallempfindliche Ohren in weiter, weiter Ferne eine Polizeisirene hörten. Während er schon seine vorsichtig tastende Hand nach der Türklinke ausstreckte, hielt er inne.

Wie, wenn die Polizei hierherkam? Sie hatte alle Ursache dazu, denn Mammy Tobo-Dutch war ermordet, und es galt, jede Spur zu sichern. Vielleicht aber hatte sie das Nest der neuen Bande schon ausgehoben?

Warum war es sonst so still in dieser Räuberhöhle?

»Was«, dachte er scharf weiter, »würde denn meines Tuns sein, wenn ich ein Halunke wäre wie diese Halunken? Sie wissen ganz gut Bescheid über mich ... über die Goldbarren, über das Versteck in Opa Crackles Farm ... Folglich müßten sie auch wissen, daß ich mit Josua Benedikt Streubenguß befreundet bin ...« Dick zog die Hand, die er zum Türgriff ausgestreckt hatte, langsam zurück.

»Was ist los, Jungchen?« flüsterte Opa Crackle.

Dick antwortete nicht.

Er dachte.

»Wenn sie also dies wissen, können sie sich auch ausrechnen, daß Josua mir Bescheid sagt, wenn einer zu ihm kommt und mit Goldbarren herumwedelt ...«

Dick wandte sich zu seinen Freunden um. Steckte die Hände tief in die Taschen.

»Was meint ihr«, fragte er leise und bekam sein gefährliches Glitzern ins Auge, »warum dieser Snipper Jonas bei Streubenguß aufgetaucht ist?«

Bonco suchte nach einem passenden Vers, Opa deutete ein halbiertes Achselzucken an, und Effie betrachtete argwöhnisch das Glitzern in Dicks Augen.

Niemand antwortete.

»Weil«, sagte Dick nun ganz laut, »sie mich hierherlocken wollen! Bonco! Deine Taschenlampe!«

Bonco, der nichts davon verstand, gab Dick die Lampe. Wo doch das Treppenhaus Drei-Minuten-Licht hatte!

Dann sahen sie alle zu, wie Dick mit der Lampe tief in die Türritzen hineinleuchtete.

Ein paarmal tat er das, dann sagte er laut »Aha!«

Er deutete mit dem Zeigefinger auf eine selbst im Lichtkegel der starken Lampe undeutlich zu erkennende Stelle.

Sie streckten die Hälse aus und die Köpfe vor. Alles, was sie sahen, war ein winziges Stückchen feinen weißen Drahtes.

»Na?« fragte Dick und sah sie triumphierend an.

Opa Crackle vollführte nun eine ganze Achselzuckung.

»Das sind«, sagte Dick und bekam dünne Lippen, »Teile einer Zündschnur. Ihr solltet das wissen!«

Bonco wurde bleich und leierte schnell ein paar Sprüche herunter. Nun lächelte Dick sein altes, charmantes Lächeln.

»Man wollte uns in die Luft jagen, ihr Lieben. Das heißt ... man hatte sich das so gedacht!«

»Ach, Mr. Dickens«, sagte Bonco, und seine weißen, gefärbten Haare sträubten sich, »so etwas habe ich ja geahnt!«

»Wie ihr wißt, gibt es einen Hinterausgang. Also los!«

Effie wagte nicht zu widersprechen.

»Was hast du vor?« flüsterte sie fragend.

»Eine Menge«, antwortete Dick und schob sie sanft die Treppe hinunter. »Vor allem, euch nicht in die Hände der Polizei fallenzulassen!«

»Polizei!« sagte Effie und hielt beide Hände vor den Mund. »Nein! Nicht schon wieder!«

»Na, also!« lächelte Dick. »Dann knöpf mal deine Ohren auf, Effielein!«

Effie lauschte angestrengt.

Tatsächlich! Da hörte sie ein eifriges »Hüihüiiiiihüiiiii«.

Kein Zweifel: eine Polizeisirene!

»Ich höre das schon lange«, sagte Dick, »und denke mir mein Teil. Also küß mich, Effie, und verschwinde!«

»Aber ...«

»Keine Widerrede – bring dich in Sicherheit! Lauf zu unserem Wagen! Opa Crackle und Bonco bleiben hier!«

Effie tat, wie ihr geheißen.

Drüben aber, in der schmutzigen Spelunke, saßen Topper, der Kaltherzige, Williams und die anderen Banditen.

Wütend zogen sie an ihren Zigaretten, schoben ihre Hüte in den Nacken und zupften an ihren Hosenträgern.

Im Hause Morrisroad Nr. 15 passierte nichts. Keine schöne, laute Explosion. Nichts!

»Kucken Sie mal, Chef«, sagte Snipper Jonas, »die können auch was gemerkt haben und durch den Hinterausgang raus sein.«

»Oder deine dämliche Sprengladung hat nicht funktioniert«, brummte Topper und sah Williams giftig an.

Williams schüttelte den Kopf.

Schüttelte immer länger und heftiger. So heftig und lang schüttelte er seinen Kopf, bis die anderen bemerkten, daß er gar nicht aufhören konnte und Topper ihm erst mit beiden Händen das kostbare Stück festhalten mußte, ehe es wieder stillstand. Sie kannten das. Williams hatte das manchmal.

Auf einmal sagte Jonas: »Topper, sieh mal, was da kommt!«

Und deutete auf die gegenüberliegende Straßenseite. Was da mit flinken, zierlichen Trippelschritten ankam, war recht ansehnlich, hatte lange, hübsche Beine, eine hauchdünne Taille, kullerdumme braune Augen, wehende blonde Haare und steuerte auf den neuen Cadillac zu.

»Da ... das ... ist doch Effie Marconi ...«, sagte Williams und bekam wieder das Triefen in den Mundwinkeln, »die Freundin von Dickie Dick Dickens ...«

»Oder besser: sie war es«, sagte Snipper Jonas, lächelte süßlich und zielte mit der Pistole in Richtung Effie.

Topper riß ihm den Arm runter.

»Idiot!« sagte er. »Das könnte uns passen! Effie Marconi auf dem Pflaster und du mit der rauchenden Pistole in zehn Metern Entfernung!«

»Warum nicht?« blökte Snipper Jonas und sah, wie Effie in den Cadillac stieg. Er haßte es, Personen in fahrenden Autos zu erschießen. Man traf so schlecht.

»Weil die Polizei kommt«, lächelte Topper.

Er war stolz darauf, bessere Ohren zu haben als die anderen.

»Aber doch nicht hierher«, meinte Williams und hätte um ein Haar wieder das Kopfschütteln angefangen.

Topper sandte ihm einen Blick zu, der seinesgleichen suchte. Ein Gangster hat zu wissen, daß er nie genau weiß, was die Polizei weiß!

»Also nichts wie weg!« grinste Snipper Jonas und steckte seine Pistole ein.

»Allerdings«, antwortete Topper und bedachte die davonfahrende Effie Marconi mit einem liebevollen Blick.

Dick, Opa Crackle und Bonco kannten die Gegend viel zu gut, um nicht auf schnellstem Wege ein ausgezeichnetes Versteck gefunden zu haben. Sie hatten eine hervorragende Sicht auf das Haus Morrisroad Nr. 15.

So sahen sie auch, wie die Polizei vorfuhr. Sahen sie aussteigen: Chefkommissar Lionel Mackenzie und seinen Wachhund Sergeant Martin.

»Ach«, sagte Bonco mitleidig, »wenn die jetzt auf die Idee kommen und in die Wohnung von Mammy Tobo-Dutch gehen, dann hat das arme Chicago zwei tüchtige Polizeibeamten weniger.«

»Ja«, nickte Opa Crackle und nahm den Hut ab, »schade! Ich hätte ihnen auch ein besseres Ende gewünscht!«

In diesem Augenblick hörten sie Dicks Stimme scharf und im Befehlston »Bonco!« sagen. Da wußten sie, daß ihr Chef Großes im Sinn hatte.

Chefkommissar Lionel Mackenzie und Sergeant Martin hatten, genau wie Dick, die Erfahrung gemacht, daß sich hinter der Tür der einstigen Pension Tobo-Dutch nichts rührte.

Sie hatten geklingelt, geklopft, gerufen.

Umsonst.

Da entdeckten auch sie, daß die Tür nicht verschlossen war.

Just in dem Augenblick, da Lionel Mackenzie sich anschickte, die Tür leise und sanft zu öffnen, stürmte eine schmale, weißblonde Gestalt die Treppe herauf, und eine weiche Stimme rief: »Warten Sie ein Momentchen ... oder bitte, falls Sie darauf bestehen, die Tür zu öffnen, warten Sie wenigstens so lange, bis ich wieder unten bin.«

Lionels Augen wurden um eine Schattierung dunkler. »Wer sind Sie?«

Sergeant Martin beugte sich vor.

»Nanu, den kennen wir doch!«

»Mein Name ist Bonco, bitte sehr ...«

Mackenzie lächelte.

»Ich hab' Sie doch schon mal verhaftet?« fragte er verbindlich.

»Oh«, antwortete Bonco und lächelte seinerseits, »das liegt lange zurück. Tun wir, bitte, einen Schwamm darüber!«

Mackenzie winkte ihn heran. Er versuchte, im Halbdunkel des Treppenhauses, den Mann besser zu sehen. Bonco kam zaghaft näher, jede Bewegung Scheu und Anmut.

»Ich hätte mich nicht darauf einlassen sollen, ich kleiner Dummerjahn«, sagte er geziert und sandte Lionel einen graziösen Augenaufschlag zu.

Der stand trutzig und breitkreuzig da. Schwieg.

»Aber Mr. Dickens meinte«, hauchte Bonco, die Hände verschränkend, »mit Ihnen könnte man ein Wort unter Männern reden.«

Boncos Gesicht sah aus, als hätte er soeben etwas Unanständiges gesagt.

»Dickens?« fragte Mackenzie kurz. »Was soll das?«

»Der Mann zittert ja am ganzen Leibe«, bemerkte Sergeant Martin dienstlich.

»Klar«, murmelte der Chefkommissar, »Hasenherzen schlagen doppelt so schnell wie Menschenherzen.«

»B-b-b-bitte, k-k-k-kommen Sie nicht an d-d-diese Tür!« schlotterte Bonco. »Mr. Dickens läßt Sie grüßen, und wenn Ihnen Ihr Leben lieb ist, möchten Sie, bitte, schön schnell mitkommen!«

Mackenzie stutzte.

»Mit Ihnen? Warum? Wohin?«

»Ich führe Sie zu Dickie Dick Dickens. Der hätte Ihnen was Wichtiges zu sagen.«

»Ach nee«, amüsierte sich Lionel Mackenzie.

»Ja«, nickte Bonco eifrig, »er stellt nur eine Bedingung: Sie müßten allein kommen.«

»Süß!« lachte Mackenzie.

Um dann barsch zu fragen: »Und wo ist Mr. Dickens?«

»Das merken Sie, wenn ich Sie hinführe.«

Nun war auch Boncos Angst ein bißchen gewichen. Außerdem zitterte er nicht mehr so und konnte notfalls besser schießen.

Woran man wieder mal sehen kann, welch beruhigenden Einfluß die Polizei doch auf jedermann ausübt.

»Auf den Schwindel soll ich hereinfallen?«

Bonco nickte nochmals.

»Ja, bitte sehr. Es ist auch gar nicht weit!«

Mackenzie sah Bonco einen Augenblick prüfend an. Sergeant Martin trat einen Schritt vor.

»Herr Chefkommissar, wenn ich Sie gehorsamst darauf aufmerksam machen darf . . .«

»Sie dürfen, mein Lieber«, unterbrach ihn Mackenzie, »doch vergebens. Ich spreche mit Dickens.«

»Bravo!« strahlte Bonco. »Dann können wir jetzt aus diesem Hause gehen!«

»Ja«, sagte Lionel Mackenzie, »das können wir.« Und zu Sergeant Martin gewandt: »Warten Sie im Wagen auf mich. Sorgen Sie für F I 22!«

Sergeant Martin nahm Haltung an.

Dann gingen sie alle die Treppe hinunter. Voran Bonco, der

rosige Schloh, Chefkommissar Lionel Mackenzie und hinterdrein Sergeant Martin.

Bonco frohlockte. Er war doch ein toller Hecht! Wie er das gemacht hatte – einfach der Polizei in den Rachen zu laufen! Ja, ja, der Dickens konnte schon froh sein, ihn zu haben. Bonco fand, daß er sich ein gutes Maß froher Laune erlauben konnte.

Er war eben ein lieber Kerl.

Nur eines wußte er nicht.

»Sorgen Sie für F I 22«, hatte der Chefkommissar zu seinem Assistenten gesagt.

Das war ein Schlüsselwort. Und es bedeutete nicht weniger als:

»Großrazzia. Zentrale benachrichtigen. Sämtliche Straßen sperren. Passanten überprüfen.«

Dickie Dick Dickens saß in der Falle.

Dick erwartete Lionel Mackenzie in seinem Versteck. Opa Crackle hatte er noch ein bißchen versteckter versteckt. Es war nicht nötig, daß der alles mitbekam.

Er fragte sowieso schon zum dreißigsten Male: »Was hast du denn vor, mein Jungchen?«

Und dann kamen sie. Lionel Mackenzie und Bonco.

Es war ein düsterer Hauseingang mit allerlei verwinkelten Gängen, in dem diese Unterredung stattfinden sollte. Zu erkennen war so gut wie nichts. Aber Bonco merkte doch, daß Dick ihm bedeutete, sich ebenfalls zu verziehen.

Gut, ging er. Der Chef wollte mit dem Herrn Polizisten allein sein. Das konnte er haben. So angenehm war diese Gesellschaft nicht.

Und dann standen sie sich gegenüber. Chefkommissar Lionel Mackenzie und Dickie Dick Dickens. So dunkel war es, daß Dick nicht sehen konnte, wie schwarz und gefährlich Mackenzies Augen aussahen und wie er sich bemühte, das Gesicht Dickie Dick Dickens' zu erkennen.

»Zunächst«, eröffnete Dick das Gespräch, »möchte ich Sie bitten, eine kleine Belanglosigkeit nicht falsch zu deuten. Wenn ich meine rechte Hand in der Manteltasche habe, so tue ich das weder aus Unhöflichkeit noch weil ich an den Fingern friere, sondern weil ich dort eine Pistole schußbereit halte.«

»Fein«, sagte Mackenzie, »das trifft sich gut. Ich mache es nämlich genauso.«

»Dann könnten wir sie doch auch beide herausnehmen, unsere lieben, kleinen Händchen?«

»Aber gern«, sagte Mackenzie höflich und zog seine Hand aus der Tasche.

»Ihr Vertrauen ehrt mich«, beeilte sich Dick zu sagen und folgte Mackenzies Beispiel.

»Ich denke«, bemerkte der Chefkommissar, »es spricht sich nun bedeutend ungezwungener. Also, was haben Sie auf dem Herzen?«

»Eigentlich eine unverbindliche Anfrage«, lächelte Dick und verschränkte die Arme. »Was hielten Sie davon, wenn ich Ihnen das Leben rettete?«

»Ich würde es für eine Finte halten.«

»Und wenn keine Finte dahintersteckt?«

»Dann würde ich mich fragen, warum Sie das tun.«

Dick lehnte sich stehend zurück und beugte sich wieder vor. Er vollführte gewissermaßen eine Schaukelbewegung und dachte daran, daß Effie dies sicher sehr weltmännisch gefunden hätte.

»Die Antwort kann ich Ihnen geben, Herr Chefkommissar. Als Gangster kann man sich leider seine Polizeibeamten nicht aussuchen. Nun, mit Ihnen bin ich recht zufrieden. Bis auf den einen Fehler, daß Sie Polizist sind, scheinen Sie ein ganz respektabler Mann zu sein.«

Mackenzie verbeugte sich.

»Vielen Dank!«

»Bitte«, sagte Dick und winkte lässig mit der Hand. »Außerdem kann man nie wissen, wen wir nach Ihnen bekommen. Ich will Ihnen aber noch einen zweiten Grund sagen.«

»Nun?« fragte Mackenzie und fand, daß dieser Dickens eine ausgesprochen angenehme Stimme habe. Warum mußte so was Gangster sein?

»Ich möchte«, fuhr Dickie fort, »mit Ihnen ein Gentleman's Agreement treffen.«

»Hm«, machte Mackenzie, »Polizei und Gangster. An sich die richtigen Partner für so was.«

»Sie wissen, wie ich aus der Obhut Polizeileutnant Spears entkommen bin?«

Mackenzie wurde dienstlich.

»Natürlich. Aber ich kann diese Phantasterei nicht glauben. Wäre dankbar, den wahren Sachverhalt aus berufenem Munde zu hören. Vierzig Damen der Chicagoer Gesellschaft sollen Sie herausgehauen haben ...?«

»Stimmt!«

Mackenzie schüttelte den Kopf.

»Mir unverständlich. Oder sind Sie so schön?« fragte er und beugte sich vor, um Dick anzusehen.

»O nein«, lächelte Dick, »ich habe höchstens ›it‹.«

»It …?«

»Ja. It.«

»Hm.«

In Mackenzies Stimme schwang der Neid. Schließlich hatte er einen nicht zu übersehenden Ansatz von Bauch. »Wenn Sie mir also versprechen«, schwang sich die Stimme von Dick zu Trompetentönen auf, »daß die Damen nicht weiter von der Polizei verfolgt werden – dann will ich Ihnen das Leben retten.«

Mackenzie lachte nun laut.

»Besten Dank! Sollte mein Leben mal in Gefahr sein, werde ich auf Ihr Angebot zurückkommen. Und nun entschuldigen Sie mich wohl, ich habe noch eine Wohnung zu durchsuchen!«

Dick hielt ihn am Ärmel fest.

»Ich spaße nicht, Mackenzie!« sagte er erneut. »Ihr Leben *ist* in Gefahr!«

Mackenzie stutzte. »Was heißt das?« fragte er kurz.

»Also«, konterte Dick, »was ist mit den Damen?«

»Na ja … was an mir liegt … und das muß nicht viel sein … werde ich gegebenenfalls gern dazu beitragen, daß das Verfahren gegen die Damen wegen Geringfügigkeit eingestellt wird.«

Bei sich dachte er: »Versprechen kann man viel!« Ein Gedanke übrigens, der im reinen Herzen eines Polizisten keinen Platz haben sollte.

Dick strahlte.

»Hand darauf?«

Und streckte dem Chefkommissar seine in so vielen Bewegungen geübte Rechte entgegen. Mackenzie schlug ein.

»Was dieser Mensch für einen guten Händedruck hat«, dachte er. »Ich werde doch sehen, was ich für diese hysterischen Omas tun kann. So viel haben sie ja nicht angerichtet. Spätestens in einer halben Stunde ist der gute Dickie Dick Dickens eine Beute der Polizeiorgane, und der Fall ist ausgestanden.«

Dick sagte »Fein«, räusperte sich und fuhr fort: »Und was die Durchsuchung der Wohnung angeht, lieber Chefkommissar, so verzichten Sie besser darauf. Fahren Sie hübsch nach Hause und trinken Sie ein Glas Milch.«

Mackenzie zog seine Hand zurück.

»Dickens ... Sie werden unverschämt!«

»Irrtum, Mackenzie! Ich bin immer noch beim Lebensretten. An der Tür der Wohnung, die Sie durchsuchen wollen, ist nämlich eine Sprengladung angebracht.«

»Sie Schuft!« brüllte Mackenzie.

Dick schüttelte den Kopf.

»Kein Schuft«, sagte er sanft. »Die anderen sind Schufte.«

»Welche anderen?« Mackenzies Stimme klang gar nicht mehr freundlich.

»Diejenigen, die Mammy Tobo-Dutch umgelegt haben. So, Herr Chefkommissar, ich muß mich leider verabschieden. Eilen Sie, damit nicht etwa Ihr lieber Sergeant Martin die Tür öffnet. Am besten rufen Sie die Feuerwehr an. Sie sollen von außen durchs Fenster in die Wohnung steigen und die Ladung entschärfen.«

»Zuviel der Güte«, lächelte Mackenzie spöttisch. »Was täte die Polizei ohne Ihren Ratschlag?«

»Tja«, meinte Dick, »fragen Sie lieber, was täte die Polizei ohne Gangster? *Wir* könnten ganz reizend ohne die Polizei auskommen. Also vielen Dank und auf nicht so baldiges Wiedersehen!«

Es war Lionel Mackenzie beim besten Willen nicht möglich festzustellen, wohin sein Gesprächspartner plötzlich verschwunden war.

Chefkommissar Lionel Mackenzie handelte schnell und präzise. Was angesichts der Tatsache, daß es bereits drei Stunden nach Dienstschluß war, einigermaßen überraschend wirkte.*

Bei den Anordnungen, die Lionel Mackenzie knapp und klar traf, war keine einzige, die nicht nötig gewesen wäre. So überzeugte er sich sofort von dem Einsatz der Aktion F I 22. Von der Feuerwehr forderte er nicht etwa, wie dies andere getan hätten, einen vollständigen Löschzug an, nein – Lionel Mackenzie dachte an den Dienstschluß und Feierabend der stets einsatzbereiten Männer und verlangte nur einen Wagen mit Feuerwehrleiter und Entschärfungstrupp.

So war denn alles bestens geregelt: die Straßen gesperrt, die

* Die Erklärung für solch ungewohntes Verhalten ist möglicherweise darin zu suchen, daß es sich um einen Donnerstag handelte. An Donnerstagen aber, so berichtet der Chicagoer Gerichtsanzeiger vom 18. April 1929, hatte das Stammlokal des Chefkommissars seinen Ruhetag, so daß es ihm an diesem Tag ohnehin nicht möglich war, seinen gewohnten Dämmerschoppen einzunehmen.

Passanten wurden kontrolliert, und der Sprengmeister kletterte in die Wohnung der Mammy Tobo-Dutch.

Der Chefkommissar ließ es sich nicht nehmen, ebenfalls die schöne, hohe Leiter zu erklimmen. Er hatte das schon als Junge gern getan. So blieb dem armen Sergeant Martin, dessen Sinn für Kletterpartien ausgesprochen unterentwickelt war, nichts anderes übrig, als sich ebenfalls auf die Leiter zu bringen. Seinem Chef zu gefallen ist schon manchmal hart.

Die Sprengladung, die man in der Wohnung vorfand, war von noch schlechteren Eltern, als man gedacht hatte. Der Gedanke, daß er diese Tür zu öffnen nur um Sekunden verfehlt hatte, ließ den guten Chefkommissar noch nachträglich schaudern.

Während so oben in der einstigen Pension der Mammy Tobo-Dutch der Entschärfungstrupp, Chefkommissar Lionel Makkenzie und Sergeant Martin ans Werk gingen und sehr redliche Mühe hatten, die gefährliche Arbeit zu tun, spielte sich unten vor dem Haus eine Szene ab, wie sie anscheinend immer geschieht, wenn die Feuerwehr irgendwo irgendwas zu tun hat.

Ein Mann, vom Anblick der hohen Leiter schier begeistert, starrte, beide Hände in den Hosentaschen, zu den Fenstern hinauf. Sein Kopf schien aus lauter Bewunderung zu bestehen, sein Mund stand offen wie sonst nur Löcher in der Wand, wenn man einen Nagel einzuschlagen versucht hat. Und der Mann tat, was alle Männer, die bei einer Feuerwehr stehenbleiben, tun:

Er fragte: »Was ist denn hier los?«

Er mußte sogar ein paarmal fragen, bis der Fahrer des Wagens, der wartend in der Fahrerkabine saß, ihm eine Auskunft gab.

Leider konnte er aber doch nicht die ganze Tragweite des Geschehens im ersten Stock der Morrisroad Nr. 15 erfahren, denn wenig mitfühlende Leute, die sich dort oben in stolzer Nähe der Gefährlichkeiten befanden, beorderten den so gesprächsfreudigen Fahrer nach oben. Wegen eines Werkzeugkastens.

Man denke!

Nahezu eine halbe Stunde sollte es noch dauern, bis man das Opus Nr. X des so menschenfreundlichen Williams von der Tür entfernt hatte.

Danach fand es Lionel Mackenzie an der Zeit, sich nach seinem speziellen Schützling Dickie Dick Dickens zu erkundigen. Seiner Meinung nach mußte der Mann längst gefangen sein.

Die Antwort der Einsatzzentrale war verblüffend. Nicht nur, daß man Dickens nicht festgenommen hatte, es fehlte auch die geringste Spur von ihm. Ärgerlich erkundigte sich Mackenzie nach der Ausführung seiner Anordnungen. Straßensperren, Überwachung des Verkehrs, Kontrolle der Straßenpassanten.

Es war alles geschehen.

»Hauseingänge beobachtet? Razzia in den Lokalen? Überprüfung der Wohnungen?«

Auch diese Rückfragen konnten befriedigend beantwortet werden.

»Sind die Autos angehalten worden?«

Der Beamte am anderen Ende der Leitung wurde ungeduldig. Der Chefkommissar stellte diese Frage nun schon zum dritten oder vierten Mal.

»Jawohl, Herr Chefkommissar. Sämtliche Wagen. Bis auf die Feuerwehr natürlich.«

»Lassen Sie mich doch mit Ihrer Feuerwehr in Frieden«, knurrte der Chefkommissar, »die ist ja in das Sperrgebiet *hineingefahren.*«

Beeilte sich der dienstwillige Beamte zu sagen: »O nein, Herr Chefkommissar, sie hat den Sperrgürtel bereits wieder verlassen.«

Entsetzte sich Lionel Mackenzie: »Wie bitte? Verlassen? Warum?«

Die Antwort kam klar und deutlich: »Vor genau einer Minute und vierzig Sekunden, Herr Chefkommissar.«

Mackenzie wurde bleich.

»Bleiben Sie am Apparat«, sagte er, legte den Hörer auf den Tisch und sah Sergeant Martin an. »Martin, sehen Sie bitte mal aus dem Fenster!«

Sergeant Martin, dessen Bemühen, die Reden seines Vorgesetzten zu verstehen, in den letzten Zügen lag, sagte ausnahmsweise in normaler Lautstärke: »Jawohl.« Und tat, wie ihm befohlen.

Hinter sich hörte er die Stimme Mackenzies: »Was sehen Sie?«

Martin gab nun eine detaillierte Schilderung der unter ihm liegenden Straße, genaue Beschreibung der Giebelornamente eingeschlossen.

Der Anblick Lionel Mackenzies in diesem Augenblick hätte

bei jedermann den Eindruck erwecken müssen, als habe er die Sprengladung verschluckt, statt entschärfen zu lassen.

»Sehen Sie keinen Feuerwehrwagen??« brüllte er mit einer Lautstärke, die selbst Sergeant Martin imponierend fand.

Da kam auch schon der Fahrer des Wagens, der gerade wieder heruntergeschickt worden war, angelaufen.

»Herr Chefkommissar, Herr Chefkommissar!« sagte der Mann langsam, ohne Ton, mit schnellem Atem. »Irgend jemand hat unseren Wagen gestohlen, während wir hier oben gearbeitet haben.«

Lionel Mackenzie legte den Hörer auf die Gabel.

»Ja«, sagte er leise, »weiß ich. Und dieser Irgendjemand heißt Dickie Dick Dickens.«

Draußen, in seinem hübschen Blockhaus* am Rande der Stadt, öffnete Dickie Dick Dickens die Tür. Hinter ihm strömte Opa Crackle ins Haus. Knallte seinen Hut mit jugendlichem Schwung auf die Kommode.

»Ach, Jungchen«, sagte er, »das mit der Feuerwehr war mal wieder ein Hauptstück! So was kann auch nur dir glücken!«

Dick lächelte geschmeichelt. Dann rief er: »Halloh, Effie, mein Schatz, wir sind wieder da!«

Kein kleiner, spitzer Schrei antwortete.

»Nanu!«

Dick wandte sich zu Opa Crackle um.

»Wo ist denn Effie? Sie müßte mich doch gehört haben!«

Opa schüttelte den Kopf.

»Versteh' ich nicht.«

Das Telefon klingelte. Dick sagte nochmals »nanu!« und hob den Hörer ab.

Bonco, der sich wieder zu reden traute, murmelte:

»Telefon zur Mitternacht,
hat selten dir was Gut's gebracht!«

Dick hielt die Sprechmuschel mit einer Hand zu, sah Bonco und Opa mit verständnislosem Blick an und sagte: »Es ist Effie ...«

* Mit seiner gewohnten Schärfe nachdenkend, hatte Dick berechnet, daß keiner, nicht einmal die Polizei, auf den verschrobenen Gedanken kommen würde, daß er sich nach diesem Abenteuer in sein Heim begeben könnte. Deswegen tat er's. Mit Recht. Denn Dickie Dick Dickens war so, wie er war.

Er nahm den Hörer wieder ans Ohr. Sein Gesicht bekam einen angespannten Ausdruck. Was er hörte, war Effies Stimme. Sie klang zaghaft und stotternd. Dann brach das Gespräch anscheinend ab.

Dick horchte angestrengt weiter. Die Stimme, die nun an sein Ohr drang, klang nach Blech und Schmierseife. Sie sagte: »Leider sind Sie immer noch am Leben, Dickens. Ich hätte das gerne verhindert. Aber was nicht ist, kann ja noch werden. Sie stören mich nämlich, wissen Sie? Mein Vorschlag in dieser Sache: Sie verlassen binnen achtundvierzig Stunden amerikanischen Boden. Sie hätten dann auch eine süße Chance: Sie könnten nämlich Ihre Braut lebendig wiedersehen. Und das hat doch viel für sich, was? Morgen rufe ich um die gleiche Zeit noch mal an. Ich denke, Sie werden zu tun haben. Koffer packen. Paß besorgen... Adjöh, Dickens!«

Klick.

Dick sagte kein Wort. Mit einer sanften, sehr genauen Bewegung legte er den Hörer auf die Gabel.

Dann ging er zum Sofa. So langsam setzte er seine Füße, daß es den Eindruck machte, als sei der Abstand von Schritt zu Schritt mit dem Rechenschieber bemessen. Mit diesen gleichen, ruhigen Bewegungen setzte er sich auch. So seltsam schien Bonco und Opa Crackle das Gebaren Dicks, daß sie kein Wort sagten. Sie starrten ihn an.

Und dann sprach Dick mit einer Stimme, die nach etwas ganz Nebensächlichem klang.

»Sie haben Effie entführt.«

So endete ein erfolgreicher Tag im Leben des Dickie Dick Dikkens mit einer bösen Überraschung.

»Wenn ich geglaubt hatte«, so schreibt er später in einem Brief an seine Jugendfreundin Bella Cora del Hortini, »mit allen Wassern gewaschen zu sein, so mußte ich wohl erkennen, daß es in Chicago Leute gab, die in dieser Beziehung eines weit höheren Wasserverbrauchs bedurften.«

»Teufel, Pest und Katzenjammer!«

Diesen später so berühmt gewordenen und in Büchmanns ›Geflügelte Worte‹ aufgenommenen Fluch stieß Dick nun schon zum zweiten Mal in diesem Winter aus.

Wütend ballte er die Faust.

»Diese Burschen sollen mich kennenlernen! Und wenn sie Effie nur ein einziges Haar krümmen, dann brate ich sie eigenhändig im Backofen meiner Großmutter!« Murmelte Bonco: »Gangsterfrikadellen à la tatar ...« Was keine sehr passende Bemerkung war, da Dick sich durchaus nicht in der Stimmung für Scherze – mochten sie auch noch so schlecht sein – befand.

»Verzeihn«, sagte Bonco und zuckte linkisch die Achseln, »hab's nicht so gemeint. Würde sicher auch gar nicht gut schmecken.«

Vierundzwanzig Stunden Zeit bis zum nächsten Anruf. Vierundzwanzig Stunden Zeit, Effie zurückzuholen. Und ebensoviel Zeit, die Goldbarren wiederzubekommen ...

Doch war Dick kein Mensch, der sich von der Zeit jagen ließ. Er gewann die Zeit nicht, noch verlor er sie. Sie war ihm ein Maß, das er zu seinem Nutzen beherrschte.

Von diesen vierundzwanzig Stunden tat Dick zweiundzwanzig Stunden gar nichts. Mit Anbruch der dreiundzwanzigsten Stunde erschien er in der Wohnung von Edwina Shrewshobber.

Diese, entzückt, ihn wiederzusehen, erging sich in Dankeshymnen dafür, daß er sie von der Verfolgung durch die Polizei befreit hatte.

Doch Dick wollte keine Lobrede. Schnell und sachlich erklärte er ihr den Tatbestand. Bat sie, telefonieren zu dürfen.

Edwina, erschrocken über Effies Verschwinden, sagte fünfmal hintereinander »huch nein!«, was der Entführung und dreimal »oh, bitte, bitte!«, was dem Telefon galt.

Dick griff zum Hörer, wählte und erzählte dem sich meldenden Fräulein von der Fernsprechstörungsstelle die auch für Edwinas Ohren erstaunliche Mär, daß der Privatsekretär von Mrs. Edwina Shrewshobber mit ihr spräche.

Was dann folgte, war noch erstaunlicher. Er sagte nämlich, daß die liebe Mrs. Edwina Shrewshobber um Überwachung ihres Anschlusses bäte, da sie ständig anonyme Anrufe bekäme, meist gegen vierundzwanzig Uhr. Sie wolle, bitte, erfahren, woher dieser Anruf käme. Es gab noch ein Geplänkel, in dem von »statthaft« und »Polizei verständigen«, von »Vorgesetzten« und »Hilfeleistung unter Frauen« die Rede war. Am Ende notierte das Fräulein die gewünschte Zeit der Überwachung, ließ sich Edwinas Nummer geben, rief zurück und erklärte den Antrag für laufend und gebührenpflichtig nach Paragraph 2019 der Tarifbestimmungen der amerikanischen Bundespostrechnungsstelle.

Als Dick das Gespräch beendet hatte, sagte Edwina ängstlich: »Aber ich bekomme doch gar keine anonymen Anrufe!«

»Sie werden einen bekommen«, antwortete Dick und fuhr fort: »Was ich nun brauche, ist ein Mädchen für die Nacht.«

»Im Augenblick, da Ihre Effie von Ihnen getrennt ist, sollten Sie Selbstzucht walten lassen!« entrüstete sich Edwina.

»Sie mißverstehen mich!« rief Dick. »Ich werde heute nacht gar nicht zu Hause sein. Das Mägdelein soll lediglich meinen Telefonapparat bedienen.«

Und dann setzte er Edwina seinen Plan auseinander.

Zwölf Uhr Mitternacht klingelte im kleinen Blockhaus des Dikkie Dick Dickens am Rande der Stadt das Telefon.

Eine schmale, weiße Hand griff zum Hörer.

»Hier ist der Fernsprechauftragsdienst. Welche Nummer haben Sie gewählt?«

»407875«, kam die Antwort durch den Apparat.

»Moment bitte. – Der Anschluß ist zur Zeit nicht besetzt. In dringenden Fällen ist der Teilnehmer unter der Nummer 441144 zu erreichen. Ende der Durchsage.«

Null Uhr und eine Minute klingelte das Telefon bei Mrs. Edwina Shrewshobber.

Sie meldete sich: »Hier 441144, wer dort, bitte?«

Jemand verlangte, Mr. Dickens zu sprechen.

»Bedaure sehr«, antwortete Edwina, »Mr. Dickens ist leider erst in einer halben Stunde verfügbar. Er erwartet einen Anruf, hat sich aber etwas verspätet und bittet freundlich, ihn in einer halben Stunde nochmals anzurufen. Er bringt seinen Koffer zur Bahn, wissen Sie?«

Der Mann am anderen Ende lachte auf.

Edwina fragte: »Werden Sie wieder anrufen, oder kann ich etwas ausrichten?«

Nein, nein, sagte der Mann, er riefe wieder an.

Edwina legte den Hörer auf und atmete tief. Das sah sehr hübsch aus, denn sie hatte das gute Graue mit den rosa Rüschen über der Brust an.

Das Telefon läutete erneut.

Edwina hob ab. »Ja?«

»Sie haben soeben mit der Rufnummer 3018 gesprochen«, sagte ein telefonisch geschultes Fräulein. »Das ist eine öffentliche Fernsprechzelle.«

»Wo befindet sich diese?« fragte Edwina und wurde in diesem Augenblick für ihre Geistesgegenwart von Dick gestreichelt.

Die Antwort kam schnell: »Riplingstreet, Südchicago, U-Bahn-Station Calumet-See.«

»Vielen Dank, liebes Fräulein«, säuselte Edwina und bemühte sich, des Fräuleins Gehör zu schonen. »Sie waren liebenswürdig!«

Sie legte auf und sah Dickie, der neben ihr saß, traurig an.

»Ein öffentlicher Fernsprecher! Was machen Sie nun?«

Dick lachte. »Damit habe ich ja gerechnet. Deswegen sollten Sie dem Onkel sagen, er möchte in einer halben Stunde noch mal anrufen.«

Edwina verstand nichts.

»Jetzt kommt es darauf an, daß unser Freund noch einmal die gleiche Zelle benützt.«

Auch das verstand Edwina nicht so schnell, zumal sie vor Aufregung viel zu laut schnaufte. Im Grunde war das auch unbedeutend. Hauptsache, Dick verstand sich selbst. Das konnte er im allgemeinen ganz gut.

Von Edwinas Wohnung aus dirigierte er Bonco und Opa Crackle zur Telefonzelle am Calumet-See. Sie hatten Auftrag, die Zelle zu beobachten, den Anrufer ausfindig zu machen und ihm zu folgen. Es war kein leichter Auftrag, den Bonco und Opa Crackle da übernommen hatten. Was geschah, wenn zwölf Leute hintereinander in der Zelle telefonierten? Nun war zu solch später Stunde und in solch verlassener Gegend nicht unbedingt mit zwölf Telefonatheischenden zu rechnen, aber drei genügten auch schon. Und unauffällig folgen läßt sich's auch besser in belebten Gegenden.

Dick blieb indessen in der Wohnung Edwina Shrewshobbers, was diese mit Entzücken und kleinen Teekuchen begrüßte.

Bonco und Opa Crackle taten, wie ihnen geheißen. In weniger als zwanzig Minuten brausten sie in rasender Fahrt zur Riplingstreet.

Hatten sie geglaubt, eine einsam gelegene Villengegend zu finden, so irrten sie sich. Die Riplingstreet war eine kleine, schmutzige Gasse in einem noch schmutzigeren Stadtteil. Bis zum Calumet-See war es weit und führte durch große, unbewohnte Felder, auf denen Schutthalden, Autofriedhöfe und Schrottablageplätze als Zierde der Landschaft prangten.

Opa Crackle machte seinem Unmut Luft.

»Ich frage mich«, sagte er zu Bonco, »warum die Leute in solchem Schmutz vegetieren? Sollen sie doch ins Gefängnis gehen. Die werden heutzutage vom Staat so adrett eingerichtet!«

Bonco nickte. »Ganz zu schweigen von unseren hübschen Zuchthäuschen! Man hört, die sollen immer besser werden!«

Opa nickte. Rührung ergriff ihn.

»Ja, Bonco«, sagte er und seine Stimme klang zittriger als sonst, »das Vaterland ist gut! Welch beruhigendes Gefühl, zu wissen, ist es, daß der Staat so gut für unser Alter sorgt. Wer anders kann sich dessen rühmen als unsereiner?«

»Schau!« sagte Bonco. »Der Mond kommt durch! Ein gutes Zeichen!

Wenn der Mond scheint kurz nach Mitternacht,
ist die Hälfte deiner Arbeit schon vollbracht.«

»Quatsch!« sagte Opa Crackle, hielt an und stieg aus dem Wagen.

Sie hatten die Telefonzelle entdeckt. Brachten sich nun außer Sichtweite in Stellung und warteten.

Die Straße war fast leer. Manchmal hickelten ein paar Frauenabsätze über das Pflaster, wurde ein Fenster zugeschlagen, schlurften trunkene Männerfüße verschlossenen Haustüren entgegen.

Eine Straßenbeleuchtung war so gut wie nicht vorhanden. Die Bewohner dieser Gegend hatten kein Verlangen nach Helligkeit. Warum auch? Grelles Licht hätte ihre Häuser nur schmutziger, ihre Treppengänge verkommener und die Müllreste vor den Türen trostloser erscheinen lassen. Hier brauchte niemand Licht. Armut findet auch im Dunkeln ihren Weg.

Langsam rollte ein Auto heran. Es war kein feines Auto, wie es Dick und seine Freunde bevorzugten.

Bonco und Opa Crackle gaben sich ein Zeichen. So vorsichtig schleichend fährt nur einer, der etwas vorhat.

Das Auto hielt.

Ein Mann stieg aus.

Ging in die Telefonzelle. Sprach.

Verließ die Zelle.

Stieg wieder ins Auto. Fuhr davon.

Der Inhalt des Gespräches, das der Mann geführt hatte, war kurz und einfach.

Nachdem er die Nummer 44 11 44 gewählt hatte, verlangte er Dick zu sprechen. Fragte, ob er seine Abreise vorbereitet hätte.

Dick sagte ja, das hätte er.

Gut. Dann möge er in das alte Stammlokal von Jim Cooper, »Baby's Bottle«, kommen. Um sechs Uhr früh bitte. Da würde er seine Braut finden.

Dick antwortete nicht.

»Und«, sagte der Mann am Telefon, »noch einen Rat: Keine Mätzchen! Kucken Sie mal, Mr. Topper pflegt eine Leibwache von mindestens zwanzig schwerbewaffneten Jungs um sich zu haben. Es würde Effie nicht gut bekommen.«

Und hängte ein.

Dick betrachtete das Telefon mit einem kalten Blick. Topper! Topper also hieß sein Gegenspieler! Ha! So größenwahnsinnig war der schon, daß er sich eine zwanzig Mann starke Leibwache zulegte! Gegen wen schützte er sich denn? Gegen die Polizei? O nein! Gegen eine andere Bande? Es gab keine!

Dieser Topper hatte nur vor einem einzigen Menschen Angst. Dieser Mensch war er, Dickie Dick Dickens. Und mit dem sollte er nicht fertig werden?

Dick ahnte nicht, wie sehr er sich irrte.

So sicher war der kleine Bandit Snipper Jonas seiner Sache, daß er es nicht der Mühe für Wert erachtete, sich während der Rückfahrt gründlich umzuschauen.

Das war ein Fehler!

Wäre er umsichtiger gewesen, hätte er zweifellos den Wagen bemerken müssen, der ihm in einiger Entfernung folgte. Denn seine Fahrt führte durch einsame, am Rande der Schuttfelder gelegene Straßen.

Sie endete bereits zehn Minuten später auf einem großen, trostlosen Platz südlich des Calumet-Sees. In besseren Zeiten mochte dieser Platz einmal dem bescheidenen Sportbedürfnis der Chicagoer Vorstadtbevölkerung gedient haben. Nun war er voll Gerümpel und Plunder. Ausgediente Maschinen, verrotteter Hausrat und Autowracks, für die nicht einmal der Schrotthändler Verwertung hatte, wechselten sich mit Kinderwagenteilen, zerfetzten Matratzen und leeren Konservenbüchsen ab. Ein paar hundert Meter weiter hatte ein Zigeunerstamm sein Lager aufgeschlagen. Es roch nach verbranntem Papier, Abfällen und ranziger Wagenschmiere.

Das war die Umgebung, die Topper und seine Bande sich ausgesucht hatten! Unter den Autowracks hatte er zwei brüchige Wohnwagen entdeckt, die den Zigeunern offenbar nicht mehr gut genug waren.

Das Auto, in dem Snipper Jonas saß, hielt. Bonco und Opa Crackle mußten aufpassen. Jezt kam es darauf an, daß sie niemand sah!

Snipper Jonas verschwand in einem der Wohnwagen. Bonco und Opa Crackle flitzten hinterher. Es zeigte sich, wie sinnvoll es gewesen war, daß sie Dickies berühmten Anschleichkurs mehr als einmal mitgemacht hatten. Im Walde zu schleichen ist schon keine leichte Sache, noch weniger in Wohnungen, am allerwenigsten aber dort, wo eine rollende, scheppernde Konservendose zum Verhängnis werden kann.

Und Opas alte Knochen waren keineswegs so geschmeidig, wie er es gern gesehen hätte.

Bonco gelang es, unter einem rostigen Bettgestell ohne Beine Posten zu beziehen. Das Bett deckte er mit Zeitungen ab.

Opa legte sich in einen Kinderwagen.*

So konnten sie in die kleinen Fenster des Wohnwagens sehen, in dem Snipper Jonas verschwunden war. Hören aber konnten sie nichts.

Bonco verließ also sein hübsches Bettchen und legte sich rücklings unter den Wohnwagen.

Man sieht, welch großartige Teamarbeit Gangster zu leisten fähig sind: Ohne vorheriges Palaver kannte ein jeder seine Auf-

* Dieses ist keine humorvolle Schnurrpfeiferei der Verfasser, sondern historische Tatsache. Der Kinderwagen, der übrigens bis auf den heutigen Tag, wenn auch in zerschlissenem Zustand, erhalten und in der Chicagoer D. D. D.-Memorial-Hall ausgestellt ist, war allerdings überdurchschnittlich groß. Eine Sonderanfertigung, die vier Jahre zuvor für die berühmten Chicagoer Doppelzwillinge (fälschlicherweise vielerorts auch Vierlinge genannt) Jill, Trill, Bill und Will Jenkins hergestellt worden war.

gabe: Bonco übernahm unter dem Wagen das Akustische, und Opa erledigte von seinem Kinderwagen aus das Optische.

Was Bonco erfuhr, ließ seine weißlich-rosa leuchtenden Haare in Richtung Wagenachse streben.

Unterhielten sich diese Burschen doch darüber, daß sie gar nicht daran dachten, Effie auszuliefern.

O nein, sagte der eine, den Bonco für Topper hielt, das würden sie schön bleiben lassen!

Bonco empfand das als ausgesprochene Gemeinheit.

»Sind wir schon so weit, daß ein gesprochenes Wort unter Gangstern nichts mehr gilt?!« dachte er voller Ingrimm.

Er sollte noch mehr hören.

»Effie«, so berichtete einer, »liegt drüben im anderen Wohnwagen. Das gute Mädchen schläft süß. Hat eine doppelte Dosis Schlafmittel bekommen.«

»Bewachung?« fragte Topper.

»Zwei Mann«, antwortete der erste. »Spielen Siebzehnundvier. Das hält sie wach.«

Und dann mußte Snipper Jonas zweimal die Geschichte erzählen, wie er mit Dickens telefoniert hatte und wie gern der in »Baby's Bottle« kommen würde. Und wie klein der große Dikkens doch gewesen war!

Hahahahaha!

»Hast du aufgepaßt, daß dich niemand beobachtet hat, als du zurückgefahren bist?« fragte Topper.

Snipper Jonas gab nur einen Laut von sich, der »nein« heißen sollte.

»Los, Leute, seht mal nach, ob sich draußen was 'rumtreibt!«

»Achtung!« rief Bonco leise zu Opa Crackles Kinderwagen hin. »Es wird brenzlich!«

Wie ein Maulwurf verkroch Opa sich in einer alten Tonne. Bonco schlängelte sich unter einen Abfallhaufen. Die Tür des Wohnwagens knarrte. Zwei Leute kamen heraus.

Standen da. Sagten: »Siehst du was?« und »Ich sehe nichts« und starrten in die Nacht. Nachdem sie das ihrer Meinung nach lange genug getan hatten, gingen sie wieder in den Wagen.

Als sie die Tür schlossen, überhörten sie, daß in ihrer Nähe eine Konservenbüchse klappernd über ein altes Waschbrett kollerte.

Wenig später öffnete sich die Wagentür noch einmal. Topper selbst erschien. Stieg die Treppe herunter. Stieß mit dem Fuß in den Abfall. Zog eine Pistole und schoß viermal um sich.

Mit zwei Schüssen traf er den alten Kinderwagen.* Der fiel um, und seine Räder drehten sich wild in der Luft. Irgendwo sprang der Motor eines Wagens an.

Topper hörte es nicht.

Er schoß immer noch.

»Junge, Junge!« sagte Opa Crackle zu Dick. »Sei vorsichtig! Dieser Topper kommt mit zwanzig schwerbewaffneten Kerlen. Aber ohne Effie!«

»Schon gut«, sagte Dick, und in seine Augen kam ein blaublaues Blitzen. »Laß ihn nur mit recht vielen kommen! Wenn er in ›Baby's Bottle‹ ist, gehen wir zu seinem Lager, holen Effie und befreien die dreihunderttausend.«

Bonco lächelte gezwungen. Er sah gar nicht schön aus und roch nach Abfällen. Doch eine große Sache muß es wert sein, daß man ihretwegen in schlechten Geruch kommt.

Mrs. Shrewshobber, in deren Wohnung auch dieses Treffen stattfand, reichte Bonco diskret eine Elfenbeinbürste.

Bonco bedachte sie dafür mit einem weniger schaudernden Blick als sonst. Außerdem konnte man bei den Ausmaßen Edwinas nicht wissen, ob es nicht vielleicht ihre Zahnbürste war.

»Darf ich noch einmal telefonieren?« fragte Dick und lächelte gewinnend.

Edwina nickte. So ganz fühlte sie sich in der Nähe dieses entzückenden Gangstergroßen als Kumpanin, daß es wohl kaum eine Bitte gegeben hätte, die sie fähig war, ihm abzuschlagen.

Sie glaubte, ihren Elefantenohren nicht zu trauen, als sie hörte, mit wem Dick telefonierte. Verlangte er doch tatsächlich Chefkommissar Lionel Mackenzie!

Der Chefkommissar war erst zu sprechen, als Dick seinen Namen nannte.** Er war, wieder einmal in seiner geliebten Nachtruhe gestört, keineswegs freundlich.

»Hat man denn vor Ihnen nie Ruhe!« stöhnte er.

»Mein lieber Chefkommissar«, sagte Dick höflich, »auf Ihrem Schreibtisch liegt noch eine unerledigte Akte: der Mordfall Tobo-Dutch.«

* Auch die Einschußlöcher sind bis auf den heutigen Tag erhalten und werden all jenen, die den Wahrheitsgehalt dieser Geschichte anzweifeln, gegen ein Entgelt von 50 Cent (nordamerikanischer Währung) in der bereits erwähnten Chicagoer D. D. D.-Memorial-Hall vor Augen geführt.

** Man sieht: Große Gangster beherrschen alle Leitungen.

»Auf meinem Schreibtisch liegen sehr viele unerledigte Akten! Lassen Sie mich gefälligst in Frieden! Wie meinen Sie das überhaupt?«

Dick sagte langsam und deutlich: »In den frühen Morgenstunden dieses anbrechenden Tages werden Sie Gelegenheit haben, die Mörder der Mammy Tobo-Dutch dingfest zu machen. Präzise ausgedrückt: Punkt sechs Uhr in der Wirtschaft ›Baby's Bottle‹.«

»Gut«, antwortete Lionel Mackenzie, »ich werde es mir überlegen. Woher haben Sie denn Ihre fabelhaften Kenntnisse?«

»Private Beziehungen, Herr Chefkommissar. Gute Nacht!«

Edwina Shrewshobber lag bereits in süßem Schlummer, das gute Graue mit den rosa Rüschen über der Brust hing säuberlich im Schrank, als es Sturm klingelte.

»Dick!« durchfuhr es sie zärtlich. Sie hatte so wundervoll von ihm geträumt.

Dabei war es schon fünf Stunden her, seit er mit seinen Freunden ihre Wohnung verlassen hatte. Flatternden Morgenrockes stürzte sie pantoffelgleitend zur Tür und öffnete.

Der vor ihr stand, war Chefkommissar Lionel Mackenzie, dessen weiße Haare ihn wie eine dräuende Wolke umstanden.

»Wo ist er?« fragte er.

Nicht »Guten Morgen«, nicht »Guten Tag«!

Edwina Shrewshobber fragte: »Wie bitte? Wo ist wer?«

»Ein schrecklicher Morgen«, sagte Lionel Mackenzie zu dem hinter ihm stehenden Sergeant Martin. »Kein Mensch versteht mich. Bitte, fragen Sie die Dame nach ihrem lieben Freund Dickie Dick Dickens.«

Was nun folgte, überstieg für den guten Chefkommissar bei weitem das Maß des Erträglichen. Sergeant Martin nämlich, in der Meinung, eine Schwerhörige vor sich zu haben, begann, Edwina in seinen besten Brülltönen zu verhören. Diese, angeregt, endlich einem Menschen zu begegnen, der etwas von Lautstärke hielt, sprach ihrerseits mit allem Stimmumfang, den ihr gewaltiger Brustkorb zu produzieren vermochte.

Mackenzie betrachtete die Mauern, die Fenster und Türen und erwartete, alles gleichzeitig einstürzen zu sehen. Zunächst geschah nichts dergleichen.

Edwina zeigte sich zudem noch störrisch und bockig wie ein Schulkind. Sie hatte sich vorgenommen, klug zu sein. Für solch gewagtes Vorhaben brachte sie allerdings kaum die geeigneten Voraussetzungen mit.

Lionel Mackenzie trat einen Schritt vor.

»Mrs. Shrewshobber«, sagte er und sandte ihr einen gemütvollen Blick aus seinen dunklen Augen, »Sie sind doch ein liebes Mädchen, nicht wahr? Und Sie möchten sicher nicht, daß es dem guten Dick, der ein so netter Kavalier ist, an den Kragen geht?«

Edwina schüttelte den Kopf. Mackenzie sandte einen zweiten, seelenvollen Blick ab.

»Wir wissen genau, daß er bei Ihnen war«, sagte er traurig. »Wir haben natürlich von der Fernsprechüberwachungsstelle Bescheid bekommen, daß es Ihr schönes, weißes Telefon war, von dem aus er mich angerufen hat.«

Edwina Shrewshobber seufzte. Dann nickte sie langsam und mehrmals. Das sah aus wie Käpt'n Lehmann beim Paroleakt. Aus ihren Augen quollen Tränen, was anzeigte, daß ihr inneres Kraftwerk doch sehr in Unordnung geraten war.

»Ja«, sagte sie, »er war hier. Aber er ist wieder fortgegangen.«

»Wohin?« flüsterte Mackenzie seeleblickend.

»Glauben Sie wirklich, daß ich das weiß?«

»Ja«, hauchte Mackenzie, »das glaube ich.«

Edwina nestelte an den Taschen ihres Morgenrockes herum, brachte ein winziges silbernes Döschen zum Vorschein, fuhr mit ihren brüchigen, kalkweiß gebürsteten Fingernägeln unter den Deckel, öffnete es, entnahm eine kleine, rote Perle und führte sie kokett zum Munde. Ihre nun einsetzenden wiederholten Schluckversuche anzusehen, machte aus Lionel Mackenzie einen Märtyrer des Polizeidienstes.

Noch immer das Perlchen zwischen den Zähnen, murmelzischte Edwina etwas völlig Unverständliches.

»Aha«, dachte Mackenzie, »so will sie sich aus der Affäre ziehen. Sie sagt es mir, aber ich soll es nicht verstehen.«

»Wie bitte?« fragte er deshalb scharf und ganz ohne Seele.

Edwina erschrak und verschluckte sich.

Als sie nach etlichen Wiederbelebungsversuchen seitens Sergeant Martins, der ihr fast die Lungenflügel zur Brust rausschlug, zu sich kam, sah sie ein, daß sie sich in jedem Sinne geschlagen geben mußte.

»Er ist zur Gastwirtschaft ›Baby's Bottle‹.«

»Hm«, brummte Mackenzie. »›Baby's Bottle‹ scheint also eine Art Treffpunkt der Unterwelt zu sein. Dickens hat mir gesagt, daß ich dort heute früh die Mörder von Mammy Tobo-Dutch erwischen könnte.«

»Ja, das ist wahr!« sagte Edwina schnell.

»Aber was ich Ihnen sage, ist auch wahr, meine Beste: Ein paar Minuten, nachdem ich mit Dickens gesprochen habe, rief mich ein gewisser Topper an. Er teilte mir mit, ich könne Dikkie Dick Dickens heute morgen um sechs in ›Baby's Bottle‹ verhaften.«

Edwina schrie auf, streckte beide Hände von sich und veranstaltete auf diese Weise ein Art Sonnenfinsternis. Mackenzie zog die Luft durch die Nase. »Wir waren in ›Baby's Bottle‹. Punkt sechs. Dort herrscht eitel Friede und die stillste Sorte von Ruhe, die mir seit langem begegnet ist. Kein Mörder von Mammy Tobo-Dutch, kein Dickie Dick Dickens!«

Edwina Shrewshobber stieß einen zweiten Schrei aus. Der Chefkommissar nickte traurig und seufzte.

»Sehen Sie«, sagte er, »nun sind Sie so hübsch auf dem Wege, eine Amateurgangsterin zu werden, und können doch noch nicht lügen. Wo ist Dickie also wirklich?«

»Er wollte«, sprudelte Edwina nun aufgeregt heraus, »seine Frau und Braut befreien. Er rechnete damit, daß diese Menschen nur zwei Mann zu ihrer Bewachung zurückgelassen haben.«

»Statt dessen sind sie alle dort!« donnerte Mackenzie wütend.

»Mehr als zwanzig schwerbewaffnete Burschen! Und die Polizei kann wieder ein fröhliches Mitschießen veranstalten!«

Er sah Edwina Shrewshobber mit weit aufgerissenen Augen an.

»Wenn Sie wieder mal Gangsterbraut spielen, verständigen Sie vorher die Polizei. Die sagt Ihnen, wie Sie's weniger dämlich anstellen können. Wo ist das Quartier von diesem Topper?«

Edwina schluchzte auf. »Soviel ich gehört habe«, zuckte sie und versuchte, ihre Unterlippe als Regenrinne für ihre Tränen zu benutzen, »ist es ein großer Schrottplatz oder so was ... südlich vom Calumet-See ... In der Nähe soll ein Zigeunerlager sein.«

»Danke!«

Lionel Mackenzie drehte sich auf dem Absatz um und war schneller aus der Wohnung, als Sergeant Martin ihm folgen konnte.

So konnte er gerade noch sehen, daß Edwina Shrewshobber, einem gefällten Telegraphenmast ähnlich, auf ihr gutes, mit Epinglé frisch bezogenes Sofa fiel und laut aufschluchzte.

So traurig kann Frauenverein sein!

Der Morgen dämmerte nebelgrün über die Halden. Grelle Strahlen quollen durch Dunstschwaden, die wie giftige Dämpfe aussahen. In manchen Fenstern brannte Licht, und die Straßenbeleuchtung funzelte, um ihre Bedeutung gebracht, in das Dämmern.

Erkennen konnte man wenig. Es war alles zu schwach: das Licht, um zu erhellen, die Finsternis, um zu verdunkeln, und die Sonnenstrahlen, um es Tag werden zu lassen.

Die Schuttberge, Abfälle und Schrottreste sahen braungrau aus und hatten verschwommene Umrisse. Ein alter Bagger ragte konturenbewußt gegen den Horizont.

So hat alles seinen Höhepunkt.

Auch eine Schutthalde.

Dick, der mit Bonco und Opa Crackle in diesem Dämmer herumkroch, betrachtete diese aus Notwendigkeit wachsende Landschaft. Inmitten solchen Verfalls seine geliebte Effie zu wissen, tat nicht gut. Es schien ihm ein trübes Symbol ihrer derzeitigen gesetzlichen Beziehungen.

Aus dem entfernten Zigeunerlager trug der Wind Fetzen wehmütiger Musik herüber.

»O weh, o weh!« klagte Bonco.

»Zigeuner spielt zum Nachtmahl auf,
dann nimmt dein Leben frohen Lauf.
Doch geigt er morgens früh sein Lied,
dir baldig bitter' Leid geschieht!«

Opa Crackle gab einen abfälligen Grunzlaut von sich und deutete dann auf den Bagger.

»Dort hinten stehen die Wohnwagen, mein Jungchen«, flüsterte er. »Im linken ist Toppers Unterschlupf, im rechten schläft Effielein.«

Als er Opa »Effielein« sagen hörte, kamen Dick die Tränen. Doch dann wurde er hart.

Vorsichtig, jeden Schritt überlegend, gingen die drei Männer auf die Wagen zu.

Und dann ...!

Plötzlich!

Wie das Kläffen eines wütenden Kettenhundes belferte ein Maschinengewehr über den Platz. In jagender Schnelligkeit stoben Kugeln aus dem Lauf, strebten dem erkannten Ziele entgegen.

Und dieses Ziel war Dickie Dick Dickens.

Seemann ahoi!

Dies ist die Geschichte von Dickie Dick Dickens, dem spitzesten aller Spitzbuben, dem schwersten aller Schwerenöter, dem leichtesten aller Leichtfüße, Dickie Dick Dickens, dem einzigen Missetäter der Moderne, dessen Werke nicht nur in Polizeiberichten, sondern auch im Küchenliederschatz der Hausgehilfinnen ihren Niederschlag gefunden haben.

So singt man noch heute weit und breit an heimischen Herden das ergreifende Lied von der einsamen Effie und dem tapferen Dick:

Unsere Effie, ein blutjunges Mädchen,
hatte Kummer und Sorgen und Pein,
denn der Mann, den sie so gerne liebte,
ja, er konnte mit ihr nicht zu-,
konnte mit ihr nicht zu-,
konnte mit ihr nicht zu-
sammen sein.

Seit zwei Tagen schon war sie getrennet
durch der Gauner entrechtete Macht
von Dick Dickens, dem sorgenden Gatten,
dessen Herz drum in lodernde,
Herz drum in lodernde,
Herz drum in lodernde
Wut entfacht.

Und die Effie, so einsam, verlassen,
wartet still mit jungfräulichem Mut
auf den lieben Dick Dickie Dick Dickens,
bis auf daß er sein Mädchen be-,
daß er sein Mädchen be-,
daß er sein Mädchen be-
freien tut.

Die tragische Begebenheit, von der in diesem Lied berichtet wird, spielte sich, wie wir wissen, im Winter 1925 ab.

Die ausrangierten Wohnwagen, in denen James Topper, sein Schatten Williams und die neugegründete Bande Unterschlupf gesucht hatten, boten einen erbärmlichen Anblick.

Topper und seine Leute hatten auf jeglichen Komfort wie Zentralheizung, Warmwasser und Lift Verzicht geleistet. Ein Umstand, der deutlich vor Augen führt, daß Topper, der Kaltherzige, noch zu den altmodischen, engstirnigen Kleingangstern gehörte, die, jeder großzügigeren Planung unfähig, nur der Niedertracht des Augenblicks lebten.* Banditen aber, in jeder ihrer Handlungen nicht nur als solche erkennbar, deren Gesetzesbrechereien beweisbar und auf direktem Wege ins Kittchen führen, sind durch und durch antiquiert. Der moderne, aufgeklärte Gangstertyp bevorzugt den Umweg über die Geschäftswelt, sucht sein Feld auf den Gebieten der Industrie und Rüstung, ja, in besonders begabten Fällen sogar in der Politik. Ihn umgibt der herbe Charme der Dollarwitterung, und auf jene, die nach Bedeutung streben, übt er eine nahezu faszinierende Anziehungskraft aus. Kurz: Der moderne Gangster ist Bürger geworden.

Im Jahr 1925 jedoch konnte davon keine Rede sein. Dickie Dick Dickens gehörte zu den Begründern der Epoche jener Gangsterromantik, die auch uns Heutige immer noch in ihren Bann schlägt. Wo immer des heiteren, ja, schelmischen Gangstertums gedacht werden wird, da ist eine Umgehung des vom Taschendieb zum Chefgangster Emporgestiegenen nicht möglich.

Er war noch im Gejagtsein ein Verfolger, ein nie Aufgebender auch zu der Zeit, da es ihm bestimmt war, stets der Angegriffene zu sein.

Kaum hatte er in jener denkwürdigen Wintermorgendämmerstunde die Worte »In Effies Wagen ist ja noch Licht!« gesprochen, da fetzte eine Maschinengewehrgarbe über seinen Kopf hinweg.

Bonco, Opa Crackle und Dickie fielen mit Peng-peng-Geschwindigkeit in eine Mulde. Diese war weder schön noch sauber, doch war sie zum Zwecke des Am-Leben-Bleibens vorzüglich eingerichtet.

Nun liebte es Dick nicht sonderlich, am frühen Morgen laut

* Eine Gattung Gesetzesbrecher, die heute übrigens mit Fortschreiten der Zivilisation nur mehr in vereinzelten Reservatsgebieten im Nordwesten der Vereinigten Staaten zu finden ist.

angesprochen zu werden, und dieses schon gar nicht vermittels eines Maschinengewehrs. Kein Wunder also, daß sich eine steile Falte zwischen seinen Augen bildete. »Bonco«, hauchte Opa Crackle um seinen Zahn herum, »sieh mal nach links! Da steht das Auto, mit dem der Kerl heute nacht gefahren ist.«

»Teufel auch!« sagte Bonco ebenso leise. »Wenn du das meinst, was ich sehe, ist es das!«

»Es ist«, zischte Dick böse, »weit und breit kein anderes Auto zu sehen als dieses. Folglich ist es das Auto der Bande und folglich seid ihr Trottel!«

»Aber Jungchen ...«, wollte Opa mucksen.

»Nach dem Telefongespräch hat er das Auto hier abgestellt?«

Bonco nickte, soweit das in der Mulde möglich war.

»Glaubt ihr, daß die Leute zu Fuß zu ›Baby's Bottle‹ gehen? Natürlich nicht. Wenn also das Auto hier steht, was folgt daraus?«

»Daß sie alle noch da sind ...«

Bonco sprach nicht weiter.

Eine neue Maschinengewehrsalve krachte über die Halde.

Bonco entschloß sich zu zittern.

»Liegen bleiben!« zischte Dick. »Bewegt euch nicht!«

Opa und Bonco, Gangstergehorsam gewöhnt, taten, was Dickie befahl.

Nur daß Bonco zum Zittern auch noch das Schlottern anfing.

In der Tür des Wohnwagens standen Topper und Williams. Standen und sahen über die Halde.

Nichts rührte sich.

So gern sie nachgesehen hätten, ob ihr Kugelsortiment sein Ziel erreicht hatte, so sehr fürchteten sie sich. Wehe, wenn Dikkie nicht tot war! Dann würde er sie abknallen, sobald sie sich aus der Deckung wagten.

Flüsternd beschlossen sie, noch eine Viertelstunde zu warten. Bewegte sich bis zu diesem Zeitpunkt nichts, konnten sie gewiß sein, daß Dickens erledigt war.

Die Mulde, in der Bonco, Opa Crackle und Dickie lagen, war nicht nur feucht, sie war auch voller Lehm. So ähnelten die drei eher modernen Plastiken als Menschen.

Boncos Haar sah auf einmal wie ein Karamelpudding mit Eierschneeflöckchen aus. Leider konnte er die Anzahl der rosigweißen Flöckchen nicht zählen, die auf seinem Haupte thronten. Es war auch gut so. Es hätte ihn ohnehin überwältigt, es waren nämlich dreizehn.

»Hoffentlich machen uns die beiden Drachen in Effies Wagen keinen Strich durch die Rechnung«, flüsterte Opa. »Die möchten doch auch wissen, warum hier geschossen wird.«

Dick nickte.

»Ich beobachte die beiden, so gut es geht. Sie stehen hinter der Tür von Effies Wagen und trauen sich nicht heraus. Von dort aus können sie den großen Wohnwagen nicht sehen.«

»Knallen wir also alle vier ab!« Opa zückte seine Revolver. »Fein nach dem Sprüchlein: ›Er liebt mich, peng, von Herzen, peng, mit Schmerzen, peng‹ ...«

Doch er kam nicht zum Schießen. Eine Eisenhand legte sich um sein Gelenk. Fast hätte er vor Schmerz aufgeschrien.

»›Feuer frei‹ gibt's nur von mir!« fauchte Dick. »Achtung! Die beiden aus dem großen Wohnwagen setzen sich in Bewegung.«

Und da kamen sie: Topper und Williams, beide eine Maschinenpistole unter dem Arm. Stampften mit schweren Schritten über die Halde. Alle zwei Meter blieben sie stehen, sicherten, gingen in Deckung.

Im zweiten Wohnwagen aber tat sich nun ebenfalls die Tür auf. Effies Wächter erschienen, mutig geworden. Dick überlegte. Waren Topper und Williams noch etwa achtzig Meter von der Mulde entfernt, so stand der Wohnwagen, der Effie beherbergte, keine fünf Meter weit. Und am Rande der Mulde nichts als Konservendosen und leere Kanister.

Bonco wagte nicht zu atmen. Opa drückte sich in den Lehm. Gleich war es soweit! Gleich mußten sie dasein!

Und was tat Dick?

Er mußte wahnsinnig geworden sein!

Bonco schloß die Augen. Opa wagte zu blinzeln.

Tatsächlich! Dick richtete sich auf, sprang aus dem Stand. Mitten in die Konservendosen.

Sprang und lag schon wieder flach am Boden. Kein Laut war zu hören. Keine Blechbüchse rollte, kein Kanister holperte.

Noch ehe Topper und Williams eine Bewegung wahrnehmen konnten, war Dick unter den Wagen von Effie gerobbt. Nicht Katze, nicht Schlange hätten es vermocht, so lautlos, so geschmeidig zu sein.

Kaum, daß sie ahnten, woher, vernahmen die beiden Wächter plötzlich ein heiseres Flüstern:

»Vorsicht! Nicht hinter dem Wagen vorkommen! Schußwinkel!«

»Bist du's, Topper?« fragte der eine.

»Gewiß bin ich's«, heiserte Dick.

»Was ist los?« fragte der andere und versuchte vergeblich, zu sehen, woher die Stimme kam.

»Polizei.«

»Bist du das wirklich, Topper?« fragte der erste, mißtrauisch geworden. »Wo steckst du denn?«

»In der Kuhle hinter euch.«

»Hm – da wollen wir doch mal nachsehen.«

Und weil die beiden Wächter gute Wächter waren, gingen sie und sahen nach.

So kam es, daß Joe und Billy, die beiden Männer, die Effie bewachen sollten, sich auf den letzten Weg ihres Gaunerlebens machten.

Langsam und vorsichtig schlichen sie um den Wohnwagen herum, auf die Mulde zu, in der sich Bonco und Opa auf ihr allerletztes Stündlein vorbereiteten.

Die braven Wächter hätten nicht tun sollen, was sie taten!

Denn im fahlen Licht der Morgendämmerung waren ihre Gestalten nur undeutlich zu erkennen.

»Da!« sagte Williams. »Da drüben bewegt sich was!«

»Verdammt!« schrie Topper, lud durch und gab Feuer. Das war das Ende von Billy und Joe.

Bonco und Opa Crackle aber schlichen auf ein Zeichen Dicks aus ihrer Mulde heraus auf den Wohnwagen zu. So hatte Dick auf seine ihm eigene schelmische Weise dafür gesorgt, daß Topper und Williams ihre eigenen Kumpane umlegten wie Grashalme.

Noch aber waren Topper und Williams nicht umgekehrt, waren Dick und seine Freunde nicht bei Effie.

Topper und Williams rannten auf die beiden Toten los, bereit, in ein Freudengeheul über ihr Opfer auszubrechen.

Dickie, die Pistole im Anschlag, wartete.

Diese beiden hatte er sich selbst vorgenommen. Der Mord an Mammy Tobo-Dutch, die Entführung Effies, die Betrügereien ...

»Warte, mein Freund«, dachte Dick und spannte den Hahn, »solche Unternehmungen werden von mir gegengezeichnet. Mit Blei!«

In diesem Augenblick stutzte Topper, tippte Williams an,

drehte sich blitzartig um und rannte zu dem großen Wohnwagen zurück.

Williams aber stand, unfähig, sich zu rühren. Was er gesehen hatte, ließ ihm das Blut in den Adern stocken wie eine Zwölferreihe Autos im Wochenendverkehr.

Dann aber rannte er ebenfalls.

Rannte, als sei der Leibhaftige hinter ihm her.

Aus dem Munde der braven Mrs. Shrewshobber hatte Chefkommissar Lionel Mackenzie erfahren, in welch halsbrecherisches Abenteuer sich Dickie Dick Dickens zu stürzen im Begriffe stand.

Die Situation schien für die Polizei so günstig, daß sogar Sergeant Martin das Gebot der Stunde erkannte.

»Das ist einmalig, Chef!« brüllte er, so daß Mackenzie an eine ernsthafte Verletzung seines Trommelfelles glaubte. »Einmalig! Wir haben die Chance, sowohl Dickie Dick Dickens als auch die Mörder dieser Tobo-Dutch zu fassen!«

»Njäh«, quengelte Lionel Mackenzie, würdigte seinen Sergeanten keines Blickes und griff zum Telefon.

Chefkommissar Mackenzie gab Alarm.

In weniger als Stundenfrist hatte ein riesiges Aufgebot von achthunderteinundachtzig zwar verschlafenen, aber kühn entschlossenen Polizeibeamten ihr Ziel am Südrand der Stadt erreicht. Die Polizisten, in elf durch Sprechfunk miteinander verbundene Einsatzgruppen aufgeteilt, umzingelten das gesamte Gelände der Schrott- und Schutthalde.

Lautlos waren sie gekommen.

Ohne Sirene und Blaulicht.

Lautlos hatten sie ihre Posten bezogen. Huschende Gestalten im Dämmergrau des Morgens. Nichts verriet, daß sie Polizisten waren. Nur die blinkenden Knöpfe der Uniform und das schöne, glänzende Koppelschloß, meist von liebevoll sorgenden Frauenhänden blankgewienert.

Genau das aber war es, was Topper und Williams gesehen hatten. Dieses Blinken und Funkeln schien ihnen, gefährlichen Raubtieraugen gleich, aufzulauern. Wem galt dieser Polizeibesuch? Dem Zigeunerlager? Oder etwa ihm, Topper?

Topper ließ es nicht zu weiteren Überlegungen kommen. Er rannte zu seinem Wohnwagen. Ebenso Williams.

Da aber gellten auch schon die hohlen, nachscheppernden Töne eines Lautsprechers über die Halde.

»Achtung, Achtung! Hier spricht die Kriminalpolizei. Wir rufen James Topper und Dickie Dick Dickens. Die Polizei hat den Schrottplatz umstellt. Es gibt kein Entkommen! Wir fordern Sie auf: Ergeben Sie sich! Kommen Sie mit erhobenen Händen zur Westseite des Platzes! Wir geben Ihnen zehn Minuten Zeit!«

Zeit ... Zeit ... Zeit ... echote brechender Schall an den Mauern der Straße.

Doch die Halde antwortete nicht. Still war es und ohne Leben. Es schien, als habe das blecherne Maul zu den Wolken geredet, die sich vergoldeten Randes über den nordöstlichen Horizont streckten.

Noch einmal dröhnte der Lautsprecher.

Nichts.

Drinnen im Wohnwagen aber sagte Snipper Jonas: »Kucke mal, Topper, meinst du nicht, wir sollten uns ergeben?«

Topper grinste und sah den helläugigen Jonas kalt an. »Mit den frischen Toten hier auf dem Feld? Man kann ja auch freiwillig auf dem elektrischen Stuhl Platz nehmen, wenn man's dort gemütlich findet.«

Er zündete sich eine Zigarette an und wiegte seinen viereckigen Körper hin und her, daß es aussah, als habe ihn jemand aufgezogen.

»Weißt du, was wir machen werden?«

Sein Unterkiefer hing noch weiter herunter als sonst. Keiner sagte etwas. Weil keiner etwas zu sagen hatte. »Wir arbeiten uns langsam die Straße herauf. Und zwar zur Ostseite. Wir überfallen die Polizei von hinten. Den Kerlen soll die Lust vergehen, sich in unserer Nähe aufzuhalten! Also los, raus aus dem Wagen! Und schießen, hört ihr? Schießen, was das Zeug hält!«

Zwanzig schwerbewaffnete Burschen schickten sich an, den Wohnwagen zu verlassen.

»Sollen wir das Maschinengewehr mitnehmen?« fragte einer.

»Was dachtest du?« röhrte Topper. »Warst du nie im Krieg? Das Ding schafft doch!«

Dickie, Opa Crackle und Bonco krochen langsam und geschickt unter dem Wohnwagen zu dessen Treppe. Glitten wie Schlangen an ihr hoch. Öffneten die Tür. Huschten hinein.

Effie versuchte, ihren kleinen, spitzen Schrei, den Dick so liebte, mit der Hand zu ersticken, als sie ihre Lieben vor sich sah. Als gewiegte Gangsterbraut erkannte sie die Gefahr der Stunde.

Eine Frau wie Effie merkt das beim ersten Schuß.

Bonco meldete, daß Topper, Williams und Snipper Jonas ihren Wagen verließen. Mit ihnen noch andere. »Sie kommen hierher!« hauchte Effie und erbleichte. Dick streichelte ihr Haar, schüttelte den Kopf und machte »Öm, öm . . .« Es wirkte sehr beruhigend auf Effie, deren Nerven über Gebühr strapaziert waren.

»Sie schwärmen in entgegengesetzter Richtung aus«, meldete Bonco.

»Das heißt: Sie wollen mit Gewalt den Polizeikordon durchbrechen. Was beweist, daß sie keinerlei Erfahrung im Umgang mit Polizisten haben!« murmelte Opa.

»Dilettanten wird es immer geben«, sagte Dick ruhig. Er wußte, was kommen würde.

Im Dienstwagen des Chefkommissars sah Sergeant Martin auf die Uhr.

»Noch acht Minuten Zeit!«

»Weiß ich, weiß ich«, winkte Mackenzie ab. »Stellen Sie bitte die Sprechfunkanlage auf Gruppenschaltung!« Sergeant Martin tat, wie ihm befohlen. Mackenzie griff zum Mikrophon. Sprach:

»Achtung! Chefkommissar Mackenzie ruft alle Einsatzgruppen. Es muß mit Widerstand gerechnet werden. Die Leute sind schwer bewaffnet, das Terrain ist unübersichtlich. Erbitte mir deshalb doppelte Aufmerksamkeit! Bei der geringsten Bewegung innerhalb des umstellten Gebietes erwarte ich sofortige Meldung! Ende.«

Sergeant Martin fand, daß sein Chef des Guten entschieden zuviel tat. Als ob man sich im Krieg befände! Über die Funkanlage kam eine Stimme:

»Einsatzgruppe 7 ruft Chefkommissar Mackenzie. Bitte kommen!« quäkte es verzerrt in dem Kopfhörer.

Mackenzie beugte seinen Kopf zum Mikrophon. »Was gibt's?«

»Hier Leutnant Bowery«, knarrte es im Hörer. »Der Form halber mache ich lieber Meldung. Ich befinde mich mit meiner Gruppe bei dem Zigeunerlager. Hier ist anscheinend noch Betrieb. Sieht aus wie eine Hochzeit. Ende.«

Mackenzie schlug die Augen zur Wagendecke.

»Sie sollen nicht ›*der Form halber lieber*‹ Meldung erstatten, Mann, auch wenn Sie mich für einen Idioten halten! Meldung auf jeden Fall! Keiner der Zigeuner darf die Absperrung überschreiten, solange die Aktion läuft. Keine Musik! Kein Gegröle! Sorgen Sie dafür!«

»Verstanden. Ende.« knackste es beleidigt zurück.

Und Sergeant Martin sagte: »Noch sechs Minuten, Herr Chefkommissar.«

Während dieser sechs Minuten gab es auf dem Schrottplatz keinerlei Veränderung.

Nichts, als daß es heller wurde.

Inzwischen hatte sich Edwina Shrewshobber, die Wandlerin zwischen Frauenvereinigung und Gangstertum, eilig, eilig auf ihre kunstseidenen Strümpfe gemacht. Großfüßig und riesenschrittig hatte sie Josua Benedikt Streubenguß aufgesucht.

Dieser hatte sie, wie man weiß, fürchten gelernt.

Josua Benedikt hörte mit Entsetzen, was dieser frauenvereinigte Leuchtturm ihm zu berichten hatte: Die Polizei wußte, wohin sich Dick begeben hatte. Wußte es durch Edwinas eigenen Mund.

Das bedeutete das Ende von Dickie Dick Dickens! Wenn Topper ihn nicht erledigte, dann tat es die Polizei!

Josua Benedikt verzweifelte schier. Es würde lange dauern, bis er Ersatz für Dick gefunden hatte.

Und für Topper.

An wen sollte er sich halten? Ihm war ganz wirr im Kopf. Er nahm sich vor, eine Tablette zu nehmen.

Just in dieser Sekunde ertönte das melodische Geläut seiner Ladenglocke, dem ein Stapfen folgte, dessen Gewichtigkeit auf die Last eines Elefanten schließen ließ. Wer hereinkam, war Käpt'n Margaret Poltingbrook.

Es folgte die Begrüßung zwischen Maggi und Edwina in Orkanstärke 12 bis 18. Mrs. Shrewshobber, die ihre Freundin wenigstens auf einem der sieben Weltmeere wähnte, zeigte sich entzückt.

»Ja!« trompetete Maggi und schwang jubelnd eine Art Handtasche dicht an Josuas Ohren vorbei. »Meine Reederei, diese Engel ... sie haben mir mein Schiff zurückgegeben! Käpt'n Maggi fährt wieder auf der guten, alten ›Oak Hoak Moah‹!«

»Ahoi!« sagte Edwina, ergriffen von soviel Seemannsglück.

Maggi plauderte, unterbrochen von hübschen, wohlgelaunten Flüchen, darüber, daß sie auf der Fahrt ins südliche Polarmeer sei.

»Haben im Hafen von Norfolk festgemacht, um Proviant und Kohle zu übernehmen.« Sie grinste viereckig von Sommersprosse zu Sommersprosse. »Wollte der Besatzung Chicago zeigen und – versteht sich – alte Freunde besuchen!«

Dabei schlug sie Edwina krachend auf die Schulter.

Die vertrug das.

Doch dann mußte Edwina ihre traurige Geschichte von Dikkie Dick Dickens loswerden.

Sie kam nicht weit. Josua Benedikt Streubenguß mischte sich kinnreibend ins Gespräch.

»Was sagten Sie da, meine Teuerste?« fragte er Maggi liebenswürdig. »Sie wollen Ihrer Schiffsbesatzung Chicago zeigen?«

Maggi nickte.

Streubenguß wandte sich an Edwina. »Mrs. Shrewshobber, wir haben doch noch den Omnibus, nicht wahr?«

Auch Edwina nickte.

Wenn Männer denken, wirkt das stets schaurig schön auf die Damen. Doch Edwina hielt es nicht lange aus.

»Was haben Sie vor, Josua Benedikt?« hauchte sie vertraulich, und ihre Augen sahen aus wie grüne Stachelbeeren.

Josua bemühte sich um einen düstergenialen Blick.

»Abwarten ...«, sagte er leise, »abwarten!«

Dies schien die allgemeine Devise jener Stunde zu sein: Abwarten.

Auch für Chefkommissar Lionel Mackenzie. Er bewies darin ein geradezu vorbildliches Können.

Langsam, unaufhaltsam schlichen die Minuten, diese Taschendiebe der Zeit. Achthunderteinundachtzig Polizisten standen auf ihren Posten. Waffen im Anschlag. Längst war die Frist verstrichen. Die Aufmerksamkeit der Beamten begann zu erlahmen.

Da geschah es.

In einem verzweifelten Ansturm stürzten sich Topper und seine Leute aus den Verstecken. Warfen sich gegen den Polizeiring.

Der Sprechfunk lief sich heiß. Meldungen schnarrten, Kommandos wurden gegeben.

Einsatzgruppe 3 stand im Feuergefecht mit zwanzig Banditen.

Konnte sich halten.

Rief nach Verstärkung.

Chefkommissar Mackenzie brauste mit seinem Wagen los, um selbst die Schlacht zu lenken.

Doch als er auf dem Schauplatz des Gefechtes anlangte, war der Spuk bereits vorbei. Die anstürmenden Gegner waren niedergekämpft. Krankenwagen fuhren vor, um Verwundete abzutransportieren. Die Polizei hatte, bis auf eine Ausnahme*, keine Verluste.

Von den Banditen hatte nur einer den Kampf unverletzt überstanden: Snipper Jonas.

»Ja ...«, sagte er, heftig atmend, zu Lionel Mackenzie, der ihn sofort ins Verhör nahm, »so kann's einem passieren ... Gehe ich doch hier rein zufällig spazieren ... da, auf einmal, kucken Sie mal, da knallt's an allen Enden.«

Mackenzie ließ ihn nicht weiterreden. Snipper Jonas fühlte sich plötzlich derart fest am Schlips gepackt, daß er zu ersticken meinte.

»Entweder«, donnerte Mackenzie, »sagst du jetzt die Wahrheit, Bürschchen, oder du bekommst deine Garantie auf Luftzufuhr nicht wieder!«

Snipper Jonas japste.

»Ist dir bekannt, daß Dickie Dick Dickens das Hauptquartier Toppers aufsuchen wollte?«

»Er wollte ... ich glaube ... seine Braut ...«

»Weiß ich!« nickte Mackenzie. »Weiter!«

»Vielleicht hat er auch die Goldbarren gesucht, die wir ... äh – die Topper ihm gestohlen hat.«

»... und die von einem Bankraub stammen!« ergänzte Lionel böse. »Hast du Dickens gesehen?«

Snipper Jonas bemerkte, wie die Augen des Chefkommissars schwärzer wurden, wie er seine Lippen aufeinanderpreßte. Er hatte viel Lust, diesem Polizeimenschen alles andere zu erzählen als die Wahrheit.

Aber dieser schlafmützige Dicke war gefährlich. Das sah man jetzt.

Also doch die Wahrheit!

»O ja, o ja«, sagte er, »hab' ihn gesehen. Hat versucht, an den

* Es handelte sich um einen Oberarmsteckschuß des bereits früher erwähnten, an diesem Tag zum Außendienst befohlenen Polizeischreibers Alois Mc. Striplecownsfield. Der Steckschuß wurde drei Stunden später operativ entfernt, und Mc. Striplecownsfield schrieb über dieses Erlebnis den weiten Kreisen zugänglich gewordenen, spannenden Tatsachenbericht ›Am Calumet-See sah ich dem Tod ins Aug'!‹.

Wohnwagen heranzukommen, wo wir Effie untergebracht hatten. Topper hat ihn entdeckt. Aber ich ...« Er hob die Hände. »Ich ... hab' nicht mitgeschossen!«

»Ist er tot?« fragte Mackenzie ruhig.

»Ja.«

»Und seine Braut?«

Snipper Jonas zuckte mit den Schultern. Was ging ihn diese alberne Effie an?

»Die wird wohl noch im Wohnwagen sein. Schlafen ... oder was weiß ich?«

»Gut«, sagte Mackenzie unfreundlich, »du wirst uns jetzt zu dem Wagen begleiten. – Sergeant Martin, rufen Sie die Einsatztruppen über Sprechfunk: Alarmstufe 1 ist aufgehoben. Vorläufig bleibt noch alles auf seinem Posten ...«

Und Sergeant Martin rief die Einsatztruppen.

Leutnant Bowery und Sergeant Wilkens, Einsatzgruppe 7, bekamen die Durchsage.

Bowery atmete auf. Er liebte solche Unternehmungen nicht. Genaugenommen hatte er auch noch keinen Einsatz mit Schießbefehl mitgemacht. Er hatte es immer verstanden, unabkömmlich zu sein. Leutnant Bowery liebte den Polizeidienst nicht sonderlich. Was er an seinem Beruf liebte, war die Pension.

Bowery ließ zurückfragen, was mit den Zigeunern geschehen solle.

Die Antwort kam.

Gar nichts. Sie sollten nur das Lager nicht verlassen. Ansonsten, meinte Chefkommissar Mackenzie, dürften die Zigeuner ruhig weiterfeiern.

Das taten sie auch.

Nur nicht ruhig.

Kaum hatte Sergeant Wilkens den Zigeunern die Botschaft übermittelt und das Lager wieder verlassen, als er, kurz vor seinem zuständigen Einsatzwagen, Gruppe 7, Kommando Bowery, stehenblieb. Er blieb stehen, weil ihm etwas aufgefallen war.

Was er sah, war ein klappriger, alter Riesenomnibus.

Vollbesetzt mit Reisenden.

»Unglaublich«, dachte Sergeant Wilkens, »da nehmen sie die tollsten Preise für ihre Stadtrundfahrten und bieten den Leuten solche Ungetüme von Autos, bei denen man nie genau weiß, ob einem nicht die Kardanwelle, als Sprungfeder verkleidet, um die Ohren fliegt.«

Der Omnibus kam näher, hielt.

Sergeant Wilkens hatte sich gerade entschlossen, Wut zu schnauben und mit »Was-fällt-Ihnen-denn-ein«-Stimme auf die derzeit laufende Polizeiaktion aufmerksam zu machen, als er zu überlegen begann.

Hatte man den Omnibus bis hierher durchgelassen, war es nicht seine Sache, die Leute zurückzuschicken. Wie leicht konnte man sich unbeliebt machen durch solche Eigenmächtigkeiten!

»Selbständiges Denken ist schädlich für die Beförderung«, dachte er und ging zum Einsatzwagen, Gruppe 7, Kommando Bowery.

Hinter ihm erklang die eintönige Stimme des Fremdenführers. Einen Augenblick hörte er zu, was der Mann sagte.

»Und hier, meine Damen und Herren, befinden wir uns am südlichen Stadtrand von Chicago. Auf diesem Terrain wurde im Jahre 1779 von dem französischen Einwanderer Jean Baptiste Point du Sable die erste Siedlung errichtet, 1804 zum Fort umgebaut, 1812 nach einem wilden Massaker von wilden Indianerstämmen niedergebrannt. 1816 wiederaufgebaut, wurde dieser Stadtteil beim großen Brand von Chicago 1871 völlig zerstört und seitdem nicht wieder errichtet. Heute bietet die einstige Wild-West-Siedlung und eigentliche Keimzelle der Stadt einen trostlosen Anblick, entbehrt jedoch nicht einer gewissen Romantik. Zur Linken sehen Sie, als besondere Attraktion, das einzige Zigeunerlager im Staate Illinois ...«

Sergeant Wilkens stieg in den Einsatzwagen.

»Komisch«, dachte er, »was solch eine Schutthalde doch für eine seltsame Geschichte haben kann! Daß ich noch nie etwas davon gehört habe ...!«

Doch nun hatte auch Leutnant Bowery den Riesenomnibus bemerkt. Eiligst kletterte er aus dem Wagen und ging mit markigem Dienstschritt auf das haltende Auto zu. Erkundigte sich, was das solle und wieso man dazu käme?

»Ach«, sagte der Fremdenführer mit samtener Stimme, »soviel Polizei? Ist dies wohl eine Razzia?«

Leutnant Bowery sah den sanften, höflichen Mann an, und der sanfte, höfliche Mann sah Leutnant Bowery an.

»Du«, dachte der Sanfte, »bist genau der, den ich brauche!«

»Hier ist eine Zigeunerhochzeit«, antwortete Bowery so

dienstlich wie möglich. Wenn er in Uniform war, konnte er viel Macht in scine Stimme legen.

Doch kaum hatte er das gesagt, als sich im Omnibus eine Art Sturm erhob.

»Romantisch ... tolle Sache ... zugucken ... Braut küssen ...« waren die Worte, die zu ihm hinflatterten. Bowery sah in den Omnibus. Die drinnen saßen, schienen handfeste Männer zu sein. Bis auf eine Dame – die war am handfestesten und sprach am lautesten.

»Könnten wir vielleicht ...«, säuselte der Fremdenführer und blickte mit Samtaugen zu Bowery empor.

»Nein!« sagte Bowery und sah zur Seite.

»Meine Leute«, lächelte der Sanfte bittend, »haben so etwas noch nie gesehen.«

Bowery schüttelte den Kopf.

»Wir hätten zweihundert Dollar«, fuhr der Sanfte vorsichtig fort, »mit denen wir ...« Er hüstelte. »... nicht recht wissen, wohin ...«

Bowery zog die Augenbrauen hoch.

»Sie sollten uns das Vergnügen gönnen«, begann der Sanfte erneut, »und sich selbst auch. Sie haben ein so hartes Leben!«

Bowery sah ihn an.

»Hartes Leben? Ja!« dachte er. »Und Dollars sind auch hart. Zweihundert Dollar ...?«

Er lächelte. »Dreihundert«, sagte er.

Der Sanfte lächelte ebenfalls.

»Mit Vergnügen«, antwortete er und zückte seine Brieftasche.

Es war eine hübsche Brieftasche. Aus allerfeinstem Krokodilleder. Mit silbernen Buchstaben darauf: J. B. S.

Das hieß: Josua Benedikt Streubenguß.

Und die Reisegesellschaft betrat das Zigeunerlager auf dem großen Schrottplatz am Rande der Stadt.

Inzwischen war Chefkommissar Mackenzie mit einem Dutzend seiner Leute, darunter natürlich Sergeant Martin, einem Arzt sowie dem verhafteten Snipper Jonas zu dem ehemaligen Hauptquartier der Topper-Bande vorgedrungen.

Snipper Jonas sah eine Gelegenheit, sich nicht nur beliebt, sondern auch wichtig zu machen. Vor allem, wie er meinte, eine gefahrlose Gelegenheit. Also redete er wie ein Buch, schlenkerte mit den Armen und rollte seine wässerigen Augen bedeutsam hin und her.

»Dort hinten also«, sagte er und deutete in die Ferne, »ist Dickie Dick Dickens aufgetaucht, mit seinen beiden Freunden. Jawohl. Ich hab' sie genau erkannt. Dann sind sie die Halde heruntergekommen und hier – kucken Sie mal – hier hat sie Topper erwischt, mit dem Maschinengewehr ... jawohl ...«

»Gleich auf den ersten Anhieb getroffen?« fragte Mackenzie.

»Nein. Zuerst haben sie wohl Deckung genommen. Aber dann sind sie nochmal aufgesprungen und ... na ja ...«

Er zuckte mit den Schultern und machte ein erschüttertes Gesicht. Er fand das passend und menschlich.

Lionel Mackenzie wandte sich an den Arzt.

»Haben Sie die Leichen untersucht, Doc?«

Der Arzt nickte.

»Ja. Da ist nichts zu machen. Sie müssen beide auf der Stelle tot gewesen sein.«

Lionel Mackenzie stutzte.

»Beide!? Ich denke, es sind *drei*?«

»Bitte«, sagte der Arzt und deutete auf zwei verdeckte Bahren, »zählen Sie selbst!«

Chefkommissar Mackenzie schlug die Tücher zurück.

»Ist das Dickie Dick Dickens?« fragte er und sah Snipper Jonas an.

Der vergaß vor Aufregung, mit den Armen zu schlenkern. Beugte sich über die Toten. Sagte entsetzt: »Das sind Billy und Joe ...!«

Seine wässerigen Augen starrten ratlos zu Lionel Mackenzie.

»Wer ist das?«

»Unsere Leute, Chefkommissar«, stotterte Snipper Jonas, von seiner eigenen Ehrlichkeit überwältigt. »Toppers Leute. Die sollten die Braut von Dickens bewachen. In dem kleinen Wohnwagen.«

»In welchem Wohnwagen? In diesem hier?«

»N .. n .. nein ...«, stotterte Jonas und blickte hilflos um sich, »in dem da ... da drüben ... in dem, der ... der gar nicht mehr da ist ...«

»Mann!« brüllte Mackenzie.

Sah Snipper Jonas an. Sah in die Richtung, in die dessen Affenarm wies. Sah die völlige Ratlosigkeit. Hörte ihn jammern: »Und ... unser Auto ist auch weg ... alles weg ... der schöne Buick ... a-alles w-weg ...«

Mackenzie blinzelte. Er sah weder einen kleinen Wohnwagen noch einen Buick.

Snipper Jonas sank erschöpft auf einen Benzinkanister. »A-alles f- f- futsch!« wimmerte er.

»Aha!« sagte Lionel Mackenzie und glaubte Snipper Jonas zum ersten Mal jedes Wort.

Dickie Dick Dickens!

Das sah ihm ähnlich!

Unter den Augen der Polizei, mitten in einer Schießerei, klaut er ein Auto, dazu einen Wohnwagen, koppelt beides aneinander und entschwindet. Im Wohnwagen die friedlich schlummernde Braut.

Stammelte Snipper Jonas: »U-und die Go-, die Go-, die Goldbarren!«

Auch das noch!

Lionel Mackenzie kniff die Augen zusammen und atmete tief.

»Durch unseren Absperring kann er nicht durchgekommen sein«, bemerkte Sergeant Martin.

»Der kann alles!« brummte Mackenzie und dachte daran, was ihm der Bezirksstaatsanwalt erzählen würde.

»Sergeant Martin!«

Der brüllte »Hier!«, obwohl er direkt neben dem Chefkommissar stand. Bei schlechter Laune von Vorgesetzten empfiehlt sich die Einhaltung auch jener Vorschriften, deren Albernheit durch gegebene Tatsachen erwiesen ist.

Leutnant Bowery nahm den Kopfhörer. Seufzte. Schon wieder eine Durchsage. Nahm denn diese Aktion nie ein Ende.

Alle Wetter! Der Chef selbst!

Leutnant Bowery drückte die Hörer fest an den Kopf.

»Achtung, Achtung!« hörte er. »Chefkommissar Mackenzie ruft alle Einsatzgruppen. Alarmstufe 1! Dickie Dick Dickens befindet sich auf freiem Fuß. Es wird angenommen, daß er versuchen wird, in einem froschgrünen Buick, Baujahr 23, mit Wohnanhänger zu entfliehen! Auf alle derartigen Fahrzeuge achten! Ende!«

Knack.

»Ach, du meine Güte!« Leutnant Bowery legte den Kopfhörer ab.

»Wilkens!«

Wilkens sagte »Ja?« und legte seine Zeitung bedächtig zusammen.

»Alarmstufe 1! Dickie Dick Dickens ist immer noch nicht gefaßt! Sehen Sie zu, daß diese blödsinnige Reisegesellschaft aus dem Zigeunerlager verschwindet! Wenn der Chef dahinterkommt, ist die kleine und die große Hölle los!«

»Befehl!«

Wilkens kletterte aus dem Wagen, rannte zu dem Zigeunerlager. Trommelte die Reisegesellschaft zusammen.

Die hatte sich inzwischen mit den Zigeunern angefreundet und manches Schnäpschen Selbstgebrannten zu sich genommen.

Endlich war alles im Omnibus verstaut.

Als Leutnant Bowery die Gesellschaft abfahren sah, atmete er erleichtert auf. Er hatte doch ein verflixt schlechtes Gewissen.

Wilkens kam zurück. Blätterte wieder in seiner Zeitung. Sagte er plötzlich: »Eines finde ich seltsam, Herr Leutnant ...«

»Hm?«

Bowery hatte wenig Lust, sich zu unterhalten.

»Ich habe die Leute nämlich gezählt. Zweiundzwanzig sind in das Lager hineingegangen. Aber sechsundzwanzig sind wieder herausgekommen.«

»Was??!!«

Bowery schoß vor Aufregung senkrecht von seinem Sitz in die Höhe und stieß sich den Kopf an der Wagendecke.

»Das sagen Sie *jetzt* erst?!«

Wilkens blieb nichts anderes übrig, als das Kopfschütteln, zu dem er gerade angesetzt hatte, nur in Gedanken zu betreiben.

Vorgesetzte sind unberechenbar.

Eine sofort eingeleitete polizeiliche Durchsuchung des Zigeunerlagers ergab einwandfrei, daß die Zigeuner noch vollzählig anwesend waren. Keiner von ihnen hatte mit der Reisegesellschaft das Lager verlassen.

Hingegen hatte sich ihr Wagenpark um zwei Fahrzeuge vergrößert. Es waren hinzugekommen: ein Wohnwagen sowie ein froschgrüner Buick, Baujahr 1923.

Der Omnibus der Reisegesellschaft jedoch war indessen von der üblichen Tour der Stadtrundfahrt abgewichen und jagte mit Spitzengeschwindigkeit durch das amerikanische Mutterland.

Eine vollbusige Dame war gerade durch den Omnibus gegangen, von Platz zu Platz, und hatte von den einzelnen Mitgliedern der Reisegesellschaft in Zeitungspapier eingewickelte, längliche Pakete eingesammelt, die sie nun in einem Seesack verstaute.

»Siehst du, mein Kleiner«, sagte sie zu dem neben ihr sitzenden Herrn, »nichts auf der Welt ist so unberechenbar wie die Wege des Schicksals. Kaum voneinander getrennt, sind wir schon wieder vereint.«

Dickie Dick Dickens hätte sich nie träumen lassen, daß er Maggi Poltingbrook einmal freundlich zulächeln und ihr die Hand tätscheln würde.

Dieser Augenblick war gerade gekommen.

»Ihr habt euch tapfer geschlagen – du und deine Crew!«

Seine Augen glitten über die Mannschaft der »Oak Hoak Moah«, die, leicht angesäuselt von Zigeunerschnaps, als friedliche Reisegesellschaft getarnt, im Wagen saß.

»War alles die Idee von Josua Benedikt«, sagte Maggi und nickte dem vornehm lächelnden Streubenguß zu.

»Danke!«

Dick wandte sich um und ergriff Josuas Hand.

»Bitte in bar«, sagte dieser und deutete auf den Seesack unter Maggis Sitz.

Maggi strahlte. »Goldbarren, Kleiner! Im Werte von dreihunderttausend Dollar!« Und gab ihm den Seesack.

Dick war gerührt.

Nun meldete sich auch Bonco, der noch immer aussah, als sei er ein Karamelpudding mit Eierschneeflöckchen.

»Wenn das Gold dir in der Tasche blinkt,
hat das Glück dir zugewinkt«,

flüsterte er und warf mit graziösen Fingern ein Grußhändchen zu Josua Benedikt hinüber.

»Sag mal, Jungchen«, krähte Opa Crackle, um auf seine Anwesenheit aufmerksam zu machen, »wo fahren wir jetzt eigentlich hin? Denke, daß wir nicht nach Chicago zurückfahren können.«

Dick lächelte.

»Wie ich die vereinigten amerikanischen Polizeistreitkräfte kenne, werden sie nun eine Riesenhetzjagd auf uns veranstalten. Durch alle Staaten werden sie uns verfolgen.«

Maggi sah ihn traurig an.

»Und was mich betrifft, mein Kleiner, so muß ich euch eurem Schicksal überlassen. Die ›Oak Hoak Moah‹ sticht noch heute in See.«

Dick nagte an seiner Unterlippe. Es sah sehr bedeutsam aus,

und jedermann wußte, daß er nachdachte. Als er mit dem Nachdenken aufgehört hatte, sagte er: »Opa Crackle, Effie, Bonco ... was haltet ihr eigentlich von der Meeresluft?«

Sie sagten alle drei, daß sie sehr viel davon hielten.

Dick sah Maggi an. Die verstand ihn sofort.

»Höh!« schrie sie. »Los, Steuermann! Kurs Ostsüdost, alle Maschinen äußerste Kraft voraus!«

»Hab' leider nur eine, Käpt'n«, antwortete der Mann am Steuer, »aber die ist unverwüstlich.«*

Doch nicht nur der Motor des Omnibusses lief auf Hochtouren, sondern auch die allgewaltige Maschinerie der amerikanischen Polizei. Telegramme und Telefonate durchblitzten den Kontinent von Küste zu Küste. Fast auf jeder größeren Überlandstraße hielten eilig alarmierte Polizeistreifen Omnibusse fest, verhafteten harmlose Reisegesellschaften und richteten damit ein chaotisches Durcheinander an.

Die Stunden vergingen. Der Abend brach herein.

Noch immer war der gesuchte Autobus nicht gefunden.

Chefkommissar Lionel Mackenzie stand am Abgrund der Verzweiflung, da meldete ihm Sergeant Martin einen wichtigen Zeugen.

Ein Mann aus dem Zigeunerlager am Schrottplatz. Er habe etwas Wichtiges zu sagen, meinte er.

»Bitte!«

Lionel Mackenzie bot ihm Platz an.

»Ja«, sagte der Zigeuner und richtete seine großen, glänzenden Augen auf den Chefkommissar, »es ist nämlich wahr. Und keiner will es glauben.«

»Was?«

Mackenzie zündete sich eine Zigarette an.

»Sie haben geredet – ich meine die Leute aus dem Omnibus – und einer sagte: ›Nicht stolpern, Käpt'n!‹ ...«

Mackenzie schnippte sein Streichholz aus und sagte leise: »Soso.«

»Aber die Kapitän«, fuhr der Zigeuner fort, und seine Augen glänzten noch feuchter, »der Kapitän ... ich schwöre ... war kein Mann! Der Kapitän, bitte, war eine Frau!«

Ängstlich blickte er auf den Chefkommissar. Natürlich.

* So jedenfalls versichert der Prospekt der »General Motors«, die den Omnibus hergestellt hatte.

Gleich würde es Vorwürfe über die Lügenhaftigkeit der Zigeuner hageln.

Nichts dergleichen geschah.

»Ihre Mitteilung«, sagte Lionel Mackenzie freundlich, »ist unter Umständen zehntausend Dollar wert. So hoch ist nämlich die Belohnung für die Ergreifung des Dickie Dick Dickens.«

Der Zigeuner strahlte.

»Martin!«

»Herr Chefkommissar?«

»Rufen Sie alle Häfen an der Ostküste von New York bis Charleston! Wir müssen wissen, welche Schiffe dort festgemacht haben!«

Wieder spielten die Kabel der amerikanischen Bundespost im Auftrage der Chicagoer Polizei. Schreckten die Beamten der städtischen Hafenverwaltungen von ihren Abendbrottischen hoch.

Diesmal aber sollte Chefkommissar Lionel Mackenzie mehr Glück haben. Schon nach wenigen Stunden erhielt er die entscheidende Meldung:

Im Hafen von Norfolk lag an Reede 3 ein Walfangschiff mit dem Namen »Oak Hoak Moah«. Kapitän des Schiffes: Maggi Poltingbrook.

Die Polizei von Chicago erließ sofortige Weisung, die »Oak Hoak Moah« im Hafen von Norfolk festzuhalten. Dreiundzwanzig Minuten später hielt Chefkommissar Lionel Mackenzie ein Telegramm in den Händen. Es lautete:

»OAK HOAK MOAH BEREITS VOR ZWEI STUNDEN ANKER GELICHTET STOP BEFINDET SICH ZUR ZEIT AUSSERHALB DER AMERIKANISCHEN HOHEITSGEWÄSSER«

Lionel Mackenzie ließ das Blatt sinken.

Er dachte nicht an Bezirksstaatsanwalt Joffrey Sweasanbramster, der ihm morgen mit säuerlicher Miene Vorwürfe machen würde.

Er dachte an Dickie Dick Dickens.

Den Mann, der ihm das Leben gerettet und den Tod von Mammy Tobo-Dutch gerächt hatte.

Auf seine Weise.

Und die Goldbarren?

Auch darüber erhielt Lionel Mackenzie erschöpfende Auskunft.

Die Zollbehörden, so hieß es, hätten zunächst Schwierigkeiten wegen unerlaubter Ausfuhr etlicher Goldbarren gemacht. Erschwerend wirkte dabei, daß jedes Mitglied der Mannschaft im Besitz von ein oder zwei Goldbarren war.

Ein zufällig anwesender Juwelier, mit Namen Josua Benedikt Streubenguß, konnte die Behörden jedoch beruhigen. Dank seiner Fachkenntnisse war er in der Lage, zu beweisen, daß es sich um wertlose Messingbarren handelte, die als Souvenirs mitgeführt wurden.

Als alles auf das beste geklärt war, lichtete die »Oak Hoak Moah« die Anker und fuhr stampfend und tutend aus dem Hafen.

Die vier blinden Passagiere jedoch, die an Bord des Schiffes in kleinen, ungemütlichen Gelassen hockten, atmeten auf.

Und als die »Oak Hoak Moah« die Dreimeilenzone verlassen hatte, krochen sie an Bord, jubelten laut und umarmten einander. Mit Freudentränen in den Augen.

Opa Crackle und Bonco.

Effie Marconi und Dickie Dick Dickens.

Chefkommissar Lionel Mackenzie aber mußte mit den Schultern zucken und sich damit begnügen, die Topper-Bande hinter Schloß und Riegel gebracht zu haben.

Am Abend des nächsten Tages jedoch klingelte er an der Tür der Mrs. Edwina Shrewshobber. Er hatte beschlossen, sie vom Ausgang der Dinge wissen zu lassen. Wenn auch unter dem Vorwand, sie erneut verhören zu müssen.

Doch Edwina ließ sich gern verhören. Denn sie fand, die Sache habe ein gutes Ende genommen.

Sergeant Martin, der unten im Wagen saß, mußte ziemlich lang auf seinen Chef warten. Als er endlich auftauchte, schien es dem guten Martin fast, als habe sich der Chefkommissar ein Gläschen genehmigt.

Was natürlich eine Täuschung war!

»Können wir losfahren?« fragte er.

Lionel Mackenzie antwortete nicht.

Sergeant Martin hatte zu leise gesprochen.

Auf den Höfen und Hintertreppen Chicagos aber wurden neue Strophen des Dickie-Dick-Dickens-Küchenliedes gesungen. Plärrend und voll Inbrunst sangen die Mädchen, die Gören und die Leierkastenmänner:

Der Polizeirat stand weinend am Strande,
sah hinaus auf das weit-ferne Meer,
denn der Mann, den er so gerne fande,
ja, den sieht er jetzt ühüber-,
sieht er jetzt ühüber-,
sieht er jetzt ühüber-
haupt nicht mehr.

So hat Dickie die Effie befreit,
in die Ferne er nun mit ihr fährt.
Und wir schweigen von Dickie Dick Dickens,
als bis daß nach Chicago zu-,
daß nach Chicago zu-,
daß nach Chicago zu-
rück er kehrt.